北理瞭望系列丛书

微言丝语

——北京理工大学学生新媒体作品集

主　编：郭彦懿
副主编：徐贵宝　吕　晶

北京理工大学出版社
BEIJING INSTITUTE OF TECHNOLOGY PRESS

图书在版编目（CIP）数据

微言丝语：北京理工大学学生新媒体作品集／郭彦懿主编．—北京：北京理工大学出版社，2017.8

ISBN 978-7-5682-4323-0

Ⅰ.①微…　Ⅱ.①郭…　Ⅲ.①随笔-作品集-中国-当代　Ⅳ.①I267.1

中国版本图书馆 CIP 数据核字（2017）第 144401 号

出版发行／北京理工大学出版社有限责任公司
社　　址／北京市海淀区中关村南大街 5 号
邮　　编／100081
电　　话／（010）68914775（总编室）
　　　　　（010）82562903（教材售后服务热线）
　　　　　（010）68948351（其他图书服务热线）
网　　址／http://www.bitpress.com.cn
经　　销／全国各地新华书店
印　　刷／保定市中画美凯印刷有限公司
开　　本／710 毫米×1000 毫米　1/16
印　　张／22.25
字　　数／300 千字
版　　次／2017 年 8 月第 1 版　2017 年 8 月第 1 次印刷
定　　价／58.00 元

责任编辑／申玉琴
文案编辑／申玉琴
责任校对／周瑞红
责任印制／李志强

“北理瞭望系列丛书”编委会

本书编委会

丛书序言

“世界上只有两种强大的力量，即刀枪和思想；从长远看，刀枪总是被思想战胜的。”当前，意识形态领域的斗争、持续复杂而尖锐，一些错误思潮暗流涌动，此起彼伏，竞相发声。高校作为意识形态斗争的前沿阵地，在这场无声的战役中扮演着前锋的角色，这就要求高校要有敏锐的政治觉悟，准确把握舆论导向，及时抓住学生思想动向，旗帜鲜明、掌握主动权，勇于承担起筑牢学生思想防线的重任，以高度的智慧和坚定的意志，打好、打赢意识形态主动仗，引导学生做社会主义核心价值观的坚定信仰者、积极传播者、模范践行者，为学生点亮理想的灯、照亮前行的路。

北京理工大学学生工作处开拓工作思路、创新工作方法，以学校开展网络思政教育平台建设为契机，充分运用新媒体、新技术使思政工作活起来，鼓励全校师生学“网言”，说“网语”，谈“网事”。北京理工大学学生工作处着力打造网络思想政治教育平台体系，联合各学院在校院两级共23个微信公众平台上开设了“青风徐来”“思·享”“生命之声”“师说心语”“人文思享”等思政类原创网文板块近50个；组织开展新媒体网络思政课题研究，积极撰写网络思政教育论文；开展了“瞭望杯”网络征文、校院两级平台影响力排名、原创网文点击率排名等网络文化系列活动。这期间涌现出一大批优秀网络文化作品。

学生工作处推出了北京理工大学2017年“北理瞭望”网络思想政治教育原创作品出版支持计划，支持学校学生工作队伍结合学生思政教育实际创作优秀网络文化作品，出版网络思政相关图书，以期引发新媒体环境下各高校网络育人共鸣，营造积极向上的网络新环境，传播网络正能量，共同守护好网上精神家园。

“红日初升，其道大光；河出伏流，一泻汪洋。”二十多岁的大学生正值风华正茂之年，是夜空中最亮的星，是人世间最美的歌，他们脚下踏着征程，肩上扛着使命。希望此系列丛书能够指引广大学生在新的历史起点上，积极进取，不断加强自身素养、提升思想品质，在努力实现个人梦的道路中，铺就成长的梦，最后在铸就中国梦的奋斗轨迹中创造自己精彩的人生，不负光阴，不负自身。

2017 年 6 月

序

为进一步加强学校网络思想政治教育，增强工作主动性，充分发挥网络育人功能，丰富优秀网络文化产品供给，引导学校网络文化健康发展，推动学校师生成为网络空间清朗起来的一支重要力量，2016 年下半年与 2017 年上半年，北京理工大学学生工作处面向全校师生先后举办了第一期、第二期“瞭望杯”优秀网络文章大赛。

“瞭望杯”大赛要求优秀网络文章要体现立德树人基本导向，聚焦中国特色社会主义和中国梦宣传教育，推动社会主义核心价值观培育践行，弘扬中华优秀传统文化，弘扬主旋律，传播正能量。文章要观点正确、立场鲜明，体现以理服人、以文化人，对广大师生网民有较强的吸引力、感染力，在网络上有较大影响力，有较高的转发、评论和引用量。自“瞭望杯”征稿工作启动以来，共征集全校师生原创作品近 600 篇，经过评审组筛选、评委打分、网络评比等环节，最终遴选优秀文章共计 108 篇，网上阅读量累计 14 万余次，现将优秀文章集结成书。

本书共分为五部分：第一部分收录了部分北理工学生的家国情怀。作为延安根、军工魂孕育的北理工学子，军工特色鲜明，他们的梦想与强军报国相伴，与家国情怀相伴。第二部分收录了部分学生关于青春的见解，大学道路上的成长故事。第三部分收录了部分学生宿舍的故事。四个人的宿舍造就了大学校园里最小的一个生活圈子，朝夕相处总会有欢笑、难免有摩擦，大学四年，他们在彼此的生命旅途中留下一道道印记。第四部分收录了部分学生对影视、文学作品的独特见解。他们“不只是看客”，在观影、看书的娱乐之余，他们认真地思考作品本身以及作品所蕴含的意义。第五部分收录了部分学生的散文作品。在行走的路上，有过迷途，受过伤痛，有过阴雨绵延、也曾想过驻足不前，但不论怎样，成长都会一直向前，人生不只苟且，还有诗和远方。

总体而言，本书所含文章或情真意切、引人共鸣，或阐述深刻、掷地有声。虽然文章文字水平有所差异，但都展现出北理工学子在成长路上思考人生、观照现实的风采，以及主动亮剑、不局限于日常学习的蓬勃朝气。

编　者

2017 年 6 月

目录
CONTENTS

第一部分 家国情怀

第一部分
家国情怀

第二部分
大学成长

第四部分
不只是看客

第五部分 诗与远方

第一部分　家国情怀

泱泱大国，巍巍华夏，延安根、军工魂孕育的北理工学子，军工特色鲜明，在他们身上，“德以明理，学以精工”的烙印深刻，他们的梦想与强军报国相伴，与家国情怀相伴。

本篇收录了部分北理工学子的家国情怀，这些文章反映了他们心中的信仰与肩上的担当，且看他们抒一腔豪情。

风景这边独好

生命学院　宋雪

泱泱大国，巍巍华夏，从“望志路”到“兴业路”，时间见证了历史的脚步。若不经历难挨的黑暗，又怎能见到美好的明天？东方欲晓，风景这边独好！

江山如此多娇

国庆期间，央视新闻推出大型系列报道《江山多娇》，将祖国的大好河山展现在人们面前。从神秘莫测的纳木错湖到世界上独一无二的黄土高原，从喜马拉雅到泰山之巅，从饱受风蚀的雅丹地貌到几经水蚀的喀斯特地貌……无数的中华儿女在这广袤的华夏大地谱写着一曲又一曲的壮丽乐章，穿越数千年，梦想在这片土地上照进了现实。

威武兮群山，或蜿蜒起伏、连绵不断，或奇峰异石、层峦叠嶂，撑起了华夏之脊梁；奔腾兮江河，或一泻千里、奔流直下，或涓涓细流、回环曲折，流淌着华夏之热血；苍茫兮大海，或波澜壮阔、澎湃汹涌，或风平浪静、水波不兴，包容着华夏之情怀；缤纷兮大地，或沟壑纵横、平沙莽莽，或沃野千里、山环水绕，孕育了华夏之文明。季节交替，斗转星移，经历了一代又一代的物是人非，处变不惊、看惯世态炎凉的，是这大好河山！或许每当夜幕降临，月明星稀时，灯火阑珊处，山与水正以独特的英姿来窥看整个大地，化作一弯臂膀保护着大地的子民安然入睡。总说来一场说走就走的旅行，我想，我们脚下的这片伟大而神秘的土地，恐怕穷尽一生也难以欣赏完全。

“江山如此多娇，引无数英雄竞折腰。”良辰美景，赏心悦目，仁人志士，慨当以慷，人们不禁赞美道：不知是谁打翻了调色盘，才留下这令人窒息的美丽！

忆往昔峥嵘岁月稠

“逝者如斯夫，不舍昼夜。”时间的长河奔腾不息，历史的脚步从不停歇，这令人赞叹不已却又不得不挥手告别的往昔，历经沧海桑田，雕刻了时光，惊艳了岁月。

中华上下五千年，从原始社会到奴隶社会，再到秦王扫六合统一华夏，中国由此进入了长达两千年的封建社会，时间逐渐推移到近现代。鸦片战争打开了中国近代史的大门，中国社会开始在帝国主义、封建主义与官僚资本主义三座大山的夹缝中生存，“落后就要挨打”，这段时期既是屈辱史，也是中华民族的血泪奋斗史，这是一条荆棘路，更是一条通往光明的伟大复兴之路！中华人民共和国的成立，使广大群众脱离了苦海，中国人民终于站了起来，成为国家的主人；改革开放像一缕春风，为中国的经济带来了春天，人民逐渐脱离了贫困，从温饱走向小康……如今，中国在国际舞台中扮演着愈发重要的角色，跻身世界强国行列！

2016 年是长征胜利 80 周年，军事博物馆举办了“英雄史诗，不朽丰碑——纪念中国工农红军长征胜利 80 周年”主题展览，参观时看到当时留下来的武器、草鞋、破旧棉袄，甚至是被当饭吃的皮带等物件，看到红军爬雪山、过草地场景的还原，听到讲解员讲解小红军们的故事，每一幕都如寒风凛冽，针心砭骨。在参观过程中，内心除了酸楚便是震撼，恶劣严酷的环境挡不住红军队伍，极度匮乏的物资打不垮军民一心，那种“与天斗，与地斗，其乐无穷”的乐观无畏的精神，激励着每一代人。革命先烈们想象不到几十年后的生活，那时，现代化离他们很远，小康生活离他们很远，现在，一切都离我们很近，而他们离我们很远。“前事不忘，后事之师”，行路总是艰难，挑战总会接踵而至，所以更应铭记长征精神，脚踏实地地走好新时期的长征路！

关于回忆如涓流深入沙地倏然终止，辉煌也好，苦难也罢，都在历史的天空留下了不可磨灭的痕迹，正是这些令人心驰神往而又敬畏不已的点滴，组成了峥嵘的往昔！

恰同学少年

梁启超曾有言：“造成今日之老大中国者，则中国老朽之冤业也；制出将来之少年中国者，则中国少年之责任也”。青年人就像是早上八九点钟的太阳，我们作为新时代的接班人，任重而道远！

当代青年应做有志青年。小时候常被人问你的理想是什么，长大后又忽觉理想的丰满敌不过现实的骨感。有人说，生活就是让你明白什么是现实，教你学会怎样低头。可是，在还年轻，还有力气疯狂追逐理想的年纪里，我们不想低头，不想停步不前。“长风破浪会有时，直挂云帆济沧海”，这是我们的信条，是更深层次的精神良药！

“空谈误国，实干兴邦”。若拥有了值得仰望的星空，定要脚踏实地。现在有很多人说自己有理想，可是一旦谈到实践就会迟滞不前，而后又拿自己的理想来炫耀，在这种恶性循环中蹉跎了岁月，到头来一事无成。有人说拖延症、强迫症、选择困难症是当代人的三大弊病，虽感觉很搞笑，但仔细想来耐人寻味。“恰同学少年，风华正茂”，我辈须发扬务实精神，立足本职，从小事做起，用勤劳的双手去创造辉煌的业绩，成为优秀的“大国工匠”！

“君子养心莫善于诚”，若成事，必先成人。每个人都应陶冶和提高自己的思想情操，最好的方法就是诚心诚意地对待每一个人或事。为人诚信、待人真诚，则可以进而为善，从而构建和谐友爱的社会！

当年，孙中山先生如是寄语：“我辈既已担当中国改革发展为己任，虽海枯石烂，而此身尚存，此心不死。既不可以失败而灰心，亦不能以困难而缩步。”当代青年应当秉承先志，“精神贯注，猛力向前，应付世界进步之潮流，合乎善长恶消之天理，则终有最后成功之一日！”

泱泱大国，巍巍华夏，东方巨龙，数我中华！

请不要失忆

光电学院　杜珂

在刚过去不久的国庆长假，我只身一人去游西北，去感受每一处风景带来的慰藉满足。尤让我难以释怀的故事发生在银川，当时走在西部影视城复建的古城街道，看着一批批游客拿着相机来来往往。忽然我身旁传来一声声啜泣，扭头一瞥，一位老奶奶正在掩面而泣，身旁的人都慌了，谁也没碰到过这种情形。随行导游赶忙走上前去询问，好一会儿，才看到老奶奶指着不远处仿建的银川汽车站，哽咽着说道："我年轻时候来过那地儿，和当时一模一样呀，那个时候一下车啊，没有人，全都是荒土啊……"

后来才得知，这位老奶奶年轻时来银川当过知青，她当时一路坐着三轮车，一个人跌跌撞撞来到银川下乡，出发前一肚子不情愿，到了地儿看到荒无人烟的戈壁，心里更不是滋味。完成任务回家以后有机会再来到银川，故地重游，千丝万缕的回忆又勾起那段扎根大西北的峥嵘岁月……

在归途中，我偶然翻到了之前看过的一篇文章，那是冯骥才写的《城市为什么要有记忆?》，他这样写道："城市和人一样，也有记忆，因为它有完整的生命历史。从胚胎、童年、兴旺的青年到成熟的今天——这个丰富、多磨而独特的过程全都默默地记忆在它巨大的城市肌体里。一代代人创造了它之后纷纷离去，却把记忆留在了城市中。"

即使重温这篇文章，我依旧心存疑虑，因为我体会不出那种感情。没有咀嚼过西北空气里飘浮的沙砾，我窥不出老奶奶当时泪目的浓情，没有仔细对话过故乡街角旮旯的杂草和那惬意昏黄的天空，我当然也品不出冯骥才那时落笔在文篇上的情意。

后来我慢慢理解了，倒不是其中的复杂情感我能说出来了，而是明白这不需要理由去解释，这是一种心灵的共鸣，因为我们都是有感情的人，造就并赋予了这世间无数的情感。人对人如此，人对城市如此，对民族社会乃至国家亦如此。因为我们都需要一份记忆来回味，都需要不断记忆着走向未来，这不必拿答案来评判是否对错，毕竟当你走过时间，你会发现自己对这世间还有什么想要抓住，不用我说，那些都是记忆里的美好，说俗一点，都是念想。

然而，在品味自己的幸福时，多少人淡忘了如今的美好都是多少年前多少人日日夜夜梦寐以求的！不妨到城市上空去，飞到那里去俯瞰大地，倒流沙漏，看看百年间都经历了什么，你就不难发现那份山河记忆，那份国家记忆，是多么珍贵才延续下来的。

多么想像《哈利·波特》所呈现的那样，只要有魔法，不论谁都可以将记忆封存，想重温那份橱窗暖茶的时候便可拿出记忆畅游一番。可惜我们都活在现实，现实不允许那样有悖自然法则的魔法存在，只会有冬日凛冽呼啸的寒风拍打着面庞提醒着自己该接着挪步了……

若说以上皆为矫情之辞，我们不如翻开历史，问问当年叛逃出国的龚楚年老回归国土的复杂心绪，想想指点江山的各路豪杰驱逐侵略的热忱悲愤；同样，走出岁月，也能看到身边多少海归面对祖国日新月异的感叹神情，也能听到这些年国内不断改革进步的新锐声音。我拒绝成为网络疯传的“五毛”人士，只想凭不断完整着的认知与价值观念阐述对于自己生活国度的一种热爱。

当年调侃邱少云、做戏长征路的新闻热已冷却，抵制日货的无理行径逐渐消失，医闹事件也一件件平息，我们都能明白“社会伤疤”是社会的一个侧面，是社会记忆，鞭挞激励人们走向进步是记忆的技能。类似《湄公河行动》促就全民大思考的社会碎片也渐渐向人们拼凑出一个自己可能无法涉足的国家记忆，振奋鼓舞人们迈出阴霾是记忆的成就。我们都需要这些，若失此忆，便无完璧，也无完国。

社会不可缺失这种记忆，人民不能丢弃这种记忆，这似乎也是各纪念馆创立之目的，那是铭记昔日之苦、堆砌寸阴幸福的告诫。我们需要记忆，但不是仅仅依靠记忆去苟且停滞。我们对记忆的需求在于对未来美好的规划，让未来的美好成为我们弥足珍贵的回忆。

真希望这样的记忆可以亘古长存并永续传承，到时还不知流不流行类似如今这样的热语：

厉害了我的家！

厉害了我中国！

一名国防生的家国情怀

机电学院　郝炜

六十七年阔步前行，为中华崛起凝聚力量，开辟强国之路；

七十六年稳扎稳打，为强军兴军矢志军工，铸就北理荣光。

校友论坛上，樊邦奎院士强调：“每一名北理人都应涵养一种富含北理工品质的家国情怀。”我想，作为一名光荣的北理国防生，我们的家国情怀是否应该有更深的意义。

“我们身在北理、心向国防，既要持笔，又要扛枪。我们是北京理工大学国防生，我们时刻准备着投身国防和军队现代化建设。”这句句誓言，读起来铿锵有力，让我油然而生一种责任感与使命感。因为心系国防，所以选择军装；因为情系军工，所以选择北理。那我们又将如何在实践中将国防情、北理梦和强军梦融为一体、矢志奋进呢？

我想，最重要的是心中的信仰与肩上的担当。

信仰是什么，是灵魂，是精神！

听党指挥是军队的灵魂，是我军独特的符号标记，是实现党在新形势下的强军目标的本质要求。听党指挥，就是信仰，就是灵魂，就是我们需要的精神。我们用灵魂做精神的支撑，用信仰做强军的动力。筑牢听党指挥不变魂，是我们强军兴国的重要一步。

唯一能与苍穹比阔的是精神，精神一变天地宽。国防生群体是未来现代化部队的新鲜血液，国际战场需要我们这一代年轻人。要想在将来的信息化战场上披荆斩棘，建立功勋，我们就必须珍惜北理工的教育资源，刻苦学习专业知识，用理论武装自己，用思想充实自己，坚定信念，勇往直前。

“宜将剑戟多砥砺，不叫神州起烽烟。”我们今后要承担起这个国家的重担，所以我们自身首先要成为栋梁。训练中挥汗如雨，课堂上专心致志。从基础知识到专业研究，从课后作业到科创项目，我们只有在攀登科技高峰的过程不断提升自己，才可以使自己有能力、有资格屹立于山巅！

担当是什么，是责任，是使命！

责任大过天。我们用青春和热血为强军梦保驾护航，我们用赤诚和奉献书写精忠报国的灿烂华章。我们知道，军营需要的不是温室里的花朵，而是保家卫国的热血男儿；军装包裹的也不是经不起磨砺的皮囊，而是一副经得起千锤百炼的铮铮铁骨。

作为军地融合的优秀代表，北理工始终秉持“军工魂、国防情”的发展理念，为铸造国之利刃、巩固祖国国防做出了巨大贡献。这不正是一代代北理人牢记使命、敢于担当、秉持“踏踏实实干事业、一心一意为祖国”的态度，所取得的显著成果吗？

行胜于言。新时代下，我们肩负着强国兴军的伟大理想，让我们把肩膀当作使命担当，把胸膛变为祖国屏障，我们是祖国的守卫者，是坚不可摧的铁壁铜墙！

我们在北理工，既肩负青年学子的求学使命，也承担着未来军人的责任和义务，我们接受着准军事化管理，我们有着成为一名职业军人的明确目标，我们接受着“独立之精神，自由之思想”的教育，我们也深知“一切行动听指挥”。我们是新生力量，我们也是军队人才的“后备力量”。我们要在自我成长中把战斗力标准牢牢树立起来，让自己在服务国防、服务部队、服务作战中实现最大价值，为有效履行使命任务提供强有力的智力支撑。

伟大的时代召唤卓越的人才，伟大的基业需要优秀的青年。我们选择了为党和人民而奋斗、为国家和国防而献身，任重而道远。延安根，军工魂，国防情，北理梦。我们北京理工大学国防生，就是要用更加赤诚的家国情怀助力北理梦、助力强军梦、助力中国梦！

昆冈魂魄

徐特立学院　孔馨婉

有人说："我生在这个国家是我的无奈，但是我的孩子也生在这个国家就是我的无能。"也有人说："我出生时我的祖国是这样是我的无奈，但是我的孩子出生的时候祖国还是这样就是我的无能！"暂且不去评判这两种人谁对谁错，我也没有权利用自己的价值观对他人过于指摘。我所能说的，也就是自己的一点感受罢了。

"金生丽水，玉出昆冈。"《礼记》有云："古之君子必佩玉。"温润儒雅的玉石文化在中华民族的血脉中传承，形成了一套独特而有魅力的华夏礼仪。但是，温润并不等同于温顺。玉石出产之所昆仑山，史称万山之源，风雷焕赫，峻岭通天，万壑沉星，亘古悠远。而由着玉石带来的坚韧与沉稳，有时被叫作风骨，有时被叫作气节。

山川回首燎原夜，两眶硝色从烟尘。

战争带来的是家破人亡，山河凋零。文物遗迹毁于炮火之中，英雄战士倒在了枪口之下。冲锋的号声听上去就像是葬礼上的哀鸣，大炮的轰击让学者们放不下一张平静的书桌……战争的确是残酷的，但是我们并不畏惧战争，更不可能逃避战争。有人说，现在是一个和平的年代，连国家都在削减军费，军工类的专业是没有前途的，民用的科技类才是正道。但每十年的建国庆典中、抗日战争胜利纪念仪式中，人民最为关注和期待的是什么呢？是阅兵。绝大多数人听不懂那些外交辞令中的双关隐喻，也不清楚那些对内政策要多久才能落实。但是，长安街上的武器装备是摆在那里的，人民军队的身姿是看在眼里的，祖国给我们的安全感是印在心底的。当看到一些别有用心之人在指责国家把钱拨给军工科研部门而没有用于改善"民生"的时候，我只能为他是黄种人也能讲中文而感到极大的遗憾。

除了与之割席而坐，我别无选择。

弹指风云论成败，从此不见山河改。

中华民族是内敛的，这一情况在某一时期的国际上似乎造成了一些误解。侵占、歧视、不公平的交易把儒雅清冷的谦谦公子扯上了利益的舞台，无休止的掠夺和变本加厉的侮辱让他痛苦而愤怒，但是优雅雍容只是他的皮肉，他内在的铮铮铁骨是不会任由拥有豺狼之心的贼子宵小之辈胡作非为的。抗争的过程艰难而又漫长，但最后，仍然是他，以胜利者的身份惨烈微笑。如今的中国以大国的身份参与国际的重大事务，沉稳持重。我们的外交官总是云淡风轻，智慧地周旋于风起云涌的世界潮流。但是在面对霸权主义的强取豪夺时，一句掷地有声的“未谓言之不预也”彰显了中华民族坚如玉石般的灵魂。无论世界政局如何变幻，华夏之邦，青山不改，绿水长流。

应踏河山数万里，尽收风月如点屏。

我有一壶酒，足以慰风尘。醒时建安骨，醉后太白魂。中华源远流长的文化孕育着历代佳士，一人，一剑，一壶酒，云游四方，或是行侠仗义，或是体察民情。古来的侠客剑士，带着自己的一腔热血，或是悲天悯人的情怀，在祖国河山之中留下了自己的足迹。而如今，驻守边疆的战士们，在国际海域维和的士兵们，在极地科考站的科学家们，甚至于翱翔宇宙空间的航天英雄们，又是被什么支撑着在前行呢？答案不言而喻。一块好的玉料不应该满足于沉睡在山川之中，它应该被琢磨，被雕饰，被送到世界各地去发挥自己的作用。而人本身也是经过了岁月和风雪的洗练之后，才能升华到至纯的境界。

“沙飞尽，风初定。胸怀若谷天地，去留自有意。”中国现在的确存在很多问题，但就是这个有很多问题的中国，是在经历了一系列的改朝换代后仍然将中华文明延续下来的国家，是在“二战”中承担最大损失却依旧战胜了的国家，是在被地球上绝大多数国家孤立后利用短短十几年建立起完整工业体系的国家。现在的我们，幸福且珍惜着。

烽烟四起，惊雷乍落，峥嵘岁月定风波，冶作昆冈魂魄。

不曾忘却的风骨

机械与车辆学院　孙文彬

楔子

“如果一个人当村主任当到 50 岁不当了，但是你知道他 51 岁时还会当村主任，你会打他吗？”

“不会。”

“这就是中国。”

——摘自院长见面会上院长的演讲

一

在出地铁口的那一瞬间，我的内心是崩溃的。北风呼啸，雪花飘散，白雪覆盖着皇城的瓦砾；脚下的冰融成水，又迅速结成冰。这冷气拼了命地想穿透羽绒服的间隙，然后肆虐在余温尚存的体表。

大雪纷飞，这只是一个平常的周六，不是假期，不是节日，但与宏伟的国博一同映入眼帘的，还有那长长的队伍。“有一种特殊的气场。”我的第六感告诉我。其实我本不会在这样恶劣的天气来这样庄严的场所，我也一直不懂复兴之路的真正含义。但站在这里，这气场已经开始，在大雪里，融化我的精神与灵魂。

“这便是朝圣的感觉吧。”我想。

二

宏大的展厅里，我们五人十目相对，不知所措。这厚重沧桑的历史气息汹涌而至。我们均不是历史的参与者或研究者，但这般真切的触碰感又是那样震撼人心，如同奔徙朝圣的僧侣见到佛祖，内心激动却又平静、沉默。

然后我看到壁上的雕刻，泥浆瓦砾里翻滚出生命，挥汗力竭的劳动人民书写历史的篇章；旋转的地球旁，岩石泥土里破出不可阻挡的火箭——这是人类不可阻挡的进化潮流，也是“复兴之路”的起点。

“《复兴之路》基本陈列通过回顾1840年鸦片战争以来……中国各阶层人民在苦难中奋起抗争……中国共产党领导全国各族人民争取民族独立人民解放……”一字一句，震撼人心。

三

因为专业的缘故，我一直喜欢欧洲，特别是17世纪以来工业迅速发展的西方世界，同时赞叹那“蒸汽机”和工业革命带来的天翻地覆的变化。于是我常常思考那时的中国在做什么，那个曾经闪耀东方、雄霸世界的古老文明国度为何在这样的历史潮流中沉默不语？

展馆一开始就将这段历史“血淋淋”地展示在我们面前。大清帝国，在经历了康乾盛世之后，封建社会开始从后期的鼎盛走向衰落。盲目自大，闭关锁国，与欧洲的扩张形成如此鲜明的对比。在鸦片战争——屈辱开始之后，帝国主义列强蜂拥而至。他们在这片名为“中华”的土地上，践踏着华夏子孙的尊严；掠夺财富、屠杀人民、分割领土、攫取政治经济文化特权……

我看到陈列的圆明园的“兔首”，看到万国商团“团旗”的样本，看到曾经中国的领土……“眼前此番的中国，不是真正的中国。”我告诉自己。

看着窗外四散飘飞的雪花，那时的中国，一定也是处在像现在这样的恶劣环境中吧。想到近代史课上老师“演讲”的内容：“历史是波浪式前进、盘旋式上升的。”而那时那刻，是中华民族前所未有的低谷吧；那个曾经叱咤风云的东方巨龙，在那时分崩离析。“希望这风雪的环境，是为了考验这龙的精神。”作为一个历史的旁观者，尽管我没有参与过那段历史，尽管眼前只是图片、文字与展品，但我的耳旁却开始响起人民的呐喊，皇城下列强肆意妄为的场景开始“历历在目”，我的手仿佛在触碰到那残破的山河，然后一个声音从心底穿越百年、划破时空，如盘古巨斧开混沌之天地——“那不是中国!”

四

我一直相信命运，强者的命运。我相信命运是让强者变强的理由，而不是让弱者变弱的借口。无论风雪多大，无论时代多么黑暗，强者自强，自有强者的风骨。与其说“伟人创造了时代”或者说“时代创造了伟人”，不如说伟人在这个时代应运而生。

然后就真的有那么一群人出现了，他们在危难中身先士卒，在这场血雨腥风中，开始展现中华儿女的风骨。他们是来自农民阶级的“太平天国”，来自资产阶级的维新派的仁人志士。在那些书面的文献记载上，“太平天国”农民们的鲜血与仁人志士的以死明志都是历史的写照。

在这展馆中行走，我已经忘记了身旁的一切，面对这样艰难的探索道路，内心只剩下无奈和悲愤。身旁的人们都忘记了拍照，仿佛这一刻，我们都只有一个共同的名字——中国。

沉沉酣睡我中华，那知爱国即爱家。

国民今醒宜今醒，莫待土分裂似瓜。

——《时局图》题词

终于有人开始醒来，转过一面墙，中山先生的画像赫然出现。炮火硝烟中走来的年轻的他，救国于危难，救民于水火，挽狂澜于既倒，“认识到只有革命才是中国的出路”。他们举起“三民主义”旗帜，发动武装起义。但这还不够，这还不能唤醒人民的意识！然后走来一批执笔为枪的斗士，在思想上唤醒民族的意识。“以民主、科学为基本口号的新文化运动兴起，各种思潮涌现，形成了思想解放的潮流。”文青，在那个动荡不安的年代，作为最没有力量的团体，却爆发出最有力量的呐喊。

不管是观行至彼，还是停笔于此，我都内心澎湃，在与历史的碰撞中我的灵魂与每一个华夏儿女共鸣。我庆幸自己没有生在那个兵荒马乱的年代，不用经历国恨家仇；我又遗憾自己没有生在那个仁人志士前赴后继的年代，不能在危难关头与祖国一同担当。

五

窗外的雪越下越大，北国的雪总是来得如此猛烈。触碰着这震撼人心的历史，“我们的国家，我们的民族，彼时彼刻，还在风雪里吧?”我想。越往后走，精神越受到一种感召的力量，这是血脉的共鸣，五千年来华夏大地上每一个中华儿女都有的共鸣!

复兴的道路永远不会多顺利，正如春去秋来冬至，正如我起稿前还看到“十二月十三日”的标题出现在各大门户首页——南京大屠杀死难者公祭日。这让我想到历史课上老师提过的“黄祸论”“中国祸害论”。正如年轻的我们要证明这理论的错误一样，年轻的共产党，要证明日本侵略者阻止复兴的滔天大罪。

于是画像里的他令我眼前一亮：与中山先生的沉稳内敛相比，取而代之的是蓬勃的朝气与进取的锐意。这不是润之先生个人，我想，这是中国共产党，是从嘉兴南湖游船上走下来的年轻的共产党。在这动荡不安的年代，他们无所畏惧；在那雨雪风霜中，他们是中流砥柱。

经历过黎明前的黑暗，看到曙光，我不知怎样描述那时激动的心情，我只想跟着这支年轻的队伍快点走出这黑暗的洞窟。我的脚步越发轻快，抗战胜利，南下渡江，攻占南京……穿越时空，开国大典的场景赫然展现在我面前！而此时窗外的场景，正是大雪纷飞中的天安门!

我懂了，懂了那感召我的精神。穿过时空的风雪，他们站在天安门上，一字一句彰显的是雪中的风骨，是中华儿女生生不息一脉相承渴望复兴的风骨!

六

这不是博物馆，这是时光机；这不是展品，这是历史。

我庆幸自己不畏风雪来到了这里，有多少人能在一天之内感受大悲大喜？与民族一起踏在这“复兴之路”上，我的思想开始飞奔。

多年之后，村主任还会当上村主任，但他永远不会忘记不当村主任的这段日子；多年之后，当我看到巨龙在东方升起，我仍会想起今天看到的这段历史。

踏出馆门，风雪仍在肆虐。我不再是我，我想，我是中华儿女；脚下的这片土地，不是北京，而是中国。

爱国不应因和平与平凡而褪色

管理与经济学院　王靖怡

和平年代仍需爱国情怀，平凡生活仍需爱国意识。

爱国，仿佛鲜活在遥远的年代，疏离于和平生活；爱国，好像属于宏大字眼，与平凡生活相隔千里——这种观念，正使现代人的爱国意识逐渐淡化。人们好像认为，如今经济水平与生活质量逐步提高，没有战争，爱国情怀已是多余。人们仿佛觉得，爱国是先辈烈士与军人战士应具备的品质，需要牺牲，需要轰轰烈烈。如今生活如此平淡，普通老百姓很少触及国家政治层面，也就缺少了爱国意识：这些说辞仿佛颇具道理，难道我们真的不需要这种情怀了吗？

但是，难道你没有看到美国对中国的压迫越加严重，四周邻国都期待中国的没落并趁火打劫？难道你没有看到日本虎视眈眈，对历史的不正视与对钓鱼岛毫无道理的占有？如果你认为这些过于遥远，你没有感受到潜在危险：那么此刻你沉心思索，多少人随地吐痰不顾环境恶化，多少人刻下“到此一游”不顾古迹残损，它们都离你很近，你无法不正视这些屡见不鲜的现象。你辩解它们不属于爱国范畴，那么试问：你心中何为爱国？爱国主义情怀，就是一种千百年来固定下来的对自己生长的国土和民族所怀有的深切依恋之情。从某种角度来说，只要是对国家有益的任何观念与做法，均可称为爱国，反之则属不爱国。发生在平凡人身上但无形中破坏国家形象的行为，不就显示出爱国意识的退化了吗？

和平不比战争年代，仿佛只有参军打仗流血牺牲、游行示威、发表激进言论这些壮举才算爱国。但我们在时代变幻中逐渐走向人类的理性与成熟，和平与发展是当今世界的主题，所以在和平背景下的爱国理念与行为方式也正发生着改变。不随地吐痰，不破坏公物，从宏观上来说，都是爱国的基本表现。向旁人伸出援手，多参与志愿活动，也都是爱国行为的展现。多关注时事新闻，了解历史政治，也是爱国意识的复苏。刻苦学习，努力工作，更是爱国情怀的展现：和平年代，不是不需要爱国情怀，而是需要改变爱国的观念与做法。

爱国并不遥远，它可以作为人们精神品质的汇集点，随时体现于人们的言行举止中。爱国并不热烈，它只需人们平时注意自己的所思所为，将这种意识融入日常生活的琐事中，在做任何事之前，心中时刻装着国家的利益，以国家为信仰，在平凡中汇入爱国的溪流，滴水成海，跬步成千。

这些想法并非个别现象。由于全世界人口流动愈加频繁，信息传播愈加快捷，国家意识在淡化。人们更在意自身的生活质量，社会意识在减弱。由于时代地域的关系，亲情联系更加疏远，家庭观念在退化。这一切，都使得不仅是中国，乃至全世界的家国情怀都在淡化。

2015 年 9 月 3 日，无人不晓这一天于中国的重要性。我们尽情展示着国家的军事、经济、政治实力，凸显着自己在反法西斯战争中所做出的巨大牺牲与贡献。军队训练有素，步伐铿锵，一切都让人感到欣慰与鼓舞，让人体会着中国的强盛与崛起。这无疑从一定程度上反映了国民的爱国程度。但不可否认，人们只有在像阅兵这种意义特殊的隆重场合，才会考虑国家层面的问题。因为纪念活动唤起了人们心中埋藏已久的血腥历史，阅兵仪式让人感到了轰轰烈烈。这说明，那些政治色彩与仪式感强烈的活动，才能唤起人民的家国意识。只有在展现祖国繁荣昌盛时，人们才更在意自身的归属感与国籍认同感。

荧幕前的军人信念坚定，现场的群众热血沸腾。一旦盛宴不再，回归平凡，人们的表现，又怎会如出一辙？不得不提到假期里进行的实践活动。在做街头访谈时，我感受颇深。人们悠闲漫步，与同伴谈笑风生。这时，你的出现使他们脸色一沉，伴随而来的是脚步加快、潇洒摆手、虚伪的微笑、敷衍的借口。人们不愿你占用他们一点时间，不希望外界占他们一点便宜。你站在那里，望着他们远去的身影，感觉他们心中只有自己的生活：无他人，无社会，更无国家。我采访的问题是关于爱国情怀的，部分回答让我汗颜。有些年轻人毫不在乎地说那些大事是国家领导操心的，与他们毫不相干，他们只需关注自己。他们的眼中只有自己没有国家。有些老年人认为现在所有人都很爱国，国家已经很发达，十分感谢共产党。这看上去合情合理，但他们对公众心理的认知过分乐观。有些人没有听说过人口老龄化、空巢老人问题，他们对国情现状了解的匮乏，令人深刻感受到个人与国家的疏离。同是爱国，仪式庆典上如此热烈昂扬，日常生活中却是毫不在乎：人们认为爱国过于宏大，自己太过渺小，爱国属于国家政府，需要战争仪式，但不属于和平与平凡。少有人因心中有国而慎独，因此人们的爱国思想不够深远。

感慨万千，但更多的是感到自己对社会现状与人们心理变化的无知与乐观，不免心头涌上阵阵寒意。国人的爱国情怀亟待加强，爱国思想程度着需提高。有朝一日，如果人们能意识到和平年代正是因爱国精神的存在才维持至今，而爱国精神正是由日常生活中因心中有国的慎独才能永葆不朽，我想，人们的爱国情怀的深度才可能上升到崭新的境界。

和平年代需要爱国情怀，平凡生活需要爱国意识。爱国不应因和平与平凡的持久而褪色。

列车正点进站

机械与车辆学院　闫佳

摘下耳机，火车撞击铁轨的隆隆声开始使耳膜震颤。国庆假期结束两天后回北京的列车车厢不算太拥挤，适应固定节奏的撞击声后，其实可以说是安静的。从张家口到北京，沿线的景色在玻璃上放映然后倒退，就像是一部电影自然过渡到下一部，虽然其主线一直是北国风光，但从茫茫田野到粼粼水光不知何时竟又是林立的工厂。火车上的长途旅行其实可以和历史形成一种对照，前者在空间上线性变化，后者在时间上线性变化，却都有能力让感性者产生沧海桑田、物是人非的感叹，又都在不经意中储存一些东西，提醒我仍是我，一个民族还是一个民族。

火车驶入山中隧道，窗外瞬间黑暗，车厢内昏黄的灯光让空气变得黏稠，一些本不属于我的记忆开始闪现。假期里父亲给我讲述的村子里老人们抗日的故事已经在脑中萦绕了几天，此刻火车的隆隆声开始变换成炮火的声音，时间终究是留下了些东西给后来的人。我不曾看见，但那些炮火的确曾经落到这片土地上，那些愤怒、悲伤、无奈，牺牲，也全都真真切切地存在过。影像的记录将我和历史隔绝，可爷爷们曾放下锄头为自己的家园而战，我的体内流着他们的血液，我继承着一种记忆。有时我将自己代入那个时代和那个村落，演绎本体的勇气与决绝，于是更加难以承受他们用血肉保卫这片土地的光荣。他们伟大而不朽。

但故事的一幕终究落下，几十年之后，当年因爆炸而激起的灰尘已经被深埋，那些在战争中破落的花不知道又滋养了多少代的鲜艳。火车驶出山洞，世界已经明亮美好，远处袅袅的是时光静好的炊烟而不是硝烟，历史已经过去，但我们依然爱自己的国家。如果说时间会留下一个民族的某些特质的话，那一定是热爱，这让我们不再是某个人，我们可以希冀被国家庇护，也愿意庇护这个国家，于是没有人再是一座孤岛，十三亿人都是一个身体的某个部分。

可是当我们失去反抗的实体对象，我们的爱国热情该如何兑现？曾经的爱国就是拿起枪保家卫国抵抗外侮，但是在中国已然成为世界第二大经济体的今天，爱国主义显然有了更多含义，也更容易引起更多误解。在一个炮火丛生的年代，当所有人饱含着同一种勇敢，在这样悲凉的气氛下与侵略者为敌、战斗，爱国主义清晰而明亮，就像黑暗中的火焰虽然摇曳但所有人都知道它在那里。这种战斗的思维被继承，也同时被许多人将其与爱国主义缠绕。可是在世界局势更加复杂的今天，中国与世界更加紧密缠绕，这种战斗式爱国往往在很多情况下失真，而演变成一种非理性的狂欢。

重新戴上耳机后，轻柔的音乐再次将隆隆声隔绝，躁动也平息一些。再看窗外，景致仿佛更加温柔，有人在湖边垂钓，旁边的道路上不时有车辆驶过，远处有山渐渐隐在雾气里，是秋日了。车窗上映着我的脸，他戴着一副眼镜，明显少受风尘而隐隐藏着几丝稚气。但他是这群青年人中的一个，中国有一天会由他们来改变，他们的爱国主义必有新的内涵。

砸向日系车的砖头更像是一种发泄而非维护，因为难觅的战斗对象以这样明显的方式出现，所以无须思索所谓日系背后的中国价值，愤怒就莫名迸发，这种爱国不可避免地走向尴尬：他们立志爱国，却在实际伤国。爱国有时成为武器绑架他人，就像刘翔伤痕累累走下赛场，却要承受辜负国家的诬陷，我们用“1356”来提醒他，若是输了，就是不爱国。实际上，我们凭什么要将一个国家压在和我们同等的另一个人身上？

理性爱国实在是一个不够新鲜的话题，但非理性仍然有自己的市场。我们已经不需要苦大仇深，仿佛中国要时刻准备好对抗全世界，中国理应拥有自己的大国自信。“犯我中华者虽远必诛”背后所需要的博弈和考量，不是几句精神就可以忽视的。事实上，即使你不转，你依然是中国人。相对于狭隘、极端、排外，我们可以更加温和地摆正自己在国家中的位置。一个同学用坦克作为自己的 QQ 头像，专业分流时毫不犹豫地选择了装甲车辆工程。他将刻苦钻研，一丝不苟，若干年后他制造的坦克将在天安门广场上轰轰而过，于是他的梦想实现时，这个国家的梦想也将离现实更近，所以他是爱国的。我们所有人都在自己的领域尽力卓越时，又何必需要排斥另一个国家的产品。我们关注国家大事，但不需要高喊口号，炸弹不会因为一句“打他呀”就投下。这个国家很好，也不够好，他是很胖了但还没有肌肉，需要避免战争让自己更加强壮。这个民族依然有自己的坚持和底线，但并不需要四处找人决斗。火车能够正点进站，是因为有稳固的铁轨和科学合理的调度，国家也是一样。在它更强盛的过程中，需要的是平稳和冷静，狂怒和加速都可能使它脱轨。所以静下来，沿着这轨道，未来就在那里。

我准时踏上北京站的地面，时间是下午三点。广场上的人来来往往，我穿行而过。浑远悠长的正点钟声响起，旋律是《东方红》，我有一瞬间的失神，仿佛过去和现在混合。这就是我们的国家了，以往的荣光和将来的幸福也在此刻展现某种预兆——我们的国家终会正点进站。

伟大的国家，伟大的党

徐特立学院　周子隆

这句话最开始是在周小平的书《请不要辜负这个时代》中读到的，当时的我太年轻，不能体会到作者的感情。今天在上党课的时候，提到中国共产党如何建设新中国，就想到句话。遂有感而发，借此机会写一篇文章。

——题记

1921年7月的最后一天，浙江嘉兴南湖上的一艘渔船里，一群知识分子正在召开一次改变整个中国命运的会议。在这个会议上，他们通过了《中国共产党党章》，选举了党的领导机构。那时的中国，贫困交加，战乱不断。有一群原本生活优渥的人，为了共同的理想——中华民族的崛起，毅然放弃了一切，走向苦难重重的崎岖之路。他们是党和国家的第一代领导人，他们是坚定的马克思主义者、无产阶级斗士。他们创造了无数的奇迹，长征、抗日、抗美援朝、两弹一星……正是他们的奉献和牺牲，才换来了我们现在的和平生活、充满活力的时代。

1992年1月17日，一位老人坐上了南行的列车，这不仅仅是简单的视察，而是中国历史上的重要转折。这位老人发出了铿锵之言、睿智之言："基本路线要管一百年，动摇不得。""计划多一点还是市场多一点，不是社会主义与资本主义的区别。改革开放胆子要大一点。"邓小平是坚定的马克思主义者。他知道，要把经济建设放在首位，提高人民的生活质量，中国才有崛起的可能。于是有了改革开放，有了香港旁边的那一个圈，有了中国几十年的快速发展。

20世纪90年代的中国处于关键时期，改革开放已见成效，国有企业在国际上做大做强，军队改革逐步进行，此时的中国迫切需要一个稳定的国内国际环境发展自己。但是苏联刚刚解体，国内动荡，美国一家独大，不可一世。在短短十二年里，美国就发动了数场战争，并数次与中国正面摩擦。

如果说2008年的汶川地震，中国人所表现的团结让世界震惊。那么2008年的奥运会和2010年的世博会，让世界看到了中国深厚的文化和中国人强大的创造力。这时候的中国终于有了家底，可以免除压在中国农民身上几千年的农业税，可以投资建设高新产业开发区，可以修建各种百年工程。中国人也富起来了，大量公民出国留学、旅游，将中国的影响力扩散到世界各地，让世界看到了中国在经历六十多年的发展后的变化。

2013年3月14日，习近平当选为国家主席和国家军委主席。曾经在农村当大队书记的他，挖井、建坝、修厕所，将农村变了个样。曾在福建任职17年的他，深入基层、严打腐败，解决水土流失问题，亲身参与到福建的现代化建设中。现任国家领导人的他，平易近人，坐在炕上与百姓唠家常，在安纳伯格庄园与奥巴马谈笑风生；对腐败零容忍，先后打掉郭伯雄、徐才厚、周永康等大老虎；组织APEC峰会，举办G20峰会，让中国在国际上的话语权越来越重；运筹帷幄，裁军30万让解放军更具战斗力；与俄罗斯达成全天候战略伙伴关系，共同承担来自西方的压力。习近平从容淡定，平易近人，与时俱进，不忘历史。他提出来的社会主义核心价值观让中国变得更加和谐包容、繁荣富强。

为何教科书上说是历史选择了中国共产党，是历史选择了中华人民共和国？这不是一句洗脑的空话，而是写书人的肺腑之言。在中国近代史上，中国人经历多次尝试改革，想要引发工业革命，让民族富强。第一次是洋务运动，虽为中国奠定了一定的工业基础，但终以甲午战争的惨败落寞收场。第二次是百日维新，想通过君主立宪制来救中国，这种自上而下的改革没有发动群众，最终还是抵抗不了顽固的封建阶级，以失败告终。第三次是辛亥革命，建立中华民国。虽然中国暂时稳定，经济、国防、教育有了一定的发展，甚至出现了“十里洋场”的大上海，但表面的繁荣掩盖不了工业的薄弱，最终在日寇的铁骑下破碎。中国共产党走上了历史舞台，推翻了帝国主义、封建主义、资本主义，建立了新中国，两个五年计划让焦土变为工厂、医院、农田。通过改革开放引爆工业革命，30 年走完了西方 200 年的道路。1980 年以来，年均 GDP 增长率基本保持在 10.0%，人均寿命从 1945 年的 45 岁提高到 2015 年的 76 岁……如果这样的政党，这样的国家不伟大，世界还有伟大的国家和政党吗？

我无法否认中国在发展过程中产生了很多问题，比如污染、浪费、腐败、低素质等。我在这里也不会为给这些行为洗白（因为只有正视问题才能解决问题），我想说的是每个国家发展工业必然会产生污染，政府官员不可能都是白莲花，民众更不可能都是高素质。我们对发生在中国的这些事情应当采取客观的态度，而不是像某些“人”，当事情在中国发生时就夸大、歪曲，大谈“体制问题”；同样的事发生在外国就遮遮掩掩，实行双重标准。少年强则国强，少年智则国智，在这里我想赠送给未来将担负起中华民族伟大复新任务的北理学子两句诗：“苟利国家生死以，岂因祸福避趋之。”

华章

材料学院　原野

初

是谁？
用母亲的呼唤，催出了我的腔音。
是谁？
用父亲的激动，吻醒了我的眼睛。
我不知道；
但我知道，
我的满眼、满耳、满脑，
都是她的模样。

春秋

我爱听故事，
来自千年之前，有关她的丰姿。
故事里，有一条血脉，
从一个叫中原的地方，
从两个分别叫作神农和轩辕的先人身上，
像一条巨龙，腾跃而出。
这条龙，光彩熠熠，
名作炎黄，巢为华夏。
而他游过的地方，留下了子子孙孙——龙的传人，
而龙子龙孙，也像极了神龙：

龙一样金黄色的皮肤，龙一样深邃黝黑的眼珠，
坚强刚韧，智慧勤劳，
沧海甘为桑田，荒野肯做沃土。
那么，这就诞生了，中国！
你问岁月悠长：
从上古三代的迷蒙神秘，
到新中国的光耀大地；
大唐帝国的万国来朝，
明清衰颓的懦弱混乱；
人康国泰，破碎山河，
中华民族的血汗，淌过了五千年的风雨。
你说神话传奇：
开天辟地的横空出世应犹在耳，
鲲鹏展翅的奇思妙想经久流传；
秦灭六国的霸业千秋景仰，
岳飞抗金的精忠万口相传；
王者雄心，侠客逸情，
忠仁道义的演绎，照亮了五千年的星空。
多少起落？多少兴衰？
多少欢笑？多少苦泪？
多少春思？多少秋梦？
一抔黄沙轻盖而去。
而我，继承着神龙的记忆，
也必将我的血肉融入这精彩的
春秋！

九州

我有时会凝视脚下的土地，我站立的根基。

我去往东极，
西太平洋的风轻和地抚着我的脸；
旭日的曙光，伴着海鸥的初啼，
在远处早发的渔舟，闯进了我的目光。
我去往西土，
中亚的月华，衬上苍穹的闪光，
身旁的仙人花凝出的夜露，勾起我无尽的幻想。
纤歌？
江南的扁舟摇曳，如梭，
编出如织的烟雨；
葫芦丝的悠扬，
云开了乌衣小巷里，如画般的邂逅；
牧曲？
塞北的牛羊成群，如毯，
映出如镜的天地；
松花江的毛雪，
缥缈在千年冰封下，如海般的森林。
昆仑王母的驻地，远眺着南海观音的群屿；
东方道师的仙岛，羡慕着北极星宿的冰晶。
阴晴雨雪，包罗万象。
我脚底的赤壤有多厚，
那我，就对他有多深情！
我甘为落红化泥，深深嵌入这广博的
九州！

锦华

没事做的时候，我总爱书法。
只要顿挫便可以苍遒有力，

只要弯曲便可以幽柔婉美；
或是甲骨文铭，秦碑汉简，
或是颜筋柳骨，徽宗御启；
一笔一画，难免千年。
没事做的时候，我总爱诗画。
仅用黑白便可以淋漓尽致，
仅用文字便可以平仄妙律；
或是高山独倚，小阁犹依，
或是花鸟静观，采荷人醉；
一字一线，难免深情。
我爱天街小雨里着汉服披苏绣
骑扬州驿马看尽长安长亭、斜柳夕阳；
我爱京城桃花下穿蓑笠吹牧笛
跨钱塘黄牛赏遍洛阳白马、牡丹好月。
金陵的断垣残壁浸透了枫血苔痕掩映，
忘不掉屈辱的奋起，
淅沥的雨渲染了悲愤和伤感；
北平的老旧胡同通向了天蓝神舟飞天，
听得见雄狮的崛起，
腾空的云升起自豪与希望！
我正在加速前进，希望在这充满憧憬的洪流里搏浪而上，
为我深爱的，
锦绣中华！

终

我看过了万种风情，
我尝遍了百般好景，
终于发现，

她，就是我的祖国，我的中华！

我的生死老终，

我的青春恣情，

我起飞和降落，

生出我，养起我，包容我，

看着我成长并流着泪，

倾听我苦恼并微微含笑，

我无论何时都不能忘记的，

不管怎样都不能离弃的，

我真正的，母亲！

比昨天更痛的今日

机电学院　纪文杰

英雄在历史的剪影中远去，只留下一个模糊的背影，刺痛夕阳的脉络……

——题记

孔庆东老师曾写过这样一段话：

“日本骨子里是敬佩中国的，但敬佩的是中国的古代。所以中国如果自己把古代精神给否定了，那就没什么值得人家敬佩了。”

这段话也引发了我深深的反思。昨天的中国被列强蹂躏，被称为东亚病夫，而今日的中国已经十分强大，不必担心再被别人欺辱。可是今日的中国却有着比昨天耻辱更痛心的悲哀！

我时常怀疑国人是不是太健忘了？那些战火纷飞的岁月，又有谁还记在心里？难道那些曾经的耻辱、无名的英雄就这样消失在历史的书卷里了吗？没错，这是一个和平的时代、安定的时代、轻松的时代，我们不必去过颠沛流离的生活，不必去尝树皮草根的味道。可是我们怎么能将他们这些沉默的英雄忘记？

号角长鸣，漫天硝烟，浴血拼杀，马革裹尸，那些惨死的士兵，腐烂的尸体……

历史不应该被忘记，那种崇高的爱国精神更不应随着岁月渐渐掩埋。

至少屈原的“伏清白以死直兮，固前圣之所厚”不应忘记，至少陆游的“飞霜掠面寒压指，一寸赤心为报国”还要记得，至少岳飞、杜甫、文天祥、顾炎武、杨靖宇……这些伟大的爱国英雄我们要铭记于心。

中国从来不缺少鲁迅笔下的“看客群体”，国人崇尚“中庸”之道，清王朝屡遭外敌欺压，他们忍气吞声。勇者愤怒，抽刃向更强者；窃者愤怒，抽刃向更弱者。于是谭嗣同仍在抗诉，梁启超仍在救赎，鲁迅仍在呐喊……

国不安定，我们何以家为。

国若不定，我们岂能苟安?

这是他们这一代人的信仰。比起他们，我们是不是有那么一点愧疚呢?

作为当代大学生，我们有责任去了解历史，铭记那些曾为了我们的幸福付出青春和生命的人。只有这样，我们才能对得起那些英雄，对得起自己的良心。不要让英雄流了血还要继续为我们流泪。在这一片莺歌燕舞、灯红酒绿、歌舞升平世界的背后是无数先烈的奉献和牺牲。他们不是要你们对他们赞颂，整天称赞他们的功绩，他们只是不希望这样一种精神湮灭在历史浪潮里。

熊培云在《思想国》中提到过一句话：过去有比现在更高远的未来。是否我们可以说，当一个国家失去了它自己的历史文化，更意味着它失去了蕴藏其中的无以计数的未来。是的，我们需要未来，但不容许就这样忘了过去。过去的灿烂辉煌，我们要发扬光大，过去的羞耻惭愧，我们要引以为戒。新时代的中国需要过去的精神、崇高的热血、不屈的信念、敢为天下先的勇气、为国为民的家国情怀……这是一笔难得的财富，丢掉这笔财富就会陷入盲目。历史的价值所在就是从中感受到一种精神，并能培养这些精神。

“一个遗忘保卫者的国家，也将很快被遗忘。历史是千万人用鲜血凝成的。”隔着这段时空，透过泛黄的历史教科书，仿佛可以看见杨靖宇将军正啃着树皮、草根，看到邱少云烈火中坚定的眼神，看见夏明翰刑场上不惧的英姿，看到一个个英雄流血牺牲……我们还有什么理由忘记这血的历史?!

于历史的深处点燃一盏青灯，照亮历史，照见埋藏在黑夜中的英烈，让他们见见光亮，他们已经在黑暗中等太久了。我的脑海里突然浮现这样一幅画面：一个面部黝黑的战士，胸前挂满了子弹，双腿也不见了，就这样静静地躺在战壕里，周围被无尽的黑暗包围。就让我们提一盏青灯，默默走近他，让他感受到一丝温暖、一点光亮。

我们站在祖国的土地上，观天地之悠悠，念昔日之英豪，怆然而涕下。

游园有感

光电学院　张睿玲

“废墟是课本，让我们把一门地理读成历史。”文学大师余秋雨如是说。

圆明园，给我最初的记忆即是小学课本里那一幅幅插图——断壁残垣，白色废墟。听着老师述说外国侵略者的残暴之举，不禁油然而生一股愤慨，随后便是深深的惋惜。国之瑰宝，岂能容他人如此蹂躏？

步入中学，圆明园的形象再一次出现在了历史课本。长大了的我们明白了这些“残垣断壁”的来龙去脉。理性观之，那不仅仅是强者横行霸道后的罪证，不仅仅是贪欲野心膨胀后的灾难，更是封闭者常年盲目自大后遭受的沉重打击，是弱者被活活争相抢食后的可怕残局。提起圆明园，中华儿女心中无不顿生四个警醒的汉字——“勿忘国耻”。

步入其中之前，我对它的所有记忆便是如此。

幸哉，吾今求学于浩然帝都；幸哉，吾可于长假漫步各朝古迹。于不变之物间追思历史长河中逝去的兴衰成败，如何不感慨万千？如何不心潮澎湃？于是，2014 年 9 月，我与朋友来到了这里——圆明园。

不见残垣见阔园

“别照了，我们来这儿体验的是一种历史情怀，而不是让你来拍写真的。”朋友这一句略显烦躁的话打翻了我四处留影的念头。心头一颤，思之确实在理。于是，我放下手机，前行，迎接即将到来的童年印象——白色废墟。

参天古树，碧波荡漾，无论是深沉的，还是鲜艳的绿色，都在微风中，时而宁静，时而摇曳；小山林立，石桥拱起，硬朗的灰白连接着天的蓝，草的绿，连接着叶的茂密与湖水的清丽；满地黄花，簇拥成图，一盆盆新菊绽放着秋日独有的魅力，也为园中带来了丝丝生机。

不，等等，这是圆明园吗？为何不见那残败的建筑？

略想一二，便有了答案。作为一座工程浩大、历经近十任帝王逐步完善的皇家园林，难道只是那一方纯白的建筑？显然不是。作为“园”，作为皇家之“园”，必然有秀丽的自然之景，必然有精致的亭台楼阁，二者有机相容，自然妙趣横生。于是，我转换思路，以一颗观赏优美园林的心，漫步于石板路上。

曾记圆明园遭受两次巨大浩劫，火烧三天三夜，其遗迹必是千疮百孔。如今，这山水树鱼，无疑是后人修缮的了。或许，这不及当年的秀丽亲和，但我已体会到往昔王朝的昌盛、王宫贵族深蕴的自然情趣了。

无论如何加快步伐，却总也走不到头。拿着手中的游览路线，图中各种独具风韵的景点星罗棋布，但我们两人却只见一二。用手机定位，才知我们在绕圆明园的外围，很多景点或许已经错过。朋友说，当年火烧三日，亭台楼阁早已没了吧。那些名字只是遗迹。

果真，接下来见到几块介绍景观的牌子，四周却不见所提之物。提及此，深感惋惜。花草树木可年年再生，倾注人民心血的建筑可不会无端再生的。

未见亭台楼阁，却深深领略到园林的广阔。浩然工程，广阔之园，不愧为皇家所作。

断壁孤立任沧桑

景区地图未见，却在手机导航上看到一处“圆明园遗址”。以为是记忆中那幅插图，便激动又沉重地随之前往。到了，才发现不是，而是高高的土坡上一堵发黑的墙。

我和朋友好奇地爬了上去，才发现墙的那边有一处坑。坑中是散乱的巨石，想必是当年遭劫后的遗迹吧。墙上的黑迹，很可能是那场大火之后的痕。残缺的，乌黑的，这是建造者和游览者不愿看到的。“废墟是垂死老人发出的指令，使你不能不动容。”余秋雨此言恰得之。只是不明白那些在墙上刻写“到此一游”的人，心中怀有何种情绪。

西洋楼——民族的耻与恨

至此，终于见到了铭记的画面。原来，那课本中的插图，名叫“大水法”。

激动，因为见其实，仿佛见到了历史的那时那刻；沉重，因为美物不再，耻辱随生。在这里合影的人们，再也笑不出来，那百出不厌的剪刀手竟怎么也举不起。英法第二次鸦片战争、八国联军侵华战争，残酷无情地烧杀抢掠，致使此地的辉煌顷刻全无，只留下一堆废墟。废墟，净是废墟，异国风情的建筑全景永远埋藏在了纸张里。对于他们自己国家风格的建筑，都能残酷至此，更何况我们受侵者的建筑与珍藏呢？

不愿多想，越想越觉得愤恨，越觉得耻辱。恨那弱肉强食在人类文明中显现出的丑恶、恨那西方强盗野心膨胀后的贪得无厌；耻我泱泱大国自视天朝地大物博而至衰败、耻我大清王朝苟全乱世无奋勇之为。昏而无知，无知则更昏；弱者挨打，挨打则更弱。坚船利炮轰开的国门，怎可能摩拳擦掌，随时准备着打一场胜仗？

铭记历史，复我中华

游到西洋楼景区的尽头，见到几处展馆，详细地阐述了圆明园的兴衰历史。圆明园始建于康熙四十八年，经几朝皇室扩充修建，终达极盛之景。而遭遇两次浩劫后便千疮百孔，奄奄一息。历史是残酷的，但我们不能因此就逃避历史。新中国成立以后，党中央十分重视圆明园遗址的保护。遗址虽然在“文化大革命”中遭到破坏，但毕竟被保住了。就这样伴随着民族的复兴进程，圆明园的保护及修复工作也在不断进展着。

废墟依然伫立，虽显颓靡，但却给人以警醒，昭示着民族步履的蹒跚。这些活生生的教科书正鞭策着一代又一代人铭记历史，复我中华。作为当代青年的我们，有什么理由不努力奋斗，将青春奉献祖国，齐心协力实现民族的富强呢？

少年梦

化学与化工学院　胡志明

十八年的风雨磨砺，一场考试的赴汤蹈火，无数人葬身火海，而我们浴火重生。曾经的那个少年，如今漫步在这偌大的象牙塔中，寒风渐起，往事袭来，当初的少年壮志，生死离别，书生意气，傲梅寒苦，一件件在脑海中翻腾，搅动万缕情丝……

少年壮志不言愁

相信每一个少年都曾有一个伟大的志向，一个看似遥不可及的梦想。这样的梦想虽然虚缈，却对少年的成长有着潜移默化的影响。十年后，在那象牙塔中，这个梦想将化为少年终生的信仰，陪伴少年一生……

时光追溯，历史回眸，我们仿佛又瞥见了当初那个懵懵懂懂、意气风发的少年。那时的少年风华正茂，书生意气，翘首看见辽阔的苍穹，便有鹰击长空、鹏飞万里的冲动，低眉看见浩瀚的大海，便有乘风破浪、水击千里的豪情。

那时的少年痴迷于那英雄史诗般的故事，每当读到那些壮美的篇章时，少年心里总会有一丝悸动。那片并不辽阔的心灵之海开始翻滚奔腾，久久不能平复。似乎就是从此时开始，少年便喜欢上了独处，喜欢登上高处去俯瞰这个世界。那个时候，少年的梦里总会出现这样的场景：在一个阳光明媚的日子里，少年如同他所崇拜的那些英雄一样，手持宝剑，从远方归来。整个家乡的人都在迎接他，他很疲惫，甚至忘记了自己所经历的战斗。唯一记得的只是他很疲惫，很开心、很满足。之后，少年的身体便开始渐渐消逝，一点一点，归结于无。正如他所崇拜的英雄们一样，在幸福中走向生命的终点……

去留无意离别苦

相信每一个少年都会经历一段生离死别的刻骨悲伤。这场铭刻于骨的苦痛终将使我们清醒，把我们从那漫无边际的幻想中唤醒，指引我们，走向正确的道路。

那时的少年仍旧沉浸于那漫无边际的幻想中。直到那一刻，直到那个悲伤的日子的来临。

那是一个凄凉的秋季，那日天空乌云密布，空气沉闷，秋风乍起，少年回首望了一眼远方的故乡，毫无征兆，心中却惴惴不安。终于，那天晚上，家中传来噩耗，少年的爷爷去世，少年连夜返回家中，仿佛失去了生命的航向……

……

……

……

冥纸的灰烬如同一片片黑色的雪花飘进了少年的心中，掩埋了当初的那份幻想、那份迷茫。黑色的雪花渐渐融化，融入少年的心中，把少年引入那遥远的梦乡：这一次，少年依旧是从远方回到故乡，只是这一次，少年没有手持宝剑，而是面带泪水，少年奔向故乡，去追寻那个熟悉的身影。这个身影渐渐远去，抛下了少年，消失于遥远的天际……

一周后，少年返回了学校，抛却了那个遥不可及的幻想，开始投身于学习……

书生意气傲梅骨

每一个少年都必定会有一段为了某件事物而抛却其他、奋力追逐的经历，在象牙塔中，这件事物将会有一个全新的名字铭刻于少年的心中，伴随着他的一生，它便是信仰。

“清清其光，灼灼其华”，不知何时“清华”的字眼悄悄地在少年的心中扎下了根。那段时间里，少年夙兴夜寐，靡有朝矣。抛却了其他，只为了这两个字，只为了这个信念。一天晚上，少年拖着疲惫的身躯回到宿舍。深夜，清澈的月华透过窗子照了进来，少年悄悄拭去了眼角的泪水。那天晚上，少年做了一个梦，这一次，少年奔跑于苍茫的大地上，远处是一座高峰，少年竭力向高峰奔去，却发现高峰离他越来越远，仿佛遥不可及……

人间正道是沧桑

如今的少年正信步于北理工的校园，正沉浸于往事的回忆里，泪水渐渐模糊了视线，少年也渐渐从回忆中清醒过来……

如今的少年经历了那场考试，经历了那次浴火重生，置身于象牙塔中，却不知何去何从。少年开始思索一个词，一个名叫“信仰”的东西，于是，少年想起了一个故事：

那是一个风雨如晦的年代，奸臣当道，迫害忠良，土豪恶霸明火执仗，黎民百姓生灵涂炭。而他们——高攀龙、顾宪成、杨涟、左光斗走到了一起，只为了一个共同的信仰——“为天地立心，为生民请命，为往圣继绝学，为万世开太平”。即使被迫害致死，这群东林党人也始终没有改变这个信仰，杨涟在他的绝笔中写道：“但愿国家强固，圣德明，海内长享太平之福，涟即身无完骨，尸供蛆蚁，实所心甘，此痴愚念头，至死不改。”

不是愚忠，而是信仰，而是以天下为己任的担当。几千年来，一直都有人走在这条孤独的道路上。他们为了自己的信仰，为了年少时的志向，甘愿以死相搏，抛头颅，洒热血：

“人生自古谁无死，留取丹心照汗青”，零丁洋前，文天祥宁死不降，舍生取义；“秋风秋雨愁煞人”，牢狱中，秋瑾为了革命信仰，慨然赴死，“有心杀贼，无力回天。死得其所，快哉快哉”，刑场上，谭嗣同为了变法改革的信仰英勇献身……

少年的壮志，艰苦的拼搏，生死的别离，这些大概就是少年与这些英烈们共同的经历。可是，对于如今的少年，信仰又置于何地呢？少年开始反省自己。

少年又一次登上高处，这一次，他的目光不再停驻在那遥远的故乡，也已超越了这繁华忙碌的北京城。

少年紧闭双眼，这一次，他仿佛看见了祖辈们辛苦耕耘的土地，就是这块贫瘠的土地承载着祖辈们的希望，就是这块贫瘠的土地，养育了他这个生于农村的少年。面对着这片贫瘠的土地，少年的热血开始奔腾，眼眶中蓄满的热泪开始泉涌。那一瞬间，少年忽然找到了一种“家”的感觉，很温暖、很温馨，那一刹那，少年的思绪飞转，他看到了许多他不认识或许永远不会认识的芸芸众生。他看到了冬日到处送煤的老汉，他看到了四处捡废品的流浪汉，他看到了在城市打拼、风餐露宿的农民工，在这其中，他看到了他的父辈们，看到了他们忙碌的身影，看到了他们瘦弱的身躯，看到了他们憔悴的面容。他看到，父母脸上的皱纹越来越多，越来越多……

“你所站立的地方，就是你的中国；你怎样，中国便怎样；你是什么，中国便是什么；你有光明，中国便不再黑暗！”

少年越来越坚定，他开始意识到，自己可以做点什么；他相信，自己可以做点什么；他希望，自己可以做点什么……

那天晚上，少年做了一个梦：在梦中，他看到了当初那个持剑归来的少年俨然一位英雄；他看到了那位逝者熟悉的背影；接着，他看到了那座象征着“清华”的高峰。“德以明理，学以精工”，接下来，他走进了北理工这座象牙塔，接着，他走进了社会……

在一个阳光明媚的日子里，少年看到自己白发苍苍，走在返乡的道路上，在他抵达家乡的那一刻，他看到整个家乡的人都在迎接他。他很疲惫，甚至忘记了自己所经历的战斗。唯一记得的只是他很疲惫、很开心、很满足。之后，少年的身体便开始渐渐消逝，一点一点，归结于无。正如他所崇拜的英雄们一样，在幸福中走向生命的终点……

第二天早上，少年起床照镜子的时候，发现嘴角多了一丝黑色的墨迹。仔细一看，原来是刚长出来的胡子。是啊，到了今天，少年已不再是少年了，今天的少年已然成年了。

我相信，我们每个人的心中都会有这样一个少年梦，都会有一份坚定的信仰。希望大家能在这纷繁的世界中不迷失自我，不失去这份信仰，谨以少年的一段话作为此文的结尾：

成年后的我们不再有如辛弃疾般“爱上层楼，赋得新诗强说愁”的兴致，不再有如杜甫般“会当凌绝顶，一览众山小”的豪情，不再有“长风破浪会有时，直挂云帆济沧海”的豪迈，面对“天堑无涯”，我们唯有喟叹“蜀道之难，难于上青天”。

从此，褪去了少年时的稚气与轻狂，开始面对现实，踏上这条人间正道。

人间正道是沧桑。

我们所谈论的爱国

管理与经济学院　佚名

2016. 10. 14

“喂?”

“爸，学校在征文，我想去试试。”

“去吧，怎么，打电话不会就是跟我说这个吧?”

“我想写写你跟我说的爷爷和奶奶的故事。”

“行。”

1952. 10. 13

深秋。

“哎，你听说了吗，彭老总说啊，这场硬仗打完，咱们说不定就可以休息一阵子了。”土坳子里，破了个口的军大衣盖着两个抱着枪的战士。

“真的?”黑乎乎的脸上，男人的眼睛一下就亮了。

“真的，大伙都乐坏了，谁像你这么两耳不闻窗外事啊，整天就知道看信看信。”

“什么啊，我跟你说，我有儿子了!”男人拿出贴身藏的信件，控制着音量，怕吵到旁边小憩的战友，“俩月了都，咋样!”

“行啊你！回去做东啊!”

“一定一定，来喝酒啊。”

“你这么一说，身子都不冷了。”他搂着刚刚知道自己有了儿子的兄弟，难以名状的快慰从心底一缕一缕地升起来。

午夜很快过去。这一天的凌晨，联合国军第八集团军司令范佛里特一声令下，在金化以北发动了新一轮的强攻。

——史称上甘岭战役。

——中国人民志愿军伤亡逾 1. 15 万余人。

当男人的胸膛迎上手榴弹数不清的弹片时，他想，我们快赢了吧。

嘿，我的儿子。

他的脸被淹没在火光之中。

2016. 10. 15

微观经济学、市场营销学、管理学原理……噢还有微积分，哪来的这么多课，这么多要看的东西！他有点无奈地咒骂：“谁说一进大学入天堂的，祝他微积分挂科！”

虽然这声音并不大，但还是被耳聪目明的同学捕捉到了：“哟，多大仇多大怨啊？我看这些课倒没啥，就是什么征文啊比赛啊党课啊，一堆事烦死人。哎你说，我们写几篇文章就是爱国了吗？我们听点党课就有信仰了吗？什么逻辑啊！”

“就是这个逻辑。”他放下手中转得飞快的笔，认真得有些突兀，“如果我们能多写几篇负责任的文章，网络上就能多一点正能量，如果每个人都能多写或是多看几篇正能量的文章，我们的网络环境就会干净很多，我们这个国家就会好很多——这就是我们的爱国。”

“至于党课嘛……你只上一节高数课，也学不会微积分啊，这不课下还要做题吗？党课和信仰的关系也一样。”

同学大手一挥——不知是表示认同还是不认同——便继续做作业去了。

留下他一个人继续发愣。征文的主题还没有定。祖父辈的故事中天然就烙上了沉重，特殊的时期给了那些故事特殊的力量，也给了它们特殊的枷锁。“爱国”两个字好像把他们限定了——他们的形象总是高大威武，一往无前，为了国家愿意抛弃所有。而对于没有经历过战争的自己这一代，“爱国”又仿佛只剩下了砸日本车、买国货，和无数句像塑料袋一样、空荡荡飘着的口号，手一抓，就能把里面的空气给挤出来。

爱国究竟是什么？

他想到刚才自己与同学的对话，在心里一字一句地问自己："你负责地写下这篇征文，算是爱国吗？"

1950. 10. 12

她温柔地打量着她的丈夫。这个男人有着宽阔而温暖的胸膛，可以让她把头倚靠在上面；有着一手少见的好厨艺，可以让她在扫完一院子的灰尘后尝到最可口的饭菜；有着一盒子不那么锃亮的勋章，可以让她向左邻右舍炫耀上许多许多年——虽然她从未拿出来炫耀过。

"再给你带几个勋章好不好？"

"谁要勋章嘞，勋章会烧饭哟？"她操着浓重的湖南口音，毫不留情地驳回丈夫的话。

男人憨憨地挠了挠头："莫说了莫说咯，我说不过你。"

"就晓得你要这么说，"她叹了一口气，"你是不是又要走嘞？我听人讲，东北不太平。"

男人沉默。

"走就走咯，我看哪，我和娃子都留不住你，部队一句话比以前皇帝那圣旨都管用的。你记得回来就好。"

男人伸出黝黑的胳膊，带着些小心翼翼，把挺着大肚子收拾着碗筷的她一把圈在了怀里。

"干啥子哟？"

"对不起，但我……必须得走。"

"我晓得，我晓得，这是咱的国家嘛。"她顺从地趴在他怀里，摸着他满是茧子的手掌，"我爱它，就像你爱我一样的，我不拦你。"

"莫哭呀你。小日本都被咱打跑嘞，还怕别的吗？我看啊，谁都打不倒咱。"感觉到不对劲，女人拍了拍他的后背，有点慌。

"没哭，"他说，"等我回来。"

"等我回来……或是不回来，这个国家都会变得更好一点儿。"他默默地看着她。

2016. 10. 16

“爱国，从来就不是止于口头，也从来就无须宣于大众……爱国以人的内心情感为基础、以理性为标尺。不论在哪个年代，不论是领导者还是普通百姓，是军人还是学生，爱国本是生活的点滴。”

凌晨，他在电脑上打下征文的最后一段话，想起韦伯的言论：“国家绝非单纯的‘上层建筑’或统治经济阶级的组织，相反，国家立足于根深蒂固的心理基础，这种心理基础存在于最广大的国民中间。”

真对。

“你负责地写下这篇征文，算是爱国吗?”

“算。每个人都履行着自己的权利与义务、负责任度过的每一天的总和，就会是这个国家繁荣昌盛的未来。”

这就是我们谈论的爱国。

梦想，行之路上

化学与化工学院　白佳昕

梦想，是一种意识里的追求、动力的源泉。梦想是人类对于美好事物的憧憬和渴望，有时梦想是不切实际的，但毫无疑问，梦想是人类最天真、最无邪、最美丽、最可爱的愿望。

梦想燃起

关于梦想，是很早就烙印在我心里的一个词。小时候总是在幻想中为自己勾勒无数华美的蓝图，充满勇气和希望；长大之后却因价值观、人生观的改变而渐渐迷茫。不只是自己的理解，我也见过很多赞颂梦想的诗词、歌曲，激情澎湃、慷慨激昂。

无论身处怎样的时代，青年总是怀抱着各种理想和幻想。有些可能不符合客观规律，甚至与现实脱节，但这并不是悖逆，而是一种宝贵的品质。历史见证了无数爱国青年因大胆尝试开辟了一个又一个宏伟新篇章的故事。

我们不得不承认，梦想是一种很美的意境，是能让人回到过去、看清自身的能量；它既能规避现实，也会带来希望。可能有人说，梦想遥不可及，只应该是留在记忆最深处的秘密。有时候，困难或压力使然，我们丢失了梦想，精神上的窒息比真正葬身海中更加可怕。但拥有梦想的人总有特殊的光芒万丈，可以战胜困难、战胜自己。我一直坚信，梦想不是海市蜃楼，而是航海线上始终如一的灯塔，哪怕真的遍体鳞伤，只要希望不灭，终究会站在云山之巅。

所谓高等动物，是因为我们可以通过思考推动所处社会的发展，拥有面对不同情况具体分析的能力，具有变化的人格。我们可以选择自己的生活方式，可以用策略催化改变，或是以努力谋求发展。所以梦想，是一个动态的平衡，也许会获得又好又快的发展，但若因急于求成而失去平衡，才是真正的成也萧何败也萧何……

梦想进化

中国的梦想之路是在不停的前进中得以进化的。1840 年鸦片战争，旧中国被沦为半殖民地半封建社会，人民身处于水深火热之中。这时，一批又一批的爱国志士和人民大众，不甘心国家的沦亡，不惜一切代价，抛头颅、洒热血，前赴后继地奋起抗争，他们用自己的生命书写了伟大壮丽的中国崛起之梦。他们为实现民族独立和人民解放不懈努力、从未放弃，为国家繁荣富强和人民共同富裕扫清了障碍，在中国历史上留下了浓墨重彩的一笔。

在中华儿女的共同努力下，我们从追求经济利益到生态文明，从小康社会的建设到建成，从制造到创新，无一不体现着祖国身为大国的胸怀和高瞻远瞩，国家的日益繁荣我们看在眼里、喜在心头。这就是一代又一代中华儿女梦想坚定的力量。

作为国家新生力量的后备军，我们在祖国日新月异的变化中成长，在新中国的阳光下不为温饱忧虑，享受新型的科技成果；在和平年代茁壮成长，学习科学文化知识；在国际环境的熏陶，具有广阔视野。我们在改革开放的大旗下陪同祖国一起成长，同时准备着为祖国的进一步发展贡献自己的一份力量。

梦想征程

2012 年 11 月 29 日，新一届中央领导集体走进国家博物馆，参观《复兴之路》展览，回首百年，感慨良多。参观过程中，中共中央总书记、中央军委主席习近平发表了重要讲话，阐述了引发广泛共鸣的“中国梦”话题。一声“中国梦”的号召，引起了千万中华儿女的共鸣，它记录着中华民族从饱受屈辱到赢得独立解放的非凡历史，承载着为开创中国特色社会主义道路艰辛探索的伟大历程，展现中国特色社会主义的似锦前程。中国梦想能够国家富强、民族复兴、人民幸福。祖国的日益繁荣我们看在眼里、喜在心头。我们更相信，中国梦就在眼前，前途一片光明。

虽然近年来，我们亲爱的祖国经历了很多灾难，如汶川地震、南方雪灾、天津港爆炸，灾难是可怕的，在愤怒的大自然面前我们如此渺小。然而在为身在水深火热中的灾民痛心的同时，我们欣喜地看到，中国作为社会主义人性化国家的魅力所在。捐赠物资、全网寻人——寻找每一个生命奇迹、应急官方客服，还有最美老师、婚纱主播以及成千上万从全国各地涌来的志愿者，都让我们感受到了弘扬爱国精神、凝聚中国力量的正能量。我为能生活在这个时代、生活在这个社会主义人性化国家而骄傲、自豪。

梦想清晰

作为一名新时代青年，我经常问自己，青春到底是什么？是尽情恣意挥洒自我的岁月，还是享受天真烂漫的游乐园？曾经的我，也是象牙塔中无忧无虑的公主，因为父母给的优秀基因，有超乎常人的学习能力，不管学什么总是较轻松，所以爱笑爱闹，爱出风头，偶尔耍耍小聪明，用不错的成绩敷衍自己些许荒唐与不羁的生活。然而从变故发生的那一刻起，我随着母亲的衰老一起成熟起来，父亲倒下，站起来的自然应该是已经逐渐蜕化的我，灾难让我对过去有了清醒，更明朗了未来。泪水是对亲人已逝的祭奠，更是对目标的冲刷，我无法改变过去，只能倍加珍惜未来。失去是痛苦的，却成为我的强心针，在我无数次想退缩放弃的时候坚定信念：记得最初的梦想，亲人的期望始终放在心中。固然子欲养而亲不在，然而更重要的，是我肩上依然鲜活的责任。

我愿意趁我年轻的时候，用尽全力去拼搏，为爱我的人打造一个完美的天堂，用不怕吃苦的信念战胜挫折，迎接坚持之后的胜利。也许我并不是最优秀的，但我愿意努力、再努力，尽自己最大的力量争取每一次都能做得更好。梦想之火在这里扬帆起航，且有燎原之势。

梦想前进

进入大学后的点点滴滴，收获和挫折都让我珍惜，我不再把年轻当作无限度犯错的本钱，同时开始认识到家人的重要性，朋友的不可或缺。可能有时候为疲累迷惑，也会时常对自己抱怨，而从小不服输的个性又让我从堕落的边缘清醒过来。既然选择了充实，那艰辛的路上，就必然有我踏实的足迹。所以，带着展开新生活后始终如一的清醒，在宽松的环境中我从没有放松对自己的要求，积极努力，也许有时牺牲了自己休息、娱乐的时间，但我不会后悔，我坚信得到要远大于失去。看着学长学姐令人仰慕的成就，更加坚定了我不断努力完善自身的信念。

虽然最初的我想过要放弃，但进入化学实验室时心中无法压抑的兴奋与激动让我似乎看到了归属。我热爱我的专业，热爱在这一区域中正蓬勃发展的那些可以在人类社会发展史上留下浓墨重彩的化学物质。也许作为女孩子，学习化学并不被人看好，但在我看来，既然来到这世上，就要做一些让自己服气的事情，不求有多么轰轰烈烈、流芳百世，平淡中竭尽全力，才是一种让人敬佩的高远境界。并不一定要壮烈牺牲才叫作英雄，真正能做到尽我所能、无悔人生就算是自己的超级英雄。其实人人的开端与结果均是一样，不一样的就只是中间的过程。人生数十载，无数的选择构成了百年弥留之际的回忆。不同的人有不同的色彩，我将亲手描绘出色彩斑斓的精彩生活。

在我心中有一个小小的梦想：一愿家人岁月无忧，二愿祖国永远富强。梦想在北理不熄，奋斗在良乡不灭，中国梦永在心中，青年正行在路上。

我的梦

数学与统计学院　关佳欣

我做过一个很长很长的梦
在梦里我仿佛长出了翅膀
飞上了天空俯瞰着大地
又仿佛变成了虚不可见的电波
默不作声地观察着世界
我看到了我自己
我的家人朋友们
还有无数我不认识的人们
和数不清的高楼
还有只是在科幻片里才能看到的机械
我要来为大家讲述我的梦
讲述我看到的希望

我的梦，它是我的梦
我光荣地成为一名共和国军人
在不知名的军工研究所
面前一台电脑
上面显示着未完成的 3D 效果图
我夜以继日地工作
就为了造出它的那一天
我心中充满了无限憧憬
为之付出最为崇高的热情

它被世界瞩目
我隐姓埋名

我的梦，是家和亲人的梦
提着行李我回到了家
奇怪的是地方很陌生
但家人都在
这就是我的家
准备好的饭菜看起来很好吃
开着的电视机也大了一号
画面很清晰
回到家的我看着一切陌生的事物
突然间
欢声笑语的家人们变老了
爸爸妈妈长出了白发
姐姐变成了和妈妈差不多的年纪
小外甥女也长成了大姑娘
没变的是欢声笑语
还有他们嘴角洋溢的幸福
一瞬间我好像懂了
家和万事兴

我的梦，是母校的梦
提着公文包，相貌有点不像我了
但我知道这就是我
我走进了一扇大门
北京理工大学的名字赫然在上
我怀着对她的感激和思念

走进了校园
周围的景观有些变化
变得更美了、更有内涵了
但那股红色气息一点都没变
我进入了一间大礼堂
礼堂很大很大
我坐在了前排
那写着我名字的地方
主持人与发言人无不激情澎湃
胜利的喜悦洋溢在脸上
我很快明白了
这是一次表彰大会
表彰我在学术上的更高成就
和为祖国母亲的强大做出的杰出贡献

我的梦，同样也是十四亿中华儿女的梦
国内增长总值位居世界前列
人均 GDP 不断上升
居民生活水平达到发达国家水平
国家富强，民族昌盛
科学技术水平达到崭新高度
军事力量不断强大
国内一片和谐景象
周边环境和平稳定
每个人都怀着对祖国无比的热爱与自豪
再无任何一个民族、种族敢于萌生对中华儿女一丁点的不敬之意
伟大的中国，伟大的党！
……

至此，我的梦醒了
但我相信这些并不只是个梦
在不久的将来
这些都会实现
甚至
超过我的梦中所感
我还相信
我的这个梦真的不只是我一个人的梦
他们现在或忙于工作
或走在街上
或坐在教室
或在祖国的每一寸土地
努力着
奋斗着
为了自己的明天
为了亲人的明天
为了集体的明天
为了祖国的明天
一切的一切都不会白费
每一滴汗水
都会有点滴幸福伴随
一切的一切也都不会被忘记
都会在时间的轨道上留下痕迹

我的梦
我相信
并会为之倾注心血
那么和我有着共同的梦的你们
我想
世界终将因你而骄傲

“理性爱国”是个伪命题

光电学院　陶中韬

在今日“理性爱国”潮不理性地席卷中国之际，请恕我言：“请勿将‘理性爱国’的大旗高举于爱国之上。”

诚如梁任公所言：“故今日之责任，不在他人，而全在我少年。少年智则国智，少年富则国富；少年强则国强，少年独立则国独立；少年自由则国自由，少年进步则国进步；少年胜于欧洲，则国胜于欧洲；少年雄于地球，则国雄于地球。”今日我少年的一举一动，牵动的便是中国数年后的一朝一夕，我中华儿女的一言一行便照亮了我们立足的每一处中国。

在爱国情怀的倡导与升华下，不免有易于激动的同胞揭竿而起，四方响应。于是我们群情愤慨，我们义愤填膺，我们用“爱国”的横幅意图抵挡外国的资本输出，用坚硬的榔头意图打去日产、美产的品牌在中国的遍地横行。然而事实证明，暴力宣泄自己的爱国情怀只能给自己的国家和同胞带来伤害。自然理性爱国的思潮一发而不可收。我看着朋友圈、个人空间中理性爱国文章的一篇篇转载和一句句评论，自是大呼痛快，数日混乱而吵闹的“爱国行动”终于引起了有识之士的反击，大家拳拳的爱国之心终于在理性的指挥和导向下为我们国家贡献出力量。

然而随着朋友圈的不断刷新和浏览，我的心却好像向万丈深渊不断下坠，却不曾沉底。倏忽之间，翻天覆地的“理性爱国”已经将我淹没。我看到评论中“应该放弃思考与激进，随着国家走”的“理性”，“天下皆醉，唯我独醒，外国本就制度先进，应顺其自然”的“理性”，用污言秽语、难听的不能再难听的话辱骂同胞的“理性”。很抱歉，我从这些“理性”中看到的是狂热，看到的是消极，看到的是犯错后便对外国溜须拍马的过度补偿。

肯德基被堵，妨碍正常的社会秩序和管理。无须争辩，这是我们的错，我们承认并愿意为此承担责任。“爱国青年”赵大龙被打事件，破坏的是法律法规，触犯刑法，我们自己人打自己人丢人现眼我们也认。不分场合的唱国歌、砸手机，这当然更不对。爱国是心底油然而生的对于祖国的热爱与尊崇，并非违法犯罪的遮羞布，这是对她的侮辱，也是对她的践踏。爱国不能成为违法的借口，爱国时消极甚至反面的情绪同样不值得鼓励。同理，倘若我们将“理性爱国”的大旗远远举于爱国之上，所畏惧与冷漠的远远大于我们本应做到的，那又是一番什么场景？

理性爱国，毋庸置疑，但请不要在倡导理性爱国时抒发自己的狂热或是排解自己的懦弱。我们要做的是学习美国人乘坐飞机时对军人的掌声与尊重，需要了解的是国歌奏起时他们自发停下的敬礼与歌唱，需要明白的是融于其中的人文内涵和人性光辉。确定的是，不论如何，“理性爱国”绝不是“外国人人文关怀”“中国人性的根本”之类的褒贬。更不是什么“一心只读圣贤书，家事国事没我事”的不关己。

爱国是理性的根基，理性是爱国的表征。不爱国的理性，爱国是个人懒惰与懦弱的借口，是群体中泛滥的变相狂热，更是我中华少年亟待注意的糖罐陷阱。思潮转变与正确看待的需求迫在眉睫，唯有如此，我们才能在这场闹剧中尽快脱身，再次全身心地投入到祖国的建设中去。最后，作为一个曾经过社会矛盾的折磨和困扰仍旧对祖国满怀热情的理工学子，祝祖国母亲，与天不老，祝我中华少年，与国无疆。

天桥随忆

机械与车辆学院　时天宇

提到桥，给我们多少遐想……

鹊桥，是善良的人们对美好爱情的歌颂向往。

赵州桥，凝结了中华民族的宝贵智慧。

卢沟桥，见证了落后就要挨打的耻辱与无奈。

泸定桥，体现了中国共产党的伟大、红军的英勇、信仰的力量！

可是如果提起北京的天桥，也许知者甚少。北京有句歇后语“天桥的把式——光说不练”，说的就是旧时的天桥。老天桥摔跤、练武、盘杠子等“撂地”表演的摊子无数，这些“把式”大多是嘴上滔滔不绝，非得把观者“忽悠”到里三层、外三层的时候，才肯表演几下真功夫。“酒旗戏鼓天桥市，多少游人不忆家”，清末民初的著名诗人易顺鼎在《天桥曲》写下了如此脍炙人口的诗句。在民国初年，天桥形成繁荣的平民市场，被视为老北京平民社会的典型区域。

北京自古以来就东福西贵，亦有穷宣武破崇文的说法，清朝的主要官宦都在东城西城区居住；新中国成立以来，一些有名的大学诸如北大、清华或科技园区也主要分布于北城；至于南城，有的只是普通老百姓和鱼龙混杂的外来人口，而天桥则是南城的一个重要标签。

从小我就生长在宣武区天桥地带。记得小时候，大部分人家都住在平房里面。因此，每天晚上人们闲暇之余，都会有大人带着小孩来到天桥广场上面玩。那时候，一些年纪大点的哥哥姐姐会在广场一角讲故事，下面则有一群岁数小的孩子搬来板凳围坐在一起聚精会神地听着。边上，有大人怀里面抱着小孩，唱着摇篮曲哄孩子睡觉。每到周末，总会有一群调皮的孩子到广场上踢足球，当然，我也是其中的一员。在那时的南城，几乎除了学校没有什么像样儿的足球场。因此，我们常常是把两个间隔的灯柱当作球门，又在两边放上几个矿泉水瓶示意球场边界。尽管条件简陋，但我们玩得不亦乐乎。夜幕降临，天桥广场上就变得热闹非凡，中间有老爷爷老奶奶在扭秧歌；旁边的钟楼下，有情侣们在欣赏着夜色，说着悄悄话；一旁的路上有调皮的孩子们在踢足球。广场一侧的老天桥艺人“天桥八大怪”的塑像旁也有大人带着孩子在玩耍。仿佛在那时，又再现了旧时老天桥打把式卖艺的热闹场景。

说起天桥的文化，里面有着浓浓的京味儿。那个时候，有些讲究的老北京人会养鸽子，每天早上会见到他们放飞鸽子。午后，鸽子回巢的时候，天空中往往会传来悠扬的鸽哨声。在家门口，总会有人推着小车，吆喝着“葫芦，葫芦”“刚蘸得啊，刚蘸得啊”，这时，就会有带小孩的家长领着孩子上前来。还记得小时候，家里菜刀钝了，爸爸总会叫我到门口听听，听到“磨剪子来，戗菜刀，修理钱板，搓板，焊洋铁壶欧”，我便会屁颠屁颠地跑回屋子里面喊爸爸出来。那时候，人们虽然住在简陋的平房里面，过着简朴的生活，却从来都是积极乐观地面对生活。每天早上哼着小曲儿骑车送孩子上学；下班了，在树底下一群人围在一起看着下象棋；吃完晚饭，去邻居家喝几杯酒，在院子中聊聊天。小时候的天桥，使得我深深地体会到了老北京文化的厚重、朴实。

想必看过“老炮儿”的人都应该听说过“六爷，没宣武区了，都合西城了”这句台词。如今的宣武区早已归为西城区了，儿时的天桥如今也将改造成为国际化的天桥演艺区，周边如雨后春笋般地兴起了众多豪华的剧场、高档小区；旧时的大院大部分早已拆除，改成了商业街；卖糖葫芦的老爷爷也不知道现在何方。有人说，老北京的文化正在一点点地消逝，不少人为此感到遗憾。

北京集聚了五湖四海文化的精粹。比如北京的京剧，其前身是徽剧。清代乾隆五十五年起，原在南方演出的三庆、四喜、春台、和春，四大徽班陆续进入北京，他们与来自湖北的汉调艺人合作，同时又接受了昆曲、秦腔的部分剧目、曲调和表演方法，民间曲调，通过不断交流、融合，最终形成京剧。北京就像一个大熔炉，不断凝聚着的各地文化，取其精华，去其糟粕。

如今的京城早已不是庸腐闭塞的封建帝国的古都，而是面向世界的国际化大都市。如今，越来越多的文化涌入，给北京注入新鲜的血液。天桥，作为旧时老北京传统文化的标签，也在不断变化着：从街边凌乱的小商小贩到如今整洁规范的店铺；从破旧的老院子到如今崭新的小区；从老戏园子到如今的天桥剧场。每天，都有来自不同地区、不同国家的游客、学者来这里游览、学习，品味老北京的传统文化，感受悠久的胡同文化，听上一段德云社的相声，在护国寺小吃店喝上一碗热腾腾的面茶。世界各地不同的文化也在这里扎根生长，英国皇家芭蕾舞团、帕瓦罗蒂等世界著名的艺术团体和艺术家都曾在天桥剧场演出；马路两侧，也矗立起前卫时尚的雕塑。天桥，正在以崭新的姿态迎接来自全世界的游客，将传统与现代文化相沟通。

中共十八大上，习总书记提出了中国梦的指导思想。文化，作为一个国家的软实力，也是一个国家的精髓。中国有着五千多年灿烂悠久的历史，孕育了灿烂的华夏文明。在当今的国际趋势下，中华文化将不再闭塞，而是更加开放地去与世界各国文化相交融，注入新鲜血液。每每走在儿时玩耍的老街上，再一次抚摸那老天桥艺人的雕塑，感受到厚重历史的同时，又仿佛看到了不同文化在新天桥的交融。

信仰之于人的力量

机电学院　吕思婕

在这之前，我不能说自己知道“信仰”，它并非表象的十五笔画，也不是将其解释为“信奉与尊敬”便能一言以蔽之的。在这二字面前，我仿佛是一个摇头晃脑的学堂小儿，能吟诵能高唱，却不知其味。

究竟什么是信仰？一个缥缈于空中却又萦绕于脑海、心头的东西，一份看似无用却能在关键时刻救人于水火的力量。我们知道空军功勋飞行员李剑英在空难当头避开居民区迫降的英勇事迹，也敬佩感动中国人物官东将自己的潜水器让给幸存者的壮举，他们在危难关头不顾自身安危，毅然决然地把生命之舟推给了他人。在这生与死的计时赛中，他们不假思索地做出了选择，弓起人民公仆的脊梁为百姓搭就生命之梯。这种抉择，难吗？或许简单，因为在危急时刻当然第一要保全自己；或许难，因为仅存的一点人性和道义会告诉自己不能放弃他人。可他们却远远比以上的人更为崇高，人与人的区别，有时就在这“信仰”二字上。无独有偶，近期风靡的灾难片《釜山行》中，在自身难保的险境下仍旧带领乘客逃亡，最后牺牲自己抵挡丧尸进攻的尚华大叔与为了保全自己拒绝让其他人进入安全车厢的金常务形成鲜明对比，一度引起了关于人性的热议。究其根本，也无非是两种极端信仰所导致的不同结果。设身处地，将心比心，绝大部分人做不到金常务那么无情，也做不到尚华大叔那么无私，但信仰的力量可见一斑，它结结实实地将人与人区别开来。

秉持着他人安危与我同等重要的信仰，他们的形象变得高大明朗，即使结果有时并不完美，因为英雄的牺牲总是令我们扼腕痛惜，但司马迁曾说过“人固有一死，或重于泰山，或轻于鸿毛”；马克思主义也认为只有为大多数人民群众的利益而死才是有价值、有意义的，他们的精神永存，永远成为后人继续前进的动力。

至此，我说信仰决定了我们会成为怎样的人，决定了我们精神的富足程度。它帮助我们理解人生意义，在必要时刻给我们战胜困难的精神力量，是孤独深夜里慰藉情感的一剂良方。或许，由于时代和经验的局限性，我们当代的绝大部分青年都未曾经历过真正意义上的“挫折”，因而也没有亲身感受过信仰所给予的强大力量，但它确实存在。

信仰在塑造人的品格、确定大方向的同时还决定了我们会站在哪一级“台阶”上，我们的职业会做到哪一水平，会对人类做多大贡献。怀揣着“杂交水稻可生产化”的信仰，袁隆平大胆质疑课本权威，面对当时的严重饥荒，立志用农业科学技术击败饥饿威胁，从事水稻雄性不育实验。即便在“文化大革命”期间遭受冲击、不育材料秧苗被全部拔除毁坏的打击下，他仍不言弃。守得云开见月明，在近二十年不断探索反复实验中，成功的果实终于降临，他先后成功研发出“三系法”杂交水稻、“两系法”杂交水稻、超级杂交稻一期、二期，使水稻产量从平均亩产 300 千克左右先后提高到 500 千克、700 千克、800 千克。高亩产的杂交水稻使全球 30 多个国家和地区受益。近年来，袁隆平院士还致力于研发亩产 300 千克的海水稻，意味着“盐碱地”也可变身“良田”。横贯两个世纪，袁隆平的传奇还在继续。在人一步步攀登到达更高山峰的途中，难免会有磕绊，若是像红军战士一样把逶迤的五岭只看作细浪，将磅礴的乌蒙山且当成泥丸，还有什么无法跨越的呢？长征精神不仅领导了当时革命的胜利，直至今日，其时代价值仍具有深刻的意义：作为人生路上坚定不移的信仰，它护佑着我们到达成功的彼岸。

毋庸讳言，在日益物质化的今天，“利益”成了更多人的宣言。从小了看，大学生趋之若鹜地奔向金融等所谓好就业的专业，坚守梦想兴趣的人却只得拍“一个人的毕业照”；往大了看，一些干部在市场冲击和利益诱惑下心为物役、贪污腐化、价值虚无、精神空虚。因此，我们党始终将加强理想信念教育作为党的建设的重要内容。习近平总书记反复强调，

“理想信念就是共产党人精神上的‘钙’，没有理想信念，理想信念不坚定，精神上就会‘缺钙’，就会得‘软骨病’。”

人一旦有了高尚的信仰，浮躁的心灵就有了熨帖，繁忙的工作就有了目标，人生的奋斗就有了意义。坚守信仰，我们将战无不胜。

你什么时候是被需要的

计算机学院　王雪颖

最近读完了一本小说，相信很多人都听说过这本书——《明朝那些事儿》，因为这本书最开始是在网络上连载之后才出版的，所以在读此书之前我准备把它当成一般网络快餐文字借以消遣，可是几章看完之后我在不知不觉中慢慢收起了闲遣的态度。

这本近四万字的书讲述了明朝自开朝到覆灭的二百九十四年的历史，滚滚红尘，人来又人往，斗争、邪恶、正义等纷纷上演又落幕，这之中汇聚着无数人或不凡或平凡的一生。合上这本书，我脑海中回荡最多、心中感触颇深的不是开国英雄们的英姿飒爽，不是权臣们的叱咤朝野，不是历任皇帝的奇闻逸事，而是在国家存亡大义面前勇敢站起来的一个个渺小又伟大的身影。

生活在和平年代的我们或许对“国家”这个词汇仅仅只是浅显的认识，至少以前的我是这样的。当在电视上看到军人们为国奔赴第一线的时候，当看到有人为国为民日夜操劳的新闻时，心中不是没有充满敬佩，可是，仅此而已，大多数人无法将这一切联系到自己身上，因为我们离战火与激烈的斗争很远。偶尔在国家的灾难面前，我们身上的民族团结意识会被激发，全国人民会众志成城；偶尔当自己的国家在国际社会遭受不公平待遇时，我们会奋力表达心中的不平与愤怒，站在同一战线上。然而，除去这些，我们的生活中更多的是柴米油盐，激动过后更多的是平缓，更多的是自己个人的生活。不仅现代社会如此，这应该是自古至今的和平年代里大多数人的状态。可是历史又告诉我们，总有人在平淡的生活中怀有一颗永不会被打磨的爱国赤子之心，因而，在国家与社会的灾难面前，当别人都不愿承担责任的时候，他们义无反顾地站出来，哪怕前方是未知的黑暗，哪怕身边无一人与之并肩作战，他们仍然无怨无悔，因而，他们往往都会被后人冠以一个称号——“伟人”。

于谦，明朝正统年间兵部尚书。在面对首都几乎所有的兵力因太监当权而全部折损于瓦剌部落的围剿且皇帝被俘，近一半的朝廷大臣命丧于乱军中时，面对强大的瓦剌军队兵临北京城下之时，面对一座没有士兵守卫的首都与数万即将流离失所的百姓之时，他站了出来，一个人站在了命悬一线的明王朝的命运之前，眼前是满目的残破与混乱，身边没有支持陪伴他的人，可他依然站了出来。每当读到这里，我都会想，是什么促使一个人在即将国破家亡，所有人都疲于奔命自顾不暇时将这责任揽在自己身上。后来读完全本书之后，看着一个又一个类似的情况发生，一个又一个与于谦一样的人出现时，我好像懂得了一些。因为在他们的心中，国家是一种信念，是永远不能被抛弃的东西，或许平时国家的概念是抽象的，但是在此刻，国家是需要自己的，自己有责任来倾尽所有去守卫，哪怕结局未卜，也义无反顾。就是在这样的信念下，于谦用两个月来整顿北京这座“残城”，在最后时刻，他的勇气与智慧在历史的长河中迸发出了无比耀眼的光芒，最终力挽狂澜，使明王朝化危为安。如果没有他，或许我们今天的历史就要被改写，也正是因为他，让后人久久震撼于那几百年前的精神与魄力，在历史的尘埃中历久弥新。

人的一生何其短暂，不是所有人都有一展拳脚的机会，况且身为大学生的我们只有有限的力量与精力，那么，我们什么时候是被需要的呢？

其实我想回答，信念是意识中的一部分，只要你想，你任何时刻都是被需要的。有些人可能会笑，会质疑，但事实却是如此。国家就是你生活的载体，你所要做的并不是鼓足巨大的勇气，做出巨大的奉献才能完成的，那和平年代的我们怎样做才能体会到这种需要感？按照我们从小受到的教导就应该是作为一个公民，拥有爱国信念、自觉维护社会安定等，但是通俗一点来讲，就是总会被因我们是中国人而感到骄傲与满足并且希望这种信念传递给其他人。这个时候，你就是被需要的，这个时候，你是骄傲和满足的，这个时候，国家不再是概念而是能感受到的。

大学生总是朝气蓬勃的，是国家的新鲜血液，所以我们是被需要的，我们会在不久的将来步入社会，这种自信感会让我们在社会上拥有积极、自尊与理性的心态，这种自信感会让我们在踏出国门时因代表国家的形象而努力与自律。

中华泱泱大国上下几千年，民族爱国血性存于每一个人的血液中，可是只有找到被需要的认同感，这种血性才会真正流动起来，也正是每一个小小的流动汇聚成了中华历史的长河，装载着每一个中国人的梦想与信念，生生不息地蜿蜒而去。

为中华之崛起而读书

外国语学院 辛泓奕

说起“国家”二字，我很快就会联想到青年。青年一辈的精神状态很大程度上反映了这个国家的整体精神面貌。正如梁启超先生在国家存亡之际掷出的铿锵话语：“今日之责任，不在他人，而全在我少年。”那个风云变幻的动荡年代虽早已过去，但就当今而言，中国想成为负责任的大国，仍旧困难重重。大学生作为青年群体中的中坚力量，更应该牢记使命，不忘担当，为中华之崛起而读书。

大学生是已经接触社会还未踏入社会的最年轻、最具活力和创造力的人。有人问，这一代的大学生，将来能否成为国家栋梁？我最喜欢的回答是这样的：无论他们能不能成为国家栋梁，他们都必将成为国家栋梁。

今年九月开学，已经是我在北理的第二个年头。即使军训过后大一新生脱下了军装，我依然能从食堂、操场准确地分辨出哪些是新生。因为新生的脸上跟我当年一样，带着对一切的新奇和憧憬。然而，年级越高，这种朝气在我们身上却越来越少。大学自由的氛围下充满太多诱惑。手机、电脑屏幕从未黯淡，可我们的后背却一点点弯曲，目光也一点点呆滞。上个学期末，我看着自己越来越差的成绩和镜子里越来越颓废的自己告诉自己，不能再这样了。暑假里，我参加了北理工与方山县的“点对点扶贫”支教活动。这是我第一次在农村生活，“贫困地区”不再是报纸上的一张图片和几行报道，而是在我眼前的家徒四壁，土墙瓦房。我了解到中国个别地区的贫困状况依然严重，依然有大批孩子得不到应有的教育。我们没有对当地村民做出承诺，是因为现在我们的力量远远不够，当我们这一代大学生成为中国社会的主力军，我想我们一定会做出一些看得见的改变，去改变我们曾经看到的苦痛和不公。

作为北理工的学子，没能参加今年理工的76周年校庆是我的一大遗憾。即使我是一名文科生，校庆日那天在朋友圈、公众号上看到的装甲车展依旧震撼人心。2015年“9.3”阅兵令世人震撼，在北京理工大学的师生中流行这样一句话：“在‘9.3’大阅兵里的武器装备，不是北理工研制的，就是北理工参与研制的。”在国庆60周年阅兵的30个方阵中，北理工参与了22个方阵的装备设计和研制，参与数量和深度位居全国高校第一。北理工作为中央领导下的国际化军工学校，继承了延安先辈们爱国的拳拳之心，始终与国家同呼吸、共命运。我的最青春热血、最具创造力的大学时代能在这样的校园里度过是我的荣幸和骄傲，在这里我们可以更快地成长为国家所需要的栋梁。在最近的一次采访中，胡海岩校长的一句话让我记忆深刻，“我们的大学必须扎根中国，世界一流”。如果不能扎根中国，世界一流就没有意义。北理要培养一代“德以明理，学以精工”的优秀人才，要建设“双一流”大学，目的就是实现中华民族的伟大复兴。学校为我们提供了先进的基础设施和良好的校园环境，我们理工学子更当珍惜当下，为中华之崛起而读书。

在我看来，五四运动时代的大学生是最具青年风采的一代，他们几乎拥有一切青年人该有的优秀品质：爱国、担当、探索、追求……只有他们，也唯有他们才能在人心离散、摇摇可坠的中华土地上第一个站出来，第一个振臂高呼，摇晃醒了千万麻木的群众，掀起了革命潮流。他们可以十年饮冰，热血难凉，我们为什么不可以？我们这一代大学生被指责冷血自私，是社会令我们如此，还是我们令社会如此？大学生当心怀天下，可许多大学生只关注娱乐新闻，谈到G20、谈到“两学一做”一头雾水，这不是当今大学生该有的状态。我们身处象牙塔，但同时也要看到塔外的世界，并且努力提升自己来让这个世界变得更好。作为一名大学生，我的理想很遥远但却很现实，因为这是华夏儿女共同的梦想：实现中国梦，实现中华民族的伟大复兴。这份责任，沉甸甸地落在每一个青年的肩上，因为某一天，他们就是实现这个梦想的国之栋梁。

回想当年，我第一次看到“为中华崛起而读书”是在小学教室的墙壁上，那时我还未曾了解此话语之重。而现在“为中华崛起而读书”不再是挂在墙上的标语，它早已挂在我心中。我能想象到少年周恩来说出这句话的壮志凌云，我相信会有很多青年和我一样，心中的热血会在某一刻重新沸腾起来，为中华民族的崛起而奋发读书。我们的梦很大，哪怕饮冰百年，这份热血也绝不会凉。

迷梦，寻梦，中国梦

化学与化工学院　杨杰

时光荏苒，几度光阴几多成长。现在的我已是北京理工大学的一名大三学生，回顾过去的两年，时光短暂却深深地改变了我。

时间倒回到高考成绩公布的那天，一知晓结果的我就根据成绩排名匹配了一所会计专业最好的学校。大致确定了××财经大学后，我每天除了吃饭睡觉以外就是憧憬大学生活，我当时心里唯一的念想是：我要在××财经大学实现我的会计梦。

千年真理：计划永远赶不上变化。我的梦想也随着志愿表破碎了。父母觉得寒窗十一年，我至少填个北上广的211院校，所以他们坚决反对我上那所既不是985院校也不是211院校的东北财经大学。在和父母一番争执后，我没能坚持初衷。最终我低了头，向梦想与现实低了头，向父母低了头。按照父母的精心挑选与慎重决定，我走进了北理。在这之前我对这所大学一无所知。因为我从小到大的梦想是当一名会计师，在大多数时候我自动忽略理工类的高校。

在我选择放弃会计专业的那一刻我也放弃了自己。大学于我而言只不过是一个消磨四年光阴和逃避现实的壳而已。2014年的9月，我拖着没有灵魂的躯体走进北京理工大学的大门。其他同学都怀揣梦想，青春洋溢，只有我显得格格不入，我颓废、自暴自弃、消极堕落。上课迟到、早退是家常便饭。那时如果你问我上课都学到了什么，我的回答是——听歌或看电影能让我上课不打瞌睡。梦想没了，我也变了，唯一不变的是我近十年早睡早起的习惯，那时我每天6:00起来后做的事竟是坐着听歌。我在这样的日子里浑浑噩噩地度过了大半个大一。直到大一快结束时学院组织了一次德育开题活动，当时我应付性地三言两语说了一下自己的大一生活。

现在仍清晰地记得当时院领导那严肃的神情和语气："同学，你知道你自己在干嘛吗？慢性自杀和自欺欺人，难道真因为高考志愿和父母意见不合就扼杀了你的梦想吗？真正有梦想的人无论在哪，无论处于什么境地，永远都不会像你一样。既然你不满意现状为什么不用实际行动去改变而是自甘堕落呢？你知道多少人为了国家，为了梦想通宵达旦地学习工作吗？你呢？大清早起来听歌？请问你做好了当前的事吗？"接下来的日子里这些话一遍遍地在我脑海里盘旋，我回忆着自己大学一年以来的所见所闻，想起了北京寒冷刺骨的冬天，早上五六点，国防生在操场早练的画面，他们一遍遍地喊着口号，那样铿锵有力。对呀，他们是真正有梦想的人，他们心中有国，再冷也敌不过一腔爱国的热血。

我反思着自己一年以来的行为，确实和自杀无异，我用梦想的借口麻痹自己，将所有过错归咎于外界因素。把当初的一个选择伪装成我堕落的幌子。如果我真的对会计梦那么执着，当初就该坚持到底，用行动向父母证明我的选择是正确的。既然当初我没有那种决心与勇气，最后放弃了会计专业，那就更应该去努力改变，让自己足够优秀，优秀到不为当初自己的放弃而后悔、懊恼。

大一一个假期的思考反省后我大彻大悟，原来我的想法多么狭隘，只想到个人。这二十多年来我能这样安稳地生活，是因为祖国给了我一个家，有国才有家。我不仅是独立个体，更是中国公民，未来建设国家的一份子，我不能允许把自己堕落成国家的负担。我更不能依仗着国家对我的保护和爱浪费国家的资源，我要有能力去建设国家、贡献国家。

现在的我依然6:00起，但不再是听歌，而是学习，努力刻苦地学习并时时关注着国家动态。大二的一年里，我找回了曾经那个积极向上的自己，并在思想上有了质的飞跃。我每天穿梭于教室与图书馆之间，努力用知识装备自己、丰富自己。因为我有一个梦，一个支撑着我走对每一步，走好每一步，努力向前的梦——中国梦！

在未来的日子里，这个梦会一直激励着我去进步，支撑着我走下去！

继往圣之宏愿，开今世之中国梦

机械与车辆学院　赵明杰

观电影《湄公河行动》，回顾中国近现代发展史，重温习总书记中国梦讲话，感慨国运变迁，深感肩头责任重大，作此文。

每每用手掌摩挲那雄踞于世界地图中部的中国板块时，内心总是掠过一丝悸动，久久无法平复。这片大地上孕育了一代代炎黄子孙，造就了泱泱华夏民族，萦绕着悠悠五千年的中国魂。凝视着那只傲然的雄鸡，颤巍的指尖轻划过绵延的万里长城，描摹着高峻的珠穆朗玛，圈点着奇伟的巍巍五岳，脑海中不断地涌现着那贯穿千年的华夏文明。这，是一个梦幻的国度。这个民族也注定是一个与梦结下不解之缘的民族。从万户飞天的梦到今天一飞冲天的神舟火箭，从日行千里的梦到今天呼啸而过的高铁动车，从千里眼、顺风耳的梦到今天实时监控的遥感卫星。中国的发展史就是一段不断造梦、不断圆梦的追梦史。

敢于追梦的民族总是坚韧和不屈的。一个个萌生而出的中国梦汇聚成了一盏明灯，牵领着这个多难的大国在风雨飘摇中一路走来，更谱写了上下五千年从未间断过的璀璨文明。梦在，希望就在，未来就在。在黑暗的年代，正是一个个激荡而出的中国梦指引着我们走向了自由幸福之路。19世纪初，做着称霸全球妄想之梦的帝国主义者悄然觊觎着东方那个梦幻大国。而腐败的清朝统治者却丢弃了勾勒中国梦的画笔，沉醉于自己地大物博的天朝美梦中，闭塞而寐寐一生。

1840年的一声炮响，帝国主义者用洋枪火炮把中国彻底打入了噩梦之中。圆明园被洗劫一空，熊熊烈火后唯有满目疮痍的残骸；“六朝古都”南京城血流成河，再无生气；城下之盟，割地赔款……这片生育我们的土地啊，被残忍地割据蚕食一空。山河破碎风飘絮，身世浮沉雨打萍。止梦不前的残喘老者又何以抵挡披坚执锐的侵略者呢？美梦破碎了，惊醒了，无数仁人志士开始睁眼看世界，重新拾起了那只勾勒中国梦的画笔，他们疾书着，呐喊着，奔走相告，前赴后继。“无端忽作太平梦，放眼昆仑绝顶来”，这是梁启超先生亲临战乱之祸后写下的太平中国梦；“拯斯民于水火，扶大厦之将倾”，这是孙中山先生深悟国之将危后所写下的救亡中国梦；“星星之火，可以燎原”，这更是毛主席自信满满一挥而就的复兴中国梦！于是，冒死直谏的戊戌变法开始了，颠覆帝制的辛亥革命爆发了，伟大的中国共产党一举击溃了帝国主义侵略者，解放了全中国！冉冉升起的五星红旗、震彻全球的庄严宣誓，标志着奴役和屈辱已成为过去，标志着新中国就此成立了！

战火停歇了，救国图存，和平安宁的梦圆了，然而我们所追求的伟大复兴中国梦还不能停歇。直面了现实的差距后，所描绘的复兴之梦也更加真切。从解决温饱问题到人人富足安康，从物质文明到精神文明，我们因循着那个民族复兴的宏伟中国梦，不断实现又勾勒着一个个阶段性的中国梦。忆往昔，岁月峥嵘，看而今，沧海桑田。伴随着改革开放的脚步，三十多年来，中国更是发生了翻天覆地的变化。今日的中国经济快速发展，人民生活水平显著提高。“天宫”直抵苍穹，“蛟龙”深潜万丈。奥运会捷报频传，屠呦呦摘得诺贝尔奖。这些昔日的中国梦一一圆满，怎能不让我们欣喜和自豪！当年那些革命者的豪言壮语被视为痴人说梦，可是又有谁能想到，昔日那个险些亡国的东亚病夫，一举成为今日动辄牵动全球神经的东方雄狮！这是一个敢于造梦、更敢于不懈追梦的顽强的民族。那个铭记于心、那个在国人梦境中无数次浮现的复兴的大国，不久之后一定会成为现实！是的，习主席那坚定的眼神和掷地有声的话语也真切地道出了每一位国人的心声：“这个梦，一定会实现的！”

然而，兴国之梦，任重道远，艰苦卓绝。担当起这一大任的，正是我们这批社会主义事业接班人。作为一名当代研究生，我深感肩头责任的重大。如此宏伟之梦想，竟要经由我辈之手变为现实，确实让我感到有些茫然和惶恐。诚然，我们是在温室中长大的一代，因此我们更应谨记“生于忧患，死于安乐”的良训。天下兴亡，匹夫有责。平日里，自当认真学习专业知识、关注国家动向、关心国家边境问题，纵使没能指点江山，也应做到“位卑未敢忘忧国”。

既然承接了这一复兴中国梦，就要以先辈为楷模，继革命之遗志。翻开泣血的史册，当年那些追梦者哪个不让人由衷的敬佩！以笔代枪的闻一多、英勇就义的秋瑾，甚至于那些浩气长存的黄花岗七十二烈士，他们连名字都不曾留下，只给了我们一个惊心动魄的数字。他们所追之中国梦，乃救亡图存之梦，竟甘愿抛头颅、洒热血；我辈今日所追之中国梦，乃复兴振国之梦，又该有何作为呢？方声洞在《绝命书》中高呼：“以强祖国，使同胞享受幸福，虽奋斗而死，亦大乐也！”先辈们真真切切地践行着“用血肉筑成我们新的长城”，而我们除了把这句词唱在口中，又为我国做了些什么呢？我不由得汗涔涔而泪潸潸了。

先烈林觉民的《与妻书》中有几句话颇让我感慨。“亦以天下人为念，当亦乐牺牲吾身与汝身之福利，为天下人谋永福也。”放眼当下，且不言牺牲自我，哪怕只是放下私欲享乐又有几人能做到？国民中不乏不信服复兴中国梦之辈，然而究其本源，并不是梦想远了，而是追梦人的步伐慢了。时过境迁，我们自不必完全抛弃自身利益，相反，让每个人都过上幸福有尊严的生活正是我们所怀梦想的真意，这是一个相辅相成的双赢的过程，每个人追求幸福的梦汇聚起来便是我们所追寻的中国梦。我们所需秉承的是那颗忧国忧民的拳拳爱国之心。追梦的征程上，每个人势必要扛起应有的担当，扮演好相应的角色。譬如我所学的专业是车辆工程，我所追寻的梦想便是研发出具有彻底自主知识产权的高档汽车，这是我的梦，亦是民族工业的梦，是整个中国的梦。我所应做的牺牲和担当，便是减少游戏玩乐的时间，全力投身于学业之中，为成为国之栋梁，为实现这个梦而打下坚实的基础。

社会上轻浮的、物质的风气诚然已经蔓延至高校，越来越多的同学慵懒颓废、贪图享乐。孟子曰：“我善养吾浩然之气。”我们要始终坚定自己的信念。青春不是拿来浪费的，而是来造梦和追梦的。想想我们的先驱，想想我们的后代，我们自当学好本领，为中华复兴而读书，肩负起应有之义。我相信，在我辈的共同努力下，那个被我们梦呓了无数遍的复兴之梦，不久就会成为现实。

桑林，蒲公英花，天空

信息与电子学院　周晋宇

梦想承载着三代人：那片桑林中跳跃着一颗坚强不屈的心；蒲公英花的绽放托起梦想起飞；天空中无数自由的鸟儿在向着教育梦飞翔。

外婆·那片桑林

三月的故乡，一场春雨，播撒新谷，到处是新翻的泥土气息和忙碌的农人身影。金灿灿的油菜花，眨着眼的蚕豆花，翩翩欲飞的豌豆花，一切就像一幅画。

外婆没有时间欣赏美景，她要趁这一场春雨给自家的桑树嫁接新品种。她拖着微跛的右腿，拿着嫁接刀和桑树条忙碌在田埂。桑叶长势好了，今年的蚕子就能多喂点，就能在乡里的蚕茧站卖个好价钱，就能给上学的女儿、儿子买几本爱看的书。

外婆小时候患了一种怪病，右膝上长了一个很大的包，由于无钱医治，便落下了残疾，右腿不能使劲，不能担和抬。在农村，分给家里的田又多又远，家里的劳动活便落在外公一个人的肩头上，一个人劳动怎能抵得上别人家两个人？倔强能干的外婆就在其他方面动起了心思，养家禽、养蚕、编箩筐、缝补衣服……

三月，撒完谷种，今年的第一批蚕卵便发到了各家各户，外婆的养蚕生活便拉开了序幕。黑黑的如一粒黑线般的蚕宝宝孵出来了，外婆采来桑树顶端嫩黄的桑叶，切成细细的碎碎的，撒在小簸箕里，用鹅羽轻轻地扫。无数个中午，外婆都坐在堂屋里，细心地侍弄着她的蚕宝贝们。五月，桑树茂盛的枝叶活像皇帝头上撑起的华盖，一张张绿油油的叶子像蒲扇摇曳着。蚕由“小黑点”长成了白胖胖的蚕姑娘，它们的“饭量”大得惊人，于是不管晴天还是雨天，全家出动，采来一背背的桑叶，堆在家里，两个小时就要喂一次。那桑叶像厚厚的被子般堆在簸箕里，蚕吃桑叶的声音就像绵绵的春雨声。端午节后，外婆看着蚕姑娘们在蚕树上伸长脖子摇头晃脑地织茧心里乐开了花：这季的蚕茧又能卖个好价钱了。

守着那片桑林，用勤劳的双手耕耘梦想，外婆把小家庭的日子过得红红火火，让妈妈和舅舅上了学，跳出了农门，有了出息。

妈妈·蒲公英花

秋天的小山坡上，一个十岁的小女孩放下和她一样高的背篓，擦擦额上的汗珠，盘坐在地上，看着蒲公英花那一把把白绒绒的小伞被秋风托起，轻轻飘扬着，梦幻般地飞向远方，好似漫天飞舞的雪花，看着看着，仿佛自己就变成了一朵蒲公英花伞，飞呀，飞呀……

妈妈说，十岁的她从没离开过故乡这个偏僻的小山村，小小的县城远得好像天边飘悠的白云。她爱看书，可没有地方可以买书，也没有钱可以买书。幸运的是乡里的邮递员是本村本家的三伯，于是“三伯、三伯”甜甜地叫，妈妈便借来许多最新的杂志，携带着千叮万嘱和铿锵承诺，小心翼翼地看，通宵达旦地看，早早地崭新如昔地归还。上初中时，黑龙江的姨公在北京进修，妈妈写信恳请姨公在北京买几本书。姨公被她读书的精神感动了，寄来了几本书，她若获至宝，如饥似渴地读着。

从零零落落的文字中她知道了“大学”这个词。大学梦就这样摇摇晃晃地飞进了一个十岁女孩的心田，小小的蒲公英花也有了梦想。

1987 年的 5 月，紧张的中考预考结束，妈妈成为学校通过预考唯一的一名应届学生。中师生的每月生活费都不用给，全由国家负责，望着额头被岁月的犁耙犁得沟沟壑壑的父母，望着腿有残疾的母亲颠簸在狭窄的田埂上，妈妈拿起笔在志愿单上重重地填上了“中师”二字。

1990 年 7 月，妈妈从师范学校毕业了，回到家乡当了一名教师。她一边工作，一边参加自学考试。1996 年 4 月，妈妈拿到了自考专科文凭；2004 年，她拿到了自考本科文凭，实现了她的大学梦。

梦想的种子就像蒲公英花，不管飘到什么地方，总会生根、发芽、开花。

我·天空

“所有喊向未来的理想与张扬，所有冲破捆绑的热爱与癫狂。”

记得高三时，我每天把自己藏在数不尽的书页里，笔尖在纸上艰难地起舞，眼皮在灯光的照射下抖动。我们在阳光跳跃的时候走进教室，在黑色的天幕下被书包拖着走出教室。《年轻的战场》在那些令人窒息的日子里，支撑着我向前。

上大学后，身为北理工人，学习仍是我们最重要的事情，但是当我逐渐适应新生活，我的心境变得明朗起来，我对学习感受到的不再是巨大的压力。我意识到，曾经的压抑是我给自己编织的牢笼，生活本不该如此烦琐而沉重。在努力学习之余，我积极参加志愿者活动，到敬老院陪老人聊天；周末，我跟好朋友去爬山、看美景，放松身心；在闲暇时，我翻看自己喜欢的书，徜徉在美好温暖的文字里；在一天学习疲惫后，我在操场上听着歌跑步；学生组织里，也活跃着我的身影……我用自己喜欢的方式生活着，感到充实而安心，努力学习是为自己储备更多的知识，而不是为分数患得患失，成为一种负担。

好教育，强国梦，中国梦，教育造。我希望更多的孩子能在学习生活中获得快乐，感受成长的欣喜，我梦想在中国教育下成长的孩子，是一只只小鸟，能在广袤的天空飞翔。

一代人承载着一代人的梦想，桑林中外婆那颗坚强不屈的心，山坡上的蒲公英花托起妈妈的梦想起飞，我梦想我们青少年像天空中无数自由的鸟儿在向着教育梦飞翔。

梦之蓝，中国的蓝

信息与电子学院　唐赟

你听，那是浩瀚的海洋，汹涌的波涛，那是蓝；你看，那是广阔的天空，展翅的飞鸟，那是蓝；你看你看，那是梦的蓝，那是中国未来最灿烂的蓝图！

——题记

蓝色，广阔，纯净，包容。这是梦的蓝，这是中国的蓝。

中国，一条翱翔在辽阔蓝天的东方巨龙；中国，一个拥有上下五千年文化积淀的民族；中国，一个凝聚着十三亿人民梦想力量的国家。

有谁敢说，中国现在在世界上不占有一席之地？有谁敢问，中国现在是否被这个世界轻视？有谁敢笑，中国还是之前那个懦弱无能的中国？

曾经有太多的不屑、讽刺环绕着我们，曾经有太多的恶意、攻击直指着我们。可是，一步步走来，这些都在慢慢改变。摘掉了“东亚病夫”的“恶名”，我们渐渐成为世界格局中不可忽视的一股力量，不知道是否有人想过，我们的改变到底是因为什么？时代从来不缺英雄，只要有梦，敢于去做，何处无英雄。

因为有梦，因为中华民族每一个人的身体里的每一个细胞、每一滴血液都在沸腾。我们有广阔的胸襟，我们有纯净的心灵，我们有包容的内心，即使我们曾受到这个世界许多的不友善，我们也在努力成长，并且温柔相待这个世界，仗势欺人的人永远不会成为强者，真正的强者一定外表刚强、内心柔软。

我们希望我们的国家富强、繁荣和昌盛，我们希望我们的国家拥有最好的未来，我们希望我们的国家能够带给我们每一个人幸福快乐的生活，我们更希望因为我们的国家，这个世界变得更加美好，因为中国的存在，战场的硝烟可以少一些，无谓的死亡可以少一些，无辜生命的惧怕可以少一些。

我在不可抗拒地成长，长成曾经想要的模样。一路上太多跌跌撞撞，一路上也曾迷茫，有时候，也忍不住去害怕未来漫长道路上的未知。可是，我从来都不是一个人，我有可以依靠的家人，有可以信赖的朋友，有千千万万的人在一路向前。每个人每天都在成长，在推动着这个大家的壮大，我又有什么理由去畏惧，又有什么借口去退缩，又有什么资格去软弱？

我爱这个国家吗？我爱这个养我育我的母亲，爱这个赐予我黄皮肤、黑眼睛的母亲吗？我想我怎样都给不出否定的答案吧！那么就把她的梦融入我的梦想之中，并为此去努力，对于我而言有何不可呢？

我曾拥有过很多梦，大的，小的，小到希望得到那个自己渴望很久的玩具，大到我们大家都能飞上火星生活。不同的年龄段会拥有不同的梦，现在的我不再是个孩子，虽然我的肩膀还并不是那么宽阔，但是它足以挑起我的责任。

我用汗水为梦涂上鲜艳的蓝色，我用成就为梦插上蔚蓝的翅膀，我用双手托起我的梦，凝结成中国的梦、蓝色的梦。那代表着我们的未来，那是我们的国家。

梦之蓝，中国的蓝。我的梦，中国梦。这一个又一个的短句，承载着的是很长很长的历史河流，背负着的是很重很重的未来希望，可是我不会害怕，中华民族的每一个人都不会害怕。我们都会为了我们的梦，我们祖国未来灿烂的蓝图去拼搏。

梦之蓝，中国的蓝。

我的梦，中国的梦。

追梦赤子心

化学与化工学院　丁筱颖

小时候，喜欢听故事。

爸爸是军人，我是在军区大院里长大的。

记忆里的我，在那个干净简朴的大院里，夏夜的风习习地吹走一天的燥热，搬张长条凳坐在葡萄藤下，摇着大蒲扇，听院子里那些退休的老爷爷讲当年他们奋勇杀敌、血战沙场的传奇故事，惊叹于那时国家动荡下国民奋起反抗杀敌的坚毅决心，敬佩于为国捐躯只愿子孙后代生活在和平美好时代的英勇牺牲。那一个个动人的故事陪我度过了孩提时光，在那懵懂的岁月里，过雪山、草地的艰苦，啃树皮、草根的幸福，我一个小孩子是完全体会不到的，但看着他们说到动情处的潸然泪下，我心里也会跟着难受；打跑了敌人获得了胜利，激动的语气振奋到唾沫横飞，我也会开心地拍手叫好。这些仿佛塑造了“三观”的老革命故事，对那时只是个上着幼儿园的我，产生了巨大的影响——哪怕是到了现在，回想起那些故事，每到激昂之处还是会忍不住握紧双拳，躁动的内心仿佛使自己下一秒就去奔赴沙场，为国效忠。

赤子之心在胸膛跳动，炙热血液在体内沸腾。

那样幼小的我，怀揣着这样一颗赤子之心，一点点地长大。

长大的我最敬佩的人就是爸爸。

其实一开始，我是不那么爱他的。小的时候会嫌他工作太忙，哪怕是休息时间，部队上一个电话打过来就只得套上军装奔赴前线。他没有那么多的时间照顾我和妈妈，在我的生活里他参与的部分还没有幼儿园老师多——起码老师每天都能见面，爸爸有时一忙起来，几个月不回家。那时不懂事的我还曾因为没有爸爸的陪伴而质疑妈妈为什么会和这样一个男人结婚，她却笑而不语，但每次她看向爸爸戎装的眼神，有敬意，有爱慕，有柔情，有期许……那时读不懂，现在也没能完全读出那深情的眼神，究竟是多爱，才能如此多情。

长大了，懂事了，渐渐就理解他了。穿着这身军装，肩负着责任。国家需要他来守卫，人民需要他来保护。白天训练场上的风吹日晒，是为了增强保卫祖国的力量；晚上哨岗里的机警干练，是为了维护我们生活的安稳和平。他做了那么多，为国家，为人民，就是没法顾上自己家里的女儿；国家给他荣誉，人民给他赞扬，唯独自己家里的女儿对他万分嫌弃。他应该很难过吧，可心里再苦涩，国家需要他时仍义无反顾冲到前面，人民需要他时义不容辞挺身而出。他何尝不希望在家里陪着女儿，但，他是军人。这就是军人所应肩负的责任与使命。他从不说出口，但一直用行动默默展示他对军人这一职业的热爱与至高无上的敬意。

那时的我，在知道自己爸爸是那样伟大的人后，就产生了强烈的从军愿望，想要成为像爸爸那样保家卫国、顶天立地的军人——这也是我选择来到北理工的原因。作为军工类院校的翘楚，像我这样想要一心报国的赤子，来到北理工的愿望早在年少时就已暗藏心底，并一点点地生根发芽，支持着我努力奋斗。我最终来到了这里，实现了最初的梦想。

尽管如此，可追梦的赤子之心一点没减。就在刚刚过去的我的大学的第一个暑假，我参加了由北京理工大学组织策划，其余六所军工类院校——北京航空航天大学、哈尔滨工业大学、西北工业大学、哈尔滨工程大学、南京航空航天大学及南京理工大学联合主办的以“国防七校追寻红军足迹，青年学子重温长征精神”为主题的社会实践活动。我所去的重走长征路地点是贵州遵义——那个开过遵义会议的地方。遵义会议不仅结束了王明“左”倾冒险主义在党中央的统治，还确立了以毛泽东为核心的新党中央的正确领导和毛泽东在红军和党中央的领导地位，是中国共产党生死攸关的转折点。通过对遵义会议会址、毛泽东故居、红军烈士纪念碑的参观学习，我对党和国家有了更深刻的认识。在会议遗址参观时，那一幅又一幅的红军战争转移路线图，一篇又一篇的书信手稿新闻，一张又一张的人物图片令我心潮澎湃。看红军一点一点地从被动转为主动的不容易，看国家领导人无数次地修改意见方针战略部署的辛劳。我们只是历史的参观者，我们享受着战争过后和平的果实，可有时却忘记了老一辈的红军战士们为我们打下江山、统一天下时的艰辛与不易。参观过后，我最大的感触就是团结一致，心怀感恩——中华民族团结一心，高举中国共产党的伟大旗帜，在党的领导下走向当年红军战士为我们创造的和平繁荣富强道路！

这一趟长征路走下来，尽管只有短短十多天，可收获却是满满的。无论是对我出生前未能参与的历史，还是对我亲身经历的 19 年的变化，我都有了更为深入的了解，在对比下唏嘘旧时艰苦岁月，在体味中感恩当下和平时光。虽然我们没法做到真正重走长征，但我愿意用长征万分之一的实践，去完成万分之一的路程，去感悟那长征精神！那精神必当昭昭不灭，我们定为中国自强不息！

幼时爱国之萌，少时从戎之念，长时报国之忠。小时赤子之心所许下的梦想如今也有了更加通俗的解释——为了实现那伟大的中国梦，赤子之心，永远躁动；爱国血液，奋勇奔腾；华夏儿女，为国效忠！

且听诗韵，再走长征

光电学院 李建军

“独立寒秋，湘江北去，橘子洲头。看万山红遍，层林尽染；漫江碧透，百舸争流。鹰击长空，鱼翔浅底，万类霜天竞自由。怅寥廓，问苍茫大地，谁主沉浮？”

深秋十月，满城金甲；落红护花，木叶忆旧。

风声、雨声、书声，且听诗韵；瞻仰革命先烈，再走长征。

听！屋外飒飒的风声，是中央红军主力撤离江西革命根据地时迫在眉睫的情形；窗前潇潇的雨声，是红军攻打娄山关，占领遵义城，如及时雨般的甘霖；河畔激荡不息的溪流声，是红军四渡赤水河、巧渡金沙江、飞夺泸定桥时激巧卓绝的写真；远方此起彼伏的山回音，是红军翻越夹金山、横跨大草原、攻克腊子口时坚定信念的留存；天空阵阵雁群的和鸣声，是红军攀过六盘山、到达吴起镇与陕北红军会师时昂扬奋进的凯歌！

整整两年中，转战十四省，百折不挠、自强不息，终得成功；

历经八十载，传唱万千回，继承不朽、绵延不衰，勉我后生！

让我们共同吟诵，那一句句承载历史的诗文；

让我们共同追忆，那一段段诉说岁月的征程。

1934 年 10 月，第五次反围剿失败后，中央红军主力被迫撤离江西革命根据地，准备与二、六军团会合。10 月 10 日晚，中共中央、中革军委率中央红军主力 5 个军团以及中央、军委机关直属队 8.6 万余人，从瑞金、古城等地出发，开始长征。

红军沿途突破敌人四道封锁线，1934 年 12 月，黎平会议召开后，红军改变会合计划，向贵州腹地进发。1935 年，红军二渡赤水后，于 2 月 25 日攻克娄山关，占领遵义城，召开政治局扩大会议，毛泽东在中央的领导地位开始确立。

《忆秦娥·娄山关》

西风烈，长空雁叫霜晨月。霜晨月，马蹄声碎，喇叭声咽。

雄关漫道真如铁，而今迈步从头越。从头越，苍山如海，残阳如血。

遵义会议后，红军四渡赤水河，巧渡金沙江，强渡大渡河，翻越夹金山。在实行战略大转移的长征途中，红军越过万水千山，不仅大多数时候在高山峻岭中行军，而且常在万山丛中冲破敌军防线，虽历尽艰辛，但心中充满胜利的喜悦。

《十六字令·三首》

山，快马加鞭未下鞍。惊回首，离天三尺三。

山，倒海翻江卷巨澜。奔腾急，万马战犹酣。

山，刺破青天锷未残。天欲堕，赖以拄其间。

1935 年 10 月，毛泽东率领中央红军越过岷山，长征即将结束。回顾长征一年来所战胜的无数艰难险阻，他满怀喜悦的战斗豪情。

《七律·长征》

红军不怕远征难，万水千山只等闲。

五岭逶迤腾细浪，乌蒙磅礴走泥丸。

金沙水拍云崖暖，大渡桥横铁索寒。

更喜岷山千里雪，三军过后尽开颜。

红军长征翻越岷山的时候，毛泽东在山顶上极目四望，第一次看见了雪峰如海的世界。感受横空出世的昆仑山，毛泽东体会到人类的过去，畅想着世界的未来！

《念奴娇·昆仑》

横空出世，莽昆仑，阅尽人间春色。飞起玉龙三百万，搅得周天寒彻。夏日消溶，江河横溢，人或为鱼鳖。千秋功罪，谁人曾与评说？

而今我谓昆仑：不要这高，不要这多雪。安得倚天抽宝剑，把汝裁为三截？一截遗欧，一截赠美，一截还中国。太平世界，环球同此凉热。

1935年10月7日，毛泽东率陕甘支队跨越宁夏和甘肃交界的六盘山，这是红军在长征途中翻越的最后一座高山。

《清平乐·六盘山》

天高云淡，望断南飞雁。不到长城非好汉，屈指行程两万。

六盘山上高峰，红旗漫卷西风。今日长缨在手，何时缚住苍龙？

1936年10月，中国工农红军第一、二、四方面军在甘肃省会宁地区会师，红军宣布长征顺利结束。

艰难险阻难尽数，长征诗篇诵不完。
共贺胜利八十载，继往开来我少年。
长征精神历久弥新，主要内涵铭刻心坎。
想革命乐观主义，乐于吃苦不畏难；
敬革命英雄主义，勇于战斗可摧坚；
独立自主重求实，创新胆略当实践；
善于团结顾大局，集体主义时刻念。
与时俱进，历史画卷；民族复兴，使命在肩。
二十四字，践行社会主义核心价值观；
四个全面，谱写伟大中国梦之华篇。
秋高气爽，硕果枝繁，美好蓝图绽；
国家富强，民族振兴，你我同期盼！

与你并肩

自动化学院　李曼妮

车站里送行的人很多，四周十分嘈杂，大多是说不尽的叮嘱和难舍难分的泪水，而我望着你，一句话也说不出口。

“嘟——嘟——”火车鸣笛声响起，我不免露出了一丝慌张，而你却用初见时温暖的笑容看着我，伸手递给了我一封信，然后就像我们约定好的，不说再见，转身，你上了火车……

闲居非吾志，甘心赴国忧

第一次见你是在一个夏日的午后，你有着挺拔的身姿，穿着一身朴素的中山装，迈着稳健的步伐向我走来。

出于礼貌，我微微一笑：“您好。”抬头隔着强烈的光线向你望去，我却不期遇见你那阳光般温暖的笑容，“你好，你就是琼姨的女儿吧？”“对，这段时间就麻烦您了。”“哪里哪里，琼姨平时也帮了我很多。跟我来吧，我家就在前面那条街。”

提着手里的箱子跟在你背后走着，我不禁回想起了这阵子发生的事。

两年前北京青年学生的游行活动在全国掀起了不小的爱国浪潮，听闻你便是其中一员，当年家父也参加了上海这边的罢工活动，算起来和你也有缘，所以前段时间你搬来我家附近，和家父一见如故，两人相谈甚欢。前几日有人捎话来说太公家里有事急需家父家母回去一趟，家母便把我暂且托付于你家小住……正值思绪飘忽之间，我跟着你在拐角处转了个弯儿，就来到了你家门口。

之后在你家的日子我虽不如在自家那般无所顾忌，倒也过得自在。你总是喜欢待在书房里，久而久之，身上也散发着淡淡的书香，在大多数时候我也会拿本书坐在一旁学着你的样子看一看。虽然我懂得不多，但每每看到你总会想起八个字——“谦谦君子，温润如玉”。偶尔你的朋友会来家中与你议事，我虽会识趣地走到外面的院子里，但你们满腔热血的对话仍然时不时地传到我耳朵里，大多数是关乎爱国救国之类的大道理，我听不懂，却回忆起一日我与你的闲聊。

那天午后正无趣地翻着书，我无意间望见你认真看书的模样，不禁发问：“您这么爱书，但，您真就打算这么读一辈子书吗？”“不，读书是为了升华内心，是为了今后做准备。”“今后？”“嗯，今后，一个不会像现在这样战乱频仍、百姓苦不堪言的今后，一个充满无限美好的今后。”“由您来为我们创造吗？”“由我和我的朋友们。”“您就不怕……？”我没敢说出后半句，但早已了然的你双眼坚定地凝视着我，答道：“常思奋不顾身，而殉国家之急。”

愿将血泪寄山河，去撒东山一抷土

在你家住了小半个月，就在家父家母约定回来的那一天，你说你要北上去完成你的使命。我长这么大第一次面临这样的分别，却未曾想是这般的难受。那日，站在门口，你我都提着箱子，我要回家，就隔着一条街，而你要离开家，一路上隔着千山万水。道别的那一刹那，我止不住地大哭出声，你却轻轻拭去我脸颊上的泪水，告诉我：“别哭，等你长大了，就加入我们，和我们一起奋斗。”

在那以后，我就只能断断续续地从家父家母那里听到你的消息。听他们说，你们联合国民党击败了张作霖、吴佩孚那些北洋恶势力，让我们国家不再分裂四方；你们在“七一五事变”之后，为了不再让更多同胞受苦，决定二次北伐；你们初期起义失利，后来在一位名叫润之先生的指导下转向了井冈山，建立了井冈山革命根据地……再然后，就是我第二次见到你。

一转眼，时隔十三年了，再次见你时，你身上已经褪去了曾经的书生气，代之的是一种大丈夫的气概。已是深秋十月，而你却穿着带有许多补丁的薄衫，依旧挺拔的身姿，皮肤较之前黑了不少，身上也有许多大大小小的伤，但那双眼依旧坚定有神。“怎么来遵义了?”你笑着向我走来。“家父家母决定要来追随你们，我就跟来了。”“这可不是一个轻松的决定。”你静静地看着我，那一刻，从你眼中我竟捕捉到一丝担忧。“那您呢?”你淡淡一笑，道：“祖国如有难，吾应做先锋。”

那天我未来得及告诉你，家父决定将我暂且安置在一个遵义的远房亲戚家里，并未打算带我追随你们，离开时也未曾与你告别，只隐隐听到你在与人交谈时说：“我死国生，我死犹荣，身虽死精神长生。”这句话让我感受到了你对祖国、对百姓那如大海般深沉的爱。

那次见面过后，我再没有你们的消息了，只是偶尔听到有从远方来的人说你们成功夺回了泸定桥，爬过了重重雪山，踏遍了万里草地……听他们说，这一路上，你们没有饭吃的时候只能寻路边的草吃，寒冬没有棉袄的时候就几个人靠在一起取暖，身后有飞机大炮追着，还要空着肚子、光着脚走过没有路的地方，其中饿死冻死的人不在少数，但却没有一个人放弃这段漫长的路程。

捐躯赴国难，视死忽如归

渐渐地，我已经习惯了从身边的人那儿打听你们的消息，为了能尽早跟上你们的步伐，我还和堂姐一起上了夜校，每每读到司马子长的这句“常思奋不顾身，而殉国家之急”，你那坚定有神的双眼便会浮现在我眼前。

又到了一年深秋，离上次见你已有整整两年，我终于等到了你们成功在会宁会师的消息，那一刻，我眼里打旋儿的泪水，是为了你：我知道，你那颗爱国的赤诚之心终会迎来好的结果。只要走在路上，我就会听到有人在念《中国工农红军布告》，“……赶快团结起来，共把军阀驱逐；……真正平等自由，再不受人欺辱……”

还未来得及赶去与你们见面，远方就传来了西安事变的消息，紧接着你们同国民党又是一连串的交涉，我的心再度悬了起来。我不敢去打扰你，只好写信探问你的情况，苦等了月余后终于收到你简短的回信：

颜宛亲鉴：

惠书奉悉，如见故人。西安事变一事，诚救吾辈于牢狱。吾一切安好，勿挂念。临书仓促，不尽余言。

端月廿日

虽然只有寥寥数字，却能将我那颗悬着的心安置下来。我越发努力地去念书，期盼着有一日与你并肩作战。

之后的好几年，全国上上下下都不太平。日本鬼子在卢沟桥用一炮点燃了熊熊战火，战火一路燃至东北地区，北平与天津先后沦陷。我们这里也历经了国军与日军长达三个月的血战，最终成功粉碎了日军“三月亡华”的谬论。但不久之后国军被迫撤退，日本人进占租界，上海便全面沦陷。我痛恨日方，痛恨与日方合作的人，同情那些流离失所的难民。我一直坚信只要我们不放弃，你和你朋友们就一定会取得抗战胜利，将我们从水深火热中解救出来，目前所遇困境只是黎明前的黑暗，光明终将属于我们。那段时间，尽管生活十分艰难，但我每天坚持去夜校上课，因为我想通过学习提高自己，我想同你一般报效国家、服务民众。

也许，正因为上天欲将大事委任于你，所以在你们成功赶跑日本鬼子之后，又在你们前往胜利的道路上设了一道阻碍——内战。这一次，对于从没让我失望过的你，我依旧抱有百分信念，我相信成功一定属于你。在对战过程中，你给我来过一封信，在信中你告诉我说，你已经快能看到，那日午后你承诺的那个充满无限美好的今后了。

而我，也在为加入你们而准备着，我也相信，离我们并肩作战的那一日不远了。

历添新岁月，春满旧山河

我和你一同站在候车室，车站里送行的人很多，四周十分嘈杂，大多是说不尽的叮嘱和难舍难分的泪水，而我望着你，一句话也说不出口。

你终于实现了你当初承诺的“今后”，上个月你在北京见证了中华人民共和国的成立，当时举国欢庆，百姓无一不绽放出久违的笑容。

这次，才刚回上海不久，你又说要离开，你说还有更多的使命等着你去完成，你说百姓的幸福才是你的幸福，你还说，这一次就不说再见，不要伤感。

“嘟——嘟——”火车鸣笛声响起，我不免露出了一丝慌张，而你却用初见时温暖的笑容看着我，伸手递给了我一封信，然后就像我们约定好的，不说再见，转身，你上了火车……

一个月之后，我成功地得到了党委的批准，成为一名正式党员。在得到通知的时候，我流下了滚烫的泪水，将手里攥得紧紧的信轻轻地打开，信中你的字体依旧瘦劲清峻：

颜宛亲鉴：

数风流人物，还看今朝！

中国共产党

十一月九日

迎着阳光，我扬起了嘴角，如你一般微笑。

这一次，终于，我与你并肩。

你不知道的长征精神

信息与电子学院　李帅

“红军不怕远征难，万水千山只等闲”。每当那波澜壮阔的长征历史被人们想起，随之萦绕脑海的则是勇往直前、百折不挠的长征精神。长征精神在今天，不只是中华儿女勤奋耕耘、矢志奋斗的精神标杆，更是每一个北理人兢兢业业、攻坚克难的时代要求。

今天，实现北理梦、中国梦就是我们新的长征。重走长征路，才能让长征精神内化于心；重温长征情，才能将长征精神发扬光大。因此，在构筑中国梦的新征程中，在将北理工建设成为“双一流”高校的新长征路上，唯有以实践筑真知、以创新铸利器、以信仰圆梦想，在砥砺中开拓延安精神，在奋进中传承长征精神，才能共铸军工魂、共圆北理梦。

勇往直前，以实践筑科研真知。

“实事求是，不自以为是。”在烽火与硝烟中诞生的延安自然科学院，成长为如今的服务军工、建设国防的北京理工大学，不知我们的先辈一路走来经历了多少坎坷，但我知道，他们靠的就是踏踏实实干事业、一心一意为祖国的信念。这一点，不正是“红军不怕远征难”的真实写照吗？“实践是检验真理的唯一标准”，在科研上更是如此。多少项目的成功不是经过成百上千次的分析试验？多少疑难的解决不是需要夜以继日的苦心探索？新一代的北理工人更应用勇往直前、坚忍不拔的长征精神指引自己，以实践打磨自己，用理论丰富自己，通过探索真知、求真务实的科研态度，把个人光亮融入爱国荣校之洪烛之中。

瞄准前沿，以创新铸大国利器。

“独立自主、唯实创新”，红军开辟长征路，得益于共产党人实事求是、独立自主的创新胆略。四渡赤水出奇兵、巧渡金沙江等决定生死存亡的胜利，无一不是老一辈革命家打破常规、开拓新路的结果。红军长征胜利已经80周年，但将长征的创新胆略融入北理工的发展理念中，同样契合无比。目光回到九三阅兵，那长安街上的铁甲洪流是祖国的骄傲，更是北理人敢于创新、瞄准打赢、铸国之利器、护世界和平的答卷。“明者因时而变，知者随事而制。”在军队现代化变革、军兵种联合作战建设的大潮中，北理工的军工科研团队更应敢为人先，以全新的创新观念和前沿理论视野铺就中国国防的光辉路程。

百折不挠，用赤诚信仰和不变激情浇灌北理梦。

看！漫漫长征路上，涌动的是红军将士对祖国的一腔热血和赤诚之心。先辈经受了血与火、生与死的考验，经受了人体极限的挑战，始终表现出经久不衰的热情、始终如一的希望和令人惊诧的革命乐观情绪。他们坚信党的事业会成功，人民的事业会成功。

习近平总书记强调：“理想信念坚定，骨头就硬，没有理想信念，或理想信念不坚定，精神上就会‘缺钙’，就会得‘软骨病’”。一代北理人有一代北理人的荣耀，一代北理人有一代北理人的传承。走在新长征路上的北理人，更应以“建设双一流北理工”为己任，牢记使命，不负重托。只有以教育规律作为长征路上的前进准则，以大学本源作为长征路上的前进方向，以人民满意作为长征路上的前进动力，不断开拓，锐意进取，才能孕育专属北理工的不凡之力！

80年前，长征精神谱就了一曲英雄壮歌；80年后，长征精神闪耀在实现北理梦的新征程中。没有比人更高的山，没有比脚更长的路。建设“双一流”北理工的号角已经吹响，新一代北理人唯有不忘初心、继续前进，才能不逐俗流，不负青春。铭记延安根，传承军工魂，牢记北理情，共圆中国梦。北理人，我们在路上！

不忘初心，继续前进

设计与艺术学院 束佩桦

2016年10月12日，我陪同有30多年党龄的父亲来到了军博物馆，怀着敬仰和缅怀的心情参观了“纪念中国工农红军长征胜利80周年主题展览”。

在参观中我和父亲慢慢地走着，细细地看着……

“湘江战役中，红5军团第34师掩护军委纵队及红军主力过江，被阻于湘江东岸，因寡不敌众全军覆没。师长陈树湘腹部重伤昏迷被俘，苏醒后乘敌不备绞断自己的肠子，壮烈牺牲，年仅29岁。”我看完这段话后，在这幅油画前久久不能平静，我耳边仿佛敌机呼啸，炮弹轰鸣。我震惊于陈树湘师长面对敌人绞断自己肠子的悲壮，感动我们红军誓死抗争，用鲜血与生命筑成的长征壮举！

看着看着，我又一次深深地知道了80年前红军面对的艰难险阻，革命英烈们走过的史无先例的两万五千里漫漫长征路。长征途中缺粮少衣，英烈们吃皮带、煮树皮走过了草地，爬过了雪山，在小腿粗细的卢沟桥铁链上攀爬，在枪林弹雨中激战，用鲜血和生命铺路，一点点向前！

父亲走在我前面，他和许多参展的老龄人一样，个个心怀虔诚，衣服穿得整整齐齐，在那手枪展品前表情凝重，在那草鞋展品前感慨叹气，在文字描述前探身细读每一个字。我能感到他们心中对于英雄历史的致敬。此时，我心中也有着说不出的沉重，仿佛有万千悲伤压在胸前，喘不上气来。我面前这些安放的展品遗物，标识着红军当年是处于怎样恶劣的环境啊！

往前走，当我面对红3军团参谋长邓萍遗物时再一次内心被触动。鲜血染红的毛衣颜色早已沉淀，那一抹已经有些褪色的血红仍那样惊心。再看那已经烂得不成样子的鞋底，鞋垫碎成了渣，鞋帮用麻绳攀连着……这样的鞋，穿上又是怎样的感觉……这是我不敢想象的。邓萍的英雄事迹，让我思绪万千，我永远无法体会他牺牲前那段时间是怎样，面对敌人的炮火，他英勇、坚强、坚持到了最后。像邓萍这样的红军同志不计其数，有些是后人熟知姓名的，有些是后人不熟知的。我们作为新时代的青少年参观这样的展览、了解党和红军可歌可泣的长征历史，就是要铭记他们，铭记历史、铭记繁荣昌盛的祖国是用无数英烈的鲜血和生命换来的。

伟大的长征途中，我们党和红军失去了许多生命；伟大的长征途中，党的领导人、红军各级指挥员和普通士兵同甘共苦。在第二厅的展览中介绍到红二方面军第 18 师师长张振坤，他呼吁大伙儿平分粮食，并带头第一个贡献出自己的粮食，而后战士们积极响应，团结一心战胜了困难，走出了大草地。每到这种生死关头，党的领导和红军干部都会吃苦在前、冲锋在前。官兵之间、战士们之间都是互相关心，互相帮助，互相爱护，生死与共。正是这样官兵平等、同甘共苦的抗争精神与不屈不挠的意志决心，让长征中的中华儿女们凝聚在一起，演化成战胜一切艰难险阻的强大力量，取得了长征的伟大胜利！

展览最后一个大厅是历任国家最高领导人的话语：毛主席说："长征是历史纪录上的第一次，长征是宣言书，长征是宣传队，长征是播种机。"是的，长征是唤起民众北上抗日使革命队伍不断壮大的宣言书、宣传队；长征播种出了新中国！如若不是那段历史，我们怎能知道人类的力量是这样强大，怎会有今天的和平盛世和幸福生活？这段历史深深地印在了我的心里。入少先队时老师说，我们胸前的红领巾是用红军战士们的鲜血染成的，长大后我怀着一颗崇敬真诚的心加入了共青团；如今在朝气蓬勃的大学校园里在党的教育引领下我成为一名预备党员。我始终认为，党是伟大的，在不同的历史时期，是党带领我们前进，让我们每个人都有了为国家、为民族拼搏奋斗的信仰。

我们经常听到人们讲长征精神！那么什么是长征精神呢？这次参观后使我又一次深刻学习、了解和感悟了长征精神，它是红军战士们在长征中表现出的对革命、对国家、对民族的忠诚精神，为了人民翻身解放和当家做主人而浴血奋战的拼命精神，是他们面对强大敌人的围追堵截不怕牺牲、敢于献身的精神。这种精神，是要我们后代永远牢记和学习的、永放光芒的精神！

前有泣血长征、抗日战争、解放战争的伟大胜利……后有改革开放、港澳回归、互联网时代、高铁时代伟大祖国的昌盛发展……95 年建党史，中国共产党始终保持着一颗对人民的赤子之心。在不同的历史时期，中国共产党人都是怀着满腔热血，带领全国人民前进，前进，前进进！

我爱我的祖国，我爱我们的党。我向在 80 年前长征历史中的每一个共产党人和红军战士致敬！长征历史是英雄史诗、长征精神是不朽丰碑！让我们振臂高呼：不朽丰碑永垂崇立，英雄史诗永放光芒！

长征已经过去，当下和未来仍有许许多多“长征”在延续。在今天，我们正进行着改革开放和社会主义现代化建设的新的伟大长征；在未来，中华民族伟大复兴的中国梦也会经历不同的困难和挑战。我想我们只有跟着党走才有力量，所以新时代的新长征中，我们一定要紧跟党走，脚踏实地，始终牢记习总书记的话：不忘初心，继续前进！

愿得此生长报国，何须生入玉门关

宇航学院 严鹏

在长征途中，一位军需处长将不足的棉衣分发给了我们的战士们，而自己却因寒冷而去世。即使躯体已经僵硬，却仍用冰冻的手指为后来的战士们在冰天雪地中指明了前进的方向。 ——《丰碑》

时间如白驹过隙，如今离世界上伟大的人类壮举——长征，已经过去整整 80 周年了。在长征胜利 80 周年的特殊日子，回首这篇至今仍未忘怀的小学时代的文章，不禁使我想起了无数革命先辈在长征途中的浴血奋战，虽九死其犹未悔。

忆长征，铭记历史

“红军不怕远征难，万水千山只等闲。五岭逶迤腾细浪，乌蒙磅礴走泥丸。”毛主席的这首诗词生动真实地展现了长征过程的艰苦磨难以及我军的不畏艰险，唱响了人类史上这一雄壮、豪迈的交响曲。1934 年 10 月至 1936 年 10 月，由于博古等人的错误领导，加之敌强我弱，红军第一、第二、第四、第二十五方面军先后踏上了长征的道路。英勇的红军战士们，在毛泽东等同志的英明领导下，以非凡的智慧与勇气，运用机动灵活的战略战术，四渡赤水，巧渡金沙，强渡大渡河，飞夺泸定桥，转战乌蒙，激战嘉陵，击退百万名敌兵的阻击。他们穿越了穷山恶水的草地，横过了空气稀薄的冰山雪岭，征服了渺无人烟的沼泽，纵横十余省，长驱二万五千里，取得了长征的伟大胜利。

这次壮举的成功，是马列主义毛泽东思想在华夏这片土地的伟大实践，磨砺了红军的精神意志，坚定了我党必将取得革命胜利的信念，为日后我军推翻三座大山、打败国民党反动派奠定了坚实的基础。忆往昔，峥嵘岁月稠。是他们，在弹尽粮绝的条件下，与敌人进行了艰苦卓绝的斗争；是他们，在饥寒交迫的情况下，坚持走完了二万五千里的行程；更是他们，在敌强我弱的局势下，始终不忘心中的理想，勇往前行，最终建立了伟大的新中国。追念长征，是歌颂那段可歌可泣的壮举，是缅怀永垂不朽的先烈，是回忆永不磨灭的历史。

红色情，永悬星空

长征，这一中国历史进程的丰碑，不仅创造了可歌可泣的战争史诗，而且谱写了豪情万丈的精神交响曲。这些精神，不仅在过去的岁月里指导我军取得了胜利，也必将在以后的光阴中，引领我们华夏民族不断前进。

人本精神。“愚公移山，人定胜天。”毛主席的这句话，彰显了他对革命必将胜利的坚定信念。长征中，我军征战数省，长驱万里，历经大小战斗百余次。以色列军人伍大卫曾说，中国红军表现出来的精神是全世界的财富，值得世界各国军人景仰与学习。身后是无数飞机大炮，前方是没有人完成过的旅程，空着肚子，背负辎重……这些看上去不可能完成的事，先辈们却用行动圆满地回应了世界的质疑。是什么给了他们力量，让他们在无数个夜晚，每当想要放弃的时候，又鼓起勇气，再次前行？一位红军说：“我能走完这么长的路，靠的就是对理想的坚持，理想大于天！”没错，是对理想的坚定，给予了他们无穷的力量；是对实现共产主义的信念，使他们完成了惊人的壮举。长征和革命的历史，其精神内涵，就是对人的价值不懈追求的外在体现。

君子之勇。人最大的敌人，不是别人，而是自己。长征起始于第五次反围剿的失败，源于王明等“左”倾冒险主义的错误领导，对敌我实力的错误判断。之后，我党勇敢地对自身进行了深入的剖析，不断反省，敢于更正。用灵活辩证的思想，对待不断发展变化的局势。“知耻近乎勇。”敢于直面现实、面对灵魂的人，才是真正的勇士。“君正，莫不正。”共产党作为领导中国革命的生力军，在历史抉择的重要关头做出了正确的抉择，而人民也在历史中选择了他们。共产党作为以谋全人类幸福为主旨的政党，从口头落实到实际中，从个体上升到整体。“问心无愧，何来忧惧？”

进取精神。天行健，君子以自强不息。中华民族的历史就是无数中华儿女前赴后继的奋斗史，我们党在七十多年前所进行的长征也是一部在中国共产党领导下的工农红军为了争取全人类的解放和幸福的奋斗历史。共产党人认识到了历史赋予他们的重任，他们责无旁贷地承担起来，用百折不挠的意志，战胜了无数困难。许多长征的路途都是在红军走过以后才有了人的足迹，变成了“路”。衣衫单薄、空腹赤脚的红军一步一步地丈量出了人类历史上的奇迹。“纵死侠骨香，不惭世上英。”这句诗便是对革命先辈们最好的写照。

中国梦，砥砺前行

中国梦就是实现中华民族的伟大复兴，它是中华民族近代以来最伟大的梦想，并且这个梦一定能实现。追忆长征，不仅仅是缅怀历史，更是以历史为经验，融精神品质于己身，为实现中华民族的未来发展吸取营养。中国梦，归根结底是人民之梦，是华夏民族伟大复兴之梦。实现中国梦，必须走中国特色道路，弘扬中国特色精神，凝聚中国特色力量。而长征精神，便是中国红色精神中重要的一支。身为当代大学生，应当以“中国特色社会主义”为载体，以“红色精神”为熔炉，以“中国梦”为旗帜，时刻不忘时代赋予我们的使命，为实现几代中国人的夙愿而砥砺前行。这条道路上必将充满艰难险阻，也必将荆棘丛生，但必将被我们用脚步去征服。在这个特殊的日子，回忆长征，必将为我们的前行注入一股清新的力量，让我们从疲乏中苏醒，从迷惑中觉悟，从忧惧中坚定信念。

泱泱华夏，已经传承了上下五千年的历史。我们曾经内乱，我们曾经衰败，我们曾经险些沦落，但我们坚持着走了过来。中国，这一伟大的巨人，饱经沧桑，却从未低头，他深邃的眼眸中充满了岁月的智慧。

正如那首诗歌所描绘的：我的成吉思汗，我的汉武刘邦；我的宋词元曲，我的锦绣文章。这些铭刻在中国历史丰碑上的文笔书画，必将伴随中国梦的实现，而重新在这个世界上熠熠生辉。

我看见他们的峥嵘岁月和平凡故事

管理与经济学院　张立群

2016 年 8 月，我代表北理工参加了北京市委教工委举办、人民网承办的“重走长征路、青春跟党走”首都大学生记者团纪念长征胜利 80 周年集体采访活动。整个活动参加完，用一个不太恰当的词形容自己，我傻了。第一次作为记者去走这么一趟长征路，我不曾想到背后的故事是这样，我也不曾想到居然有这样的动人经历。我下面要讲的故事是我的所见所闻，是我采访后得到的第一手资料，我把这些写出来，希望你们能看见，这是再怎么伟大的编剧也写不出来的故事，是真实的口述历史，是这个国家奋斗史、血泪史的微缩与折射。我想分享给你们。

八十五岁老战士，口述“平凡伟人”的峥嵘岁月

初见郑老是在遵义的红军山，老人的孙女郑女士在一旁跟随，郑老拄着拐杖，背驼得厉害，腰板却挺得笔直，满头华发，两眼却是炯炯有神，脸上也始终洋溢着温和的笑容。一番闲聊后，郑老答应了记者的采访。老人名叫郑先润，八十五岁高龄，是一位革命军人，参加过正安县的解放运动。

与其他革命战士不同的是，郑老年轻时被地主救了一命，而在参加了革命之后，他们又得打土豪、分田地，又得和救过他一命的地主进行斗争。

我问郑老，那个地主救过他，是否心存感谢。

他赶紧摇摇头：“我是农民，是民兵，他是地主，我对他是敌视的、敌对的。”

我觉得可能是老人没太听懂普通话时，换了种问法，我问老人，地主

救你命的那一刻，你有没有心存感激。老人回答是有的，毕竟是救命之恩。

就这短短的一段话，我思考了三天时间才敢给人民网发稿。其实我们是了解历史的，我们学到的历史、读过的书，看过的《长征》《东方》等影视作品，展现的阶级之间的斗争是残酷的，是不可调和的，在那个时代是革命必须走出去的一步。但是，不同于我们所见到的影视作品中模式化的人物形象，必须彻底的敌对或者怎样，像郑老这样的心理变化和心路历程，才应该是真实的。

还有一个有趣的地方，关于入党，郑老是这么回答我的。

“我是想要入党的，而且党支部上组织过几次入党，但我一想到我就是个农民，没有文化，就不好意思去入党。”回答真挚而朴实。

“如果再给你一次机会，你会入党吗？”记者在最后时打趣地问郑老。

“可以！”郑老像孩子一样喊了出来。

其实，像郑先润这样的革命先辈，是广泛存在于中华人民共和国这960万平方米的土地上的。他们默默无闻，鲜有报道。他们如同庄稼一样朴实，却又同样重要、同样伟大。他们力量微薄，看似点滴之水，却汇聚成革命的汹涌浪潮，他们参与了革命，以微薄力量共同缔造了这个国家，他们是历史的见证者、是变革的参与者，是我所遇到的平凡伟人。

这是属于他们的峥嵘岁月，临行前，我向郑老敬礼。

采访结束后，我专门为这位老战士写了一篇新闻特写，发表在人民网上，形容他是“共和国之辉上不可磨灭的光芒”，当时人民网的编辑问我，这么形容会不会有点大。我是这么跟他讲的，其实这个国家一路走来不只是靠那些先贤们、元帅们、将军们，更是当时四万万中国人的牺牲和而后十三亿人的奋斗。过去是这样，现在是这样，以后也是这样。这个国家的崛起依靠每一个年轻人，中国梦的实现有他们，更得有平凡的我们。

“黑帮”也帮共产党，老袍哥与耿飚的神奇经历

“你知道我年轻的时候是干啥子的嘛？我，是袍哥。”93岁的罗腰爷

就是这么告诉我他的职业的。袍哥是新中国成立前云贵川地区的帮派，带有一定的黑社会性质。罗腰爷住在土城镇，当年红军一渡赤水前就驻扎在这个土城镇，当时这位老袍哥 12 岁。

我问爷爷红军入住土城时，有没有看到什么人的时候，爷爷乐呵呵地跟我说："耿飚来我家里讨水喝，毛主席和周总理就住在街对面。"爷爷说完这番话，就开始从袍哥和红军讲，讲他们如何在这里休整，袍哥们如何帮他们。其中让我最关注的是袍哥为什么帮他们。

"当时毛主席他们这些首长，都穿得破破烂烂的，不拿群众一针一线，没有经过允许不进群众家门，我们大哥说这就是好的部队，该帮都帮，所以我们袍哥就帮红军。"岁月变迁，这几十年过去了，这位老袍哥依然记得红军当时铁的纪律，这让我很惊讶。"红军渡过赤水要借我们的门板作为连桥，他们与其他部队不一样，他们是先给租金，再借东西，不像国民党来了就抢。红军给的租金不少哟，能买 20 斤大米咯。"老袍哥回忆起当时帮助红军，脸上还有几分自豪，"我们大哥当时就放话，说，你们借门板，我给红军担保。大家放心地借，红军放心地用，我们这些小袍哥就到处帮忙借门板。"

谈起与新中国成立后国防部部长耿飚的故事，老袍哥说，耿飚是来他们家讨口水喝的，他当时以为是大首长，不敢上前交谈。结果，耿飚愣是站在门口站了半天，因为红军铁的纪律，未经允许不得进入老百姓的家门。上到首长，下到士兵都是如此。这让当时的他对这支部队产生了信任，认为这是一支为老百姓的好部队。

"这就是红军，有纪律，为了老百姓的军队。"这是整个采访中老袍哥说得最多的一句话。

临行前，93 岁的老袍哥给我们表演了一套拳法，年逾九十却精神焕发。他从头到尾都特别开心，特别愿意跟我们分享，他说好多记者都采访过他，有中央台的，也有地方台的，他希望能把红军的故事传出去，让大家知道，这是一支好军队，建设了一个好国家。

红三代的重走长征路，革命丰碑永不泯灭

最让我触动的是一个四十多岁的叔叔一个人重走长征的故事，我见他是在娄山关，当时我听见山顶上有人高呼“共产党万岁、红军万岁”。我就循着声音过去，遇见了他。我说我是首都大学生记者团的记者，随后就聊了起来。

他告诉我他是一个人走长征，从贵阳到遵义再到娄山关的。我当时其实是有点采访功利心的，我诱导式地发问，问他：“为什么要放弃手中的工作一个人走长征?”他的回答让我彻底脸红。他说：“我没有放弃工作啊，我就是利用假期来重走长征路，来体验红色精神的。”这让我颇感愧疚，叔叔内心是正直、诚实的，我作为一个记者却十分功利。

于是我问他为什么要来体验红色精神时，因为他之前告诉我他是“红三代”，我以为他会说一些家训、家风之类的话，就照着这方面问。他回答也让我傻了，我被彻彻底底地震撼了。他说完全没有，他爷爷虽然是老革命，但是新中国成立前就离世了，家里面红色气氛没有那么浓厚。他出来重走长征路，就是觉得人到中年，信仰缺失，他想有一个坚定的信仰和精神食粮。如今的时代信仰缺失，他现在有了追寻的方向就一定要把他坚持下去。

叔叔名叫万长华，名字的寓意是万里长征，耀我中华

我采访了一路，听很多人说了很多话，这是最真实最质朴的一段话。面对记者、面对镜头，他讲出了一些平凡或者说普通的人对于长征的认识和理解。其实并没有宣传中、我们时常理解中的那么红那么专，也不都是些故事等待我们去挖掘和传播。反而，就是这些广大人民相信那些长征的故事，信仰这种精神。并不是如同大学者、大公知将长征与国家、民族、世界、人类文明进程联系起来而形成一套方法论进行探讨，他们仅仅是朴实地相信这是我们的历史，这是历史留给我们的精神。对于我们，这就足够了。

这件事让我极其触动，我也是第一次真正觉得，长征精神永远都不会丢。因为它并不是依靠这些遗迹、旧址、教科书支撑，而是作为一种真正的精神和信仰存在，真正的信仰是不会丢的，人们会把它传下去，并且发扬光大。因为它是真金，绝不怕火炼。

我想告诉大家，这一路走来我看到的有三点：一、长征比你们想象得更真实、更伟大，这个国家和这个时代建立不容易，请务必倍加珍惜；二、长征精神并非又红又专的精神，反而很质朴，它是历史，也成为我们今天很多人信仰的一部分；三、长征精神在当代不会褪色，也不会抹去，并不是靠新闻工作者和国家的宣传，而是因为它是真金，不怕火炼，它是常青树，扎根在广大人民的心中，它是星星之火，在今天亦可燎原。

之后中央电视台的记者找到我做一个纪录片，他问我长征精神在当下有什么意义，我是这样说的："长征精神，就是关键时刻带给你力量，教你去克服你认为不能克服的困难，让你在关键时刻选择坚持。这次，'天宫二号'成功发射，用的是'长征二号'火箭，我在想，咱们国家之所以把运载火箭叫作长征，就是告诉所有航天人坚持下去，永不放弃，也正是因为长征精神的鼓舞，才使我们一次又一次实现了中国的航天梦。"

"这种精神，也将指导我们中华民族实现伟大复兴，腾飞我们的中国梦。"

让长征精神引领“中国梦”的实现

宇航学院　张哲

时光荏苒，2016年已经是长征胜利80周年。80年前，一支用脚板丈量信念的工农队伍，跨越两万五千里，辗转十四个省，突破几十万敌军的包围封锁，谱写了人类历史上的一篇壮丽史诗。长征，是一篇用烈士鲜血书写的不朽史诗，是一个用不屈意志编织的世界奇迹，更是一所用不灭信仰铸造的精神宝库，这所宝库带给我们永恒的精神财富。

其实真正的纪念长征不应该拘泥于形式，而应该继承和发扬长征精神。如今，纪念长征的活动数不胜数，却很少有人真正理解它的精神内涵。重走长征路的人不少，去革命老区实践的人也不少，可更多的人只是去遗址瞻仰先烈们的足迹，却没有深刻思考长征精神的内在。罗荣桓元帅之子罗东进在采访中曾说：“我在途中曾问过不少大学生，他们理解的长征仅限于‘吃苦’，这是不全面的。”他说：“长征精神的历史内涵非常深刻，是值得我们几代人去感悟、取之不尽的宝藏。”是的，长征精神绝对不是简单的吃苦，它有着极为丰富的精神内涵。

长征精神是坚定革命的理想和信念，坚信正义事业必然胜利的精神。长征途中，红军经历了难以想象的挑战，渡过波涛汹涌的大河，穿过荒无人烟的草地，翻过连绵起伏的雪山，一次次围追堵截的敌人，一个个重兵把守的县城。无论是极其恶劣的自然环境还是穷凶极恶的敌人，红军都能在后勤没有保障的困境下与敌人殊死搏斗，一次次粉碎敌人的野心，并赢得长征的最终胜利，靠的就是这样一种信念——一种相信长征必然胜利，坚信正义事业必胜的信念！

长征精神是不屈不挠、艰苦奋斗、克服困难的精神。长征途中，红军经历的苦难是前所未有的：“丹枫似染离人泪，红遍前山与后山”的战友离别之苦、“伏日灼热熊似火，瞬间万变唱寒歌”的自然环境之苦、“万里长征美名扬，遵义负伤景异常”的伤病之苦。可是，敌人想不到，红军队伍是一支不屈不挠的队伍，是一支艰苦奋斗的队伍。没吃的，就吃野果、皮带；没盖的，就露宿大地；纵使有再多苦难，我们也绝不退缩。有这样的一种精神，长征怎么会不成功？

长征精神是不惜付出一切牺牲的革命英雄主义精神。血战湘江，四渡赤水河，飞夺泸定桥，一次次耳熟能详的战斗胜利的取得，无不付出巨大代价。每一次战斗，都有身边的好多同志倒下，但是，活着的红军战士并没有被成片的战友倒下吓到，而是像潮水一样冲了上去，前仆后继地与敌人战斗。为了革命胜利，他们不惜牺牲一切，哪怕是最宝贵的生命，这种革命乐观主义精神让红军在最恶劣的环境中，也能迎来希望。

长征精神是生死相依、紧密团结、患难与共、无私奉献的精神。还记得小学课文《金色的鱼钩》吗？老班长在身患重病时，还瞒着小战士，把钓的小鱼给年轻战士吃，自己在刷碗时，偷着吃剩下的骨头。在生命的最后一刻，老班长还是在懊悔：没能完成党的任务，没能将几个同志带出草地。其实，老班长只是千千万万红军战士的一个缩影，无数同志都在默默地奉献、牺牲着自己，给他人更多希望。如果长征的胜利不属于这样的队伍，那还会属于谁呢？

一支队伍，一个国家，只要有这种长征精神，就一定能够创造一切辉煌！长征时是这样，80 年后的今天也是这样。

虽然我们生长在新时代，没有亲身经历过这场共产党人用意志和信仰创造的人类奇迹，但从小的学习也让我们对“长征”这个词并不陌生。《丰碑》《飞夺泸定桥》《金色的鱼钩》这一篇篇小学就学过的文章都在向我们讲述着一支用脚板丈量信念的工农队伍是如何走完二万五千里长征路的。

如今，时过境迁。我们生长在和平年代，经济和社会飞速发展，科技创新日新月异，已经回不去啃草根、过雪地的年代。可正是在这样的年代，我们才该有更高远的追求和更加伟大的担当。当今世界，国际格局朝着多极化向前推进，经济全球化进程不会改变，虽然和平与发展的时代主题不会改变，但国际矛盾和斗争依然尖锐，霸权主义、强权政治、恐怖主义、极端主义依然在威胁着我国的安全和发展。而在国内陈旧的观念依然存在，人均经济依然落后，环保形势还很严峻。这些都是实现中国梦必须面对的挑战和阻碍。梦想源于现实，又高于现实，中国梦的实现，任重而道远。这就需要我们树立一种精神，一种有传承性且可以战胜任何困难的精神力量，而长征精神，正是这样一种精神。

在这个实现中华民族伟大复兴的中国梦的关键节点上，我们仍然面临着巨大的苦难和挑战。但想想聂荣臻元帅曾说的话就使人充满希望："碰到了困难，人们就想起长征。想想长征，就感到没有克服不了的困难。"是啊，有长征精神的引领，怎么会有战胜不了的困难？怎么会实现不了伟大的中国梦呢？历史已经证明，长征精神引领着中国共产党取得抗日战争的胜利，取得了革命战争的胜利，取得了改革开放的初步成功。历史也将证明，长征精神还将继续引领无数中国人民不屈不挠地奋斗，直至中国梦的实现！

长征精神犹如一座丰碑，竖立在中华民族的精神宝库中。在长征精神的引领下，我们终将实现伟大的中国梦！

每个人都在走万里长征

管理与经济学院　吴月

孩提时代，对长征的敬佩之情溢于言表；读书时代，即使官腔重的文章轮番轰炸，我的心还可以跨过重重时光，体会艰难困苦年代的极度辛劳。漫漫长征路，敌人的围追堵截，恶劣的自然环境，缺衣少食的状况……长征日子不断打磨着士兵的心性，放出百折不挠、坚持不懈的耀眼光辉。

一直以为这是特定时期特定人物的特定事件，然而，不知不觉中，我也踏上了属于我的艰难困苦的万里长征。

其实也不只是我一人，每个人都在万里长征的征程中走着，有崎岖，有坎坷，有小成就的欣喜激动，也有迷茫、彷徨、痛苦。路上的拦路虎因人而异，但不变的是这长征万里，连绵不绝。

曾经的长征是上过战场的士兵所承受的，现在的我们大多没有上过战场，但我们却都是战士，为自己而战斗的战士，为民族国家而战斗的战士。在我的心中，一直有一个挥之不去的硬汉形象：一个人，站在悬崖边，站得笔直如松，左提刀，刀锋冷冽，右握拳，心性不移，面对如血残阳，眼神幽邃，嘴角勾起，坚定中带着一丝张狂，桀骜不羁。每个人都在为自己奋斗着。央视广告“再一次，为平凡人喝彩”：跳高运动员一次又一次高喊着冲向更高目标；普通青年一次又一次追逐着翱翔天空的梦；高原医生一次又一次诊治病人。不停歇，不放弃，不罢休。再来一次，再来一次！再一次，为平凡人的奋斗喝彩。我们强调个人独立，但个人永远离不开集体，人还是来自人类。一个民族、一个国家的繁荣兴旺所依仗的就是无数个人微小之力的汇聚。我很自豪中华民族团结一心的禀赋，古人聚力建设都江堰、万里长城，前人团结共商革命大计，今人共同抗击天灾人难，开创盛世繁华。一路艰辛，前路漫漫，幸运的是我们互相搀扶。

几十年前的长征，后有敌人的步步紧逼，而在如今的和平盛世，敌人是没有肉体的，却时刻潜伏在周围，懒惰、拖延、无计划、停留头口、碎片化、浅阅读、想做好很多事情却什么都抓不住……我曾经有拖延犯懒的习惯，感觉像吸食毒品一样，从外到内慢慢渗透，外出时间明显减少，窝在快发霉的寝室，内心总是欺骗自己没按时完成任务不是大事情，而这种思想难以摆脱、欲罢不能。糟糕的情况终于在一个月后得到了明显改变，在他人的刺激下，我意识到了自己到底应重视什么。周围同学的成就晃花了我的眼，督促我从浑浑噩噩中清醒，清醒之后发现自己距真正想要的还很远，渴望的力量慢慢膨胀，逐渐变强。我一直不太相信意志力对我的追求会有多大的帮助，只靠意志力是远远不够的。真正让我咬牙坚持的源泉还是内心的渴望，如火焰，熊熊燃烧，热量四散，点燃了我全身的激情，一头扎向远方——我选择的长征路，留下坚定挺直的背影。

狄更斯在《双城记》中嘲讽地说："这是最好的时代，这是最坏的时代。"长征那时是艰难困苦的时代，那现在能绝对地说是好时代吗？工业化的飞速发展给环境带来巨大压力，信息技术的飞跃对个人信息的保护提出了巨大挑战，超大型城市面临的城市病日益严重：教育、医疗、养老问题凸显，人才、资金、技术等各项资源像抽水机一样从小城市涌向大城市……这不是最好的时代，这不是最坏的时代，但这是属于我们的时代！征程漫漫长路，唯有心性坚毅的人才走得更长、更远。时光的风沙不能褪去百挠不折之心，便把这精神继承到吾辈，坚定前行。

路漫漫其修远兮，吾将上下而求索。

我们都习惯了围观

机电学院 梁昊

社会的大幕一次次被掀开，每个人都被按在观众席上动弹不得，被迫注视着喜剧、悲剧和荒诞剧的轮番上演，耳边回响的无数声音念着不同的旁白。真真假假，虚虚实实，信息爆炸的年代，我们都习惯了围观。

——题记

有人这么形容这个时代："这是个捂住耳朵都会被吵醒的时代。"21世纪的爆炸信息量让我们每个人都被投入汪洋大海中，时时刻刻淹没在信息的洪流里，几近窒息。

网络的高速发展伴随而来的是各种言论的甚嚣尘上，一批批所谓的意见领袖在键盘上构筑着他们自己的王国，热点事件的发生总会像投入湖面的石子一样在社会上荡起层层涟漪。围观，成为这个时代人们最常见的姿态。

围观着的我们都希望看到事实的真相，可悲哀的是有时候作为旁观者的我们永远不知道真相离我们有多远。曾有一段视频在网络上蹿红，一群五大三粗的城管正在对着一名小贩的摊位大喊大叫，模糊的声音只能听出语气的严厉。视频中，小贩挥舞着他用来谋生计的秤砣，不停地晃动着自己的证件，强调自己是个退伍军人，但在城管的推搡下，他被夺掉了手中的秤砣，被牢牢地制服，最后视频定格在了小贩被按住的那一刻。自然而然的，这件事被贴上了"城管暴力执法"的标签开始传播，一时之间，所有的舆论全都指向了粗暴执法的城管大队，网民们要求人肉那些不为人民考虑、口出粗语的公务人员，并且要求有关部门予以严惩，甚至还爆出了城管是关系户的丑闻。

但就在这件事在微博和朋友圈被讨论得热火朝天的时候，视频的完整版，也就是城管人员的执法录像被上传到了网上。视频里清楚地记录了那个小贩是怎样用秤砣打得一个城管人员满脸是血，并且清楚的画外音表明，即使如此，城管也还是在反复强调着法律法规，没有谩骂和恶意，只有规劝和善心。于是突然之间，所有的舆论哑口无言，曾经义愤填膺的网民们再一次潜入了网络的大海，似乎什么都没有发生，谩骂和指责灰飞烟灭，仿佛一切都是人们的错觉。

如果没有完整的视频传播到网上，恐怕讨伐的大军还会举着所谓正义的大旗招摇过市，而我们是不是那不明真相的群众中的一员呢？三人成虎，以讹传讹在这个时代变得顺理成章。我们以围观者自居，可我必须要提醒人们的是，事实有时离我们很远，我们轻率地发出的言论对于处于舆论中心的人们来说就是狂风暴雨。

《饥饿的苏丹》是南非摄影师凯文卡特的成名之作，他凭借着这张照片得到了美国新闻界的最高奖——普利策奖。照片中一个苏丹女童因为饥饿匍匐在地，而她身后不远处就是一只饥饿的秃鹫，现实的残酷和饥饿的折磨牵动着每个观看者的心。然而，这张照片刊登之后，引来的不是赞誉，而是全世界媒体的口诛笔伐。人们质疑摄影师不去救助这个可怜的孩子而是眼睁睁地看着孩子处于死亡的边缘。一张好的新闻照片难道比一条人命还要珍贵吗？一连串关于道德和人性的责问铺天盖地而来。所有人都在挥舞着手中的正义之剑，想要审判这个在人们眼中等同于魔鬼的摄影师。

在千夫所指的舆论中，凯文卡特选择了自杀，人们心满意足，道德家们偃旗息鼓。可是事实却并非如此，凯文的同事复述了当时的场景：当他们看到照片中揪心的一幕时，凯文卡特拍完照片后选择了救助，而那个孩子也幸运地在饥饿和秃鹫的威胁中活了下来。可是没有人给他们陈述的机会，新闻媒体甚至在电视上报道时去掉了凯文同事的复述，于是一个想用一张照片告诉人们非洲大陆上饥荒的可怕，想唤起人们心中最后一份光明的摄影师就这样变成了千古罪人。

凶手是媒体，是舆论，更是我们这些不明真相便去指责的围观者。我们觉得理所应当、微不足道的言论最终变成了压死凯文卡特的最后一根稻草。我们是围观者，所以我们永远不会知道被围观的当事人到底经历了什么。我们的围观有时会变成一种彻头彻尾的伤害！

作为围观者的我们，有时候引导着围观的走向，因此慎言慎行是我们最好的选择。

不管在微博和朋友圈，我们总能看到一些标题引人注目的文章，解密、震惊、难以相信，这些关键词一出现就诱使着我们点开阅读，但这些文章的背后却是别有用心的谣言和处心积虑的阴谋。前一段疯传的《经不起推敲的邱少云》用看似合理的所谓科学把英雄的事迹描述成编造和过分的宣传，许多人开始怀疑我们一度崇拜过的英雄偶像是否真的存在过，那些从小时就鼓舞着我们为祖国而奋斗的偶像是否只是一纸虚言。答案当然是否定的，这些文章只不过是别有用心的国家给我们这些习惯了围观的人看的，目的就是让我们在看到所谓的“真相”的时候失去自己的判断，改变我们的价值观，于是围观变成了洗脑，有些人就此迷失了。

更有甚者，将矛头对准了中国国情，说中国的经济在不断倒退，说中国的政治全是腐败，说中国的社会充斥着的都是素质不高的中国人。很多人开始联想生活中的事件，于是平常的商贩争吵变成了素质低下的证据，个别人的不文明行为也被打上了民族的烙印，围观变成了一场闹剧、一场盲目相信的荒诞剧。

我们是否真的关注过我们的生活？过去的几十年间，中国的进步全世界都看在眼中，从难以温饱到奔向小康，我们的经济在进步、政治在进步、社会在进步，中国人民从没有像现在一样迈着坚实有力的步伐奔向新的生活，如果因为别人的三言两语而动摇了对于生活的信心，无异于自寻死路。围观并没有错，可我们要用自己的判断去围观而不是让别人给我们洗脑，信息越繁杂，我们就越要对难以看清的局势做出自己的判断，做一个清醒的围观者。

当围观成为社会的风潮，我们不能拒绝加入这场全社会的运动，可我们要做的就是握紧自己的信仰之桨，在这信息的浩瀚海洋上做一个理性的围观者。只有这样，我们的围观才会更有意义，我们的社会才会因为我们的围观变得和谐、健康。

既然围观的大幕已经拉开，那就让我们一起品评这一幕幕嬉笑怒骂、黑白美丑，用睿智求真的眼光理性围观。谈笑间，事实必将浮出水面，而邪恶和丑陋也必将荡然无存。

极品网红修炼记

设计与艺术学院　荣婷

在这个网络迅速发展、人人追求个性的时代，涌现了一群脸蛋尖如刀削、身材赛过蛇委、言语犀利却刁蛮、举止自信却浮夸的男男女女，这群人有一个极具时代特色的名字，叫“网红”。

网红，顾名思义，即“网络红人”。这群人靠长相、靠爹妈、靠无厘头的炫酷；靠爱好、靠特长、靠广而深的思想……总之，无论好坏，都有自己的看家本领。

听说你也想成为“网红”，而且还想成为网红中的“战斗鸡”，嘿，那你可找对人了，本人专业扶植网红三十年，特授三招“内功心法”，保你一鸣惊人，成为时代瞩目的“网红”。

一、学习篇：鸟欲高飞先振翅，人求上进先读书

俗语有云“一日不读书，无人看得出；一月不读书，智商输给猪”，足见读书对个人气质修养的重要性。

网红，在一定程度上反映了我们这个时代的精神文化追求。若网红均以玻璃花瓶般的外表出众，不免显得时代浮华、人心浮躁。所以，想要在这个网红遍地开花的舞台上脱颖而出，在这个仓促的时代永葆青春，首先必须用知识武装大脑，用文化熏修内心，用内涵滋养大众。唯此，方可具备成为网红的条件。

所以，网红同志们，把敷面膜的时间用来翻两页书；把直播的时间用来品读中外名著；把街拍的时间用来写写文字，相信你的气质会更出众。

二、事业篇：衣带渐宽终不悔，为伊消得人憔悴

“成功的花儿，人们只惊羡她现时的明艳。然而当初她的芽儿，早已浸透了奋斗的泪泉，洒遍了牺牲的血雨。”冰心的这句话道出了千千万万网红的心声。“台上一分钟，台下十年功”，网红们不论是劈叉下腰，还是泼墨山水，都是下了数年的功夫，才有了今天的自信表现。不过，大多数网红示人的状态，皆是虚有其表的“网红脸”、行为夸张的作秀者，如何成为时代文化的引导者，精神文明建设的开拓者，值得所有网红深思。在此过程中，网红不仅需要知识的武装，更需要在工作、事业上不断充实、提高自己。秉着一股劲儿，执着地追求梦想，不懈地努力奋斗。相信事业的一帆风顺，永远是靠着锲而不舍、忘我拼搏获得的。

三、修为篇：出淤泥而不染，濯清涟而不妖

“网红”，这个新时代的新标签，不仅仅反映了互联网的蓬勃发展态势，更反映了人们追求个性解放的强烈需求。不过，个性的释放需要建立在正确的“三观”之上，展现自我要采用得体的方式，一味地造作和卖弄只会助长社会的歪风邪气，歪曲人们的思想。所以成为网红，必须独善其身，必须兼济天下，必须将个人的一举一动与对社会的影响挂钩。坚决弘扬中华传统文化之精髓；坚决弘扬社会主义先进文化；坚决为建设和谐社会、文明社会贡献自己的微薄之力。

此法乃网红永不过气的秘诀之最。

习得此三法，相信每个人都可以成为“网红”，若勤加练习，辅之自身独特个性与出众才能，相信人人皆可成为网红中的“战斗鸡”。在这个人人都是高知识水准、高职业素养、高人品修为的时代，“网红中的战斗鸡”就是我们时代精神的领军者、文明社会的引领者、文化强国的代言者。

如此，国风清畅，民与己乐，此大同也！

属于“90后”的时代

材料学院 王远航

江山代有才人出，各领风骚数百年。每一次时代的更迭，都意味着有新的一代人登上了历史舞台。“50后”经历过“三年自然灾害”和“文化大革命”，然而他们作为“老三届”和恢复高考后首批大学生群体的重要组成，如今已成为政、商、文、娱等各个领域的领军人物和翘楚前辈；“60后”不仅在恢复高考后接受了第一代高等教育，更是首先抓住改革开放发展良机的一代，百度阿里新东方，无不是出自“60后”的杰出人才之手；“70后”成长于革新与吐旧的时代，他们在传统观念与外来文化的碰撞中被赋予了特有的人文精神、艺术精神和娱乐精神，涌现了大量名人与社会精英；“80后”曾被称为垮掉的一代，然而他们分布在各个工作岗位，正在通过他们勤劳的双手和睿智的大脑，以现代科技为踏板，将人们的生活引向新的时代。

在“80后”成长为社会的中坚力量后，“垮掉的一代”的帽子又扣在了“90后”的身上，甚至“脑残”“冷血”这些词也被用来标签化“90后”。其实，“90后”已逐渐成长为接受高等教育的主力军，身为大学生的他们思想活跃，有着强烈的学习兴趣、怀疑精神和创造能力，绝非玩世不恭、游戏人生、毫无信仰的一代。在近一段时间以来的国内国际大事件中，不断涌现出“90后”充满正能量的行为和形象，他们一次次用行动证明着自己独特的时代担当，无愧为“玩得酷，靠得住”的一代。

“90后”是与互联网共同成长的一代。不同于“80后”在成年后才开始接触网络，“90后”大多是互联网的“原住民”，他们经历着互联网从一种技术手段转变为一种生活方式、对现代生活进行全方位改造的过程，这使得他们对网络不只怀有单纯的新鲜感，而能相对客观地将其视作表达思想、抒发情感的平台。

2016 年 1 月 20 日，有大约 2 000 万的中国年轻网民发起了一场针对“台独”的“网络远征”，一度占据网络热搜榜首，甚至“惊动”了人民日报微信公众号和共青团中央的微博。这场声势浩大的网络盛举后来被称为“帝吧出征”，由于其极强的网络影响力，更有网友戏称“帝吧出征，寸草不生”。

“帝吧出征”中的“帝吧”是指百度李毅贴吧，是人气最旺的百度贴吧，其两千多万的用户与台湾地区总人口数目相当，是“90 后”活跃程度最高的网络公共平台之一。而在此次“出征”的过程中，“90 后”一改之前在网络上“无脑黑”“喷子”“水军”“键盘侠”等不成熟形象，表现出了高度的组织性和纪律性，以表情包、友好留言和大陆地区风景美食图片等方式对支持“台独”的媒体和个人的 Facebook 首页进行了一边倒式的刷屏。

在互联网便捷快速的传播特性面前，网民的数量成为表现信息量的决定性因素，在 2 000 万“90 后”为主体的网民强大而有序的攻势下，被刷屏的新媒体没有任何还手之力，最后被迫关闭评论，失去舆论阵地。而这次由“90 后”为主体的网民发起的自发的文明爱国行为，不仅人民日报微信平台撰文肯定（微信推送标题为“帝吧出征 FB 友邦有话要说”，网易新闻后发文评价“人民日报评帝吧出征：90 后，相信你们”），共青团中央的微博也在当天“意味深长”地发了“七律 长征”和“三大纪律 八项注意”的两条微博，令众多“90 后”在“出征”当天会心一笑。以上种种，无不说明“90 后”年轻人的国家情怀得到了主流媒体的肯定与赞赏。

无独有偶，在前一段时间甚嚣尘上的南海仲裁案中，在举国上下对党和国家关于所谓仲裁结果的严正声明表示振奋无比的浪潮中，“90 后”的年轻人又以他们熟悉和擅长的网络为媒介制作了一系列广为流传的表情包和漫画，向全世界展示他们独特的“玩得酷、靠得住”的时代担当。

“90 后”的互联网“原住民”属性使得他们对互联网的运用得心应

手，而当他们接受了高等教育，“三观”日益成熟和完善之后，在需要展现时代担当时，他们往往通过互联网理性、乐观、开放、包容地将自己的观点表达出来。诚然，诸如“帝吧出征”这类行为不乏欠妥，甚至幼稚的地方，但是，“90后”年轻人通过互联网表达出来的蓬勃激昂的国家情怀和民族自豪感已经足以令全世界侧目，也让人们对这“玩得酷、靠得住”一代人的未来充满信心。

“90后”作为第二代独生子女，又成长于中国快速崛起的21世纪，他们的性格中优缺点都比较突出，形成了鲜明的性格特征。由于是独生子女，“90后”不可避免地存在抗击打能力较差的问题，但同时具备相应的自信和开朗；“90后”成长于信息爆炸的网络时代，专注度较差，但同时又因为极大的信息接收量而具备了广博的知识；“90后”的生活条件要优于前几代人，相对更富足的物质生活使得他们缺乏吃苦耐劳的品质，但更好的生活条件也赋予了他们更开阔的眼界，进而使他们具有开放、包容的乐观心态。对于“90后”来说，生活实践大于自我学习，自我学习大于网络影响，网络影响大于空洞说教。

在里约奥运会上，最火的无疑个性鲜明的“90后”运动员，以及他们脱口而出的段子和随时截屏的表情包，让人们在紧张的竞技氛围中感受到了轻松和愉悦。“洪荒少女”傅园慧、实力演绎“张氏冷漠”的张梦雪，以及令国人振奋无比的中国女排的姑娘们（女排12人中有9人都是“90后”，包括惠若琪和朱婷这两位绝对主力）。在“90后”大学生通过网络阵地展现自己时代担当的时候，90后的奥运健儿也开始在赛场上主宰胜负、摘金夺银，他们更是毫无保留地将自己最可爱的一面展现给全世界的观众。

在各种段子和表情包之下，人们看不到的是“90后”运动员跟他们的前辈一样日复一日的艰苦训练；而在竞技场上，人们看到的不仅仅是他们勇于拼搏、力争上游的进取心，更有成固欣然、败亦可喜的旷达。凡事尽力做到最好，但不执着于胜负，用冷静、乐观对待结果，用顽强、拼搏书写辉煌，这正是时代赋予90后年轻人不同以往的性格特征，也是他们用来展现时代担当的核心价值。

2016 年的高校招生全面进入“95 后”，意味着“90 后”在高校本科生和研究生中占据了绝大多数，也有一部分“90 后”已经或即将进入工作岗位。他们中既有在 G20 峰会中备受好评的大学生志愿者“小青荷”，又有奋斗在工作岗位、踏实肯干的从业人员，更有投身于科研第一线的研究生群体。无论是为国争光还是深入基层，“90 后”都正在通过他们的方式登上时代舞台，向世界展现他们独特的时代担当。“90 后”是不是“垮掉的一代”，让我们拭目以待。

脚踏实地，方能仰望更远的天空

机械与车辆学院　桂洁

随着互联网的发展，越来越多的经营模式进入了人们的视野，无疑，这将在一定程度上扩大消费渠道，刺激经济发展，但是随之传出的一些消息不得不引起人们的反思：近期不断传出微商诈骗的消息，微商的诈骗手段更是让人深恶痛绝，然而在我们痛斥微商诈骗者的同时也应该分析一下受骗人的心理。在各个受骗者的自我爆料中提到最多的受骗原因便是：挣钱容易，足不出户，随时随地刷刷朋友圈就能赚钱，多么简单的赚钱方法，特别是看到大家都在晒金晒房晒豪车的时候，谁不心动？谁不想一夜暴富，登上“人生巅峰”？所以说是那“坐享其成，投机取巧”的心理让诈骗者有机可乘。

21 世纪是个高速发展的时代，特别是对于中国来说，实施中国特色社会主义道路以来，中国成为一个充满机遇的国家。但这也意味着我们正处于一个更加浮躁的社会中，有多少人不是在原地踏步，等待着上帝赐一条“通往西天的捷径”？如今，微商们不追求产品本身的质量，依靠传销式的骗局谋利；某些手机品牌不致力于发展核心技术大搞上市，大搞饥饿营销；多少急于“成功”的大学生“弃理（工）从融”，难道学了金融、经济就能过上偶像剧里男女主角们的生活？多少国产影片以低俗的内容为噱头，大搞炒作，不求创新，靠着“五毛钱”特效如何能在观众心中留下不可磨灭的印象？……

上述现象都有一个共同点：拜金主义，轻视技术，忽视产品及工作本身转而追求所谓的外在光环——贴金的光环。前几天在《政商参政》上看到了一篇名为《一位放弃研发的工程师：中国人对技术的藐视极不正常》的文章，文章中有些观点虽然略失考量，但里面一位转身离去的工程师说道："10 年来，做工程师赚的钱，只有房产升值的零头，比炒股赚得辛苦，我现在已经逐步放弃研发方面的工作，转而进入收入更高的商务领域了。"这给我留下一连串反思：一个轻视技术研发的大环境何谈科技创新？一个不善待科技研发人员的国家，何以赢得新一轮科技战争？为什么苹果可以用三星的芯片屏幕、用海量的美国工程师、英国的美工设计师，却只会雇中国低价的劳动力？

屠呦呦在获得诺贝尔奖接受采访时说了一句调侃的话：这点奖金还不够买北京的半个客厅吧！反观社会上的明星们，一场演出、一场真人秀，可谓是收获极丰啊，明星们靠颜值、靠演技赚得豪宅幢幢，一场婚礼能够奢靡到花费两个亿，然而一位为人类的发展做出巨大贡献、为科学事业奉献终身的科学家最终只能换回北京的半个客厅，这种反差难道不是一种对于当下社会价值观的嘲讽又是什么？再看"墨子号"成功发射时所获得的关注量与王宝强离婚案所获得的注意力，媒体把大量新闻放在炒作王宝强离婚案上，以此来获得利益，群众把大量时间花在关注王宝强离婚案上，仅是作为消遣？恐是思想已经陷进明星效应里去了吧！

那么在这种明星效应下，遭受荼毒最深的当数青少年，这种现象从根本上影响了他们的价值观。青少年处在这个浮躁焦虑的大环境中，一些人在遭遇社会中残酷的现实或眼见一些包装过的"成功"之后，会渐渐地迷失自我，妄想一步登天，于是他们脱下了"脚踏实地的棉袄"，转而换上"金光灿灿的新衣"，从此刻开始，他们的眼里装得最多的便是名与利。这是 21 世纪中国人该有的状态吗？不，特色社会主义道路在我们的脚下，引领中华民族伟大复兴的历史使命加在我们的肩上，我们应当活出一副中国人理应活出的模样，脚踏实地，尊重科技，方能振兴中华，耀我国威。

每个时代都需要一群带着理想踏上征程的人，然而脚踏实地才是铺路石。人生不应该只有升官发财、名利双收，还应当有追寻自我价值过程中的喜悦，我们不只是为自己而活，更要为国家民族而活。当我们在歌颂祖国改革开放以来取得的成就的同时，别忘了我们虽然国民生产总值位居世界第二但是分母可有十三亿；当我们欣喜现代工业有多发达的时候，别忘了我们还有多少技术是在为他国买单；当我们自豪军事有多强大的时候，别忘了大洋彼岸还有多少个军事大国在虎视眈眈……国家的综合国力体现在各行各业，无论从事什么行业，只有戒骄戒躁，脚踏实地干实事，才能真正实现人生价值，为祖国的发展注入新的推动力。

“企者不立，跨者不行”。为了实现中华民族伟大复兴的“中国梦”，只有坚定信念，脚踏实地，方能怀着理想和平静的心态仰望星空。

浅谈核心价值观的传播

机械与车辆学院　王瑾

在新时期的背景下，党的十八大报告提出社会主义核心价值观的基本理念和具体内容，即“倡导富强、民主、文明、和谐，倡导自由、平等、公正、法治，倡导爱国、敬业、诚信、友善，积极培育和践行社会主义核心价值观”。它从国家、社会、公民三个层面概括了社会主义核心价值观的价值目标、价值取向和价值准则，勾勒出一幅新时期具有中国特色的精神图腾。

社会主义核心价值观是社会主义核心价值体系的内核，是国家民族精神的根基、软实力的灵魂。从国内的角度而言，我国在积极培育公民树立核心价值观的层面已开展了相应活动并取得了一定成效，坚定了国民的理论自信、制度自信和道路自信，促进了国家民族凝聚力的提高；从国际的角度而言，在当今全球竞争日趋激烈的时代，我国仍处于以软实力为内核的国家综合国力竞争的弱势地位。因此，有必要不断加强以“社会主义核心价值观”为核心的国家软文化的对外传播，以实现国家的文化软实力的复兴，以为“互联网”所代表的新媒体时代的到来提供新契机。如何依托互联网这一传播渠道，丰富、创新传播形式和宣传内容，成为当前我国发展过程中的热点课题。具体而言，可从以下几种策略入手。

第一，结合中国传统文化和中国特色社会主义价值观，打造一批具有“中国符号”的影视、音频作品。近几年，外籍编导采用中国传统文化的题材，植入西方价值观念，巧妙地创造出一部部优秀的电影作品。例如令国内观众喜爱的《功夫熊猫》，成功地将“十二生肖”“中国功夫”“中国饮食”等中国元素和西方的“正义”等价值观融为一体，体裁新颖，令人津津乐道。再如电影《花木兰》将我国传统人物故事立体化展现在全球视野中，捕获了众多观众的眼球。我国应当把握中国传统文化的精髓，从不同年龄的受众群体的角度，以普适性的语言、形态、逻辑等表现形式，将我国优秀的传统文化和新时期特色合二为一，渗透到电影、视频、歌曲等视听作品当中，使更多的国家和民众了解中国、认识中国，最终形成对中国的认同。

第二，利用“中国元素”拍摄国家或地区形象宣传片。我国应充分挖掘传统和现代的具有“中国烙印”的文化元素，涵盖“人物”“自然景观和人文景观”“饮食文化”“科技发展”等领域，并抽取这些领域之中的特色部分，将其串联成一部具有代表性的形象宣传片，旨在展现中国各省市的真实面貌和文化底蕴，表现国家的真诚、友好、热情的对外态度，树立国家在国际社会上的良好形象，吸引更多的人从被动到主动地去了解、发现中国。例如，“孔子、秦始皇、长城、故宫、丝绸、瓷器、京剧、剪纸、传统乐器、四大名著”等，都可以作为一系列的中国元素纳入宣传片，并适当结合西方现代元素（如“西洋乐器、圣诞节、莎士比亚”等）的内涵，使受众喜闻乐见、印象深刻。

第三，开办“在线孔子学堂”，作为海外孔子学院的补充形式。在海外广泛建立的孔子学院已取得了良好的成效，吸引了一大批民众学习中国国学文化。在此基础上，可以通过互联网的渠道建设网上“孔子学堂”，打破地域的限制，降低入学门槛，在网上注册登记的学员可根据自身兴趣爱好进入个人系统，选择相应课程，制订培养计划，并在规定时间内完成在线学习和考核，测评通过后可取得由专门机构颁发的“结业证书”，网络平台实行在线授课、在线答疑等形式。通过自主学习、交流互助，可以健全并巩固我国的话语体系，提高我国在国际地位上的话语权，增强以“孔子学院”为标志的中国文化软实力的影响力。

第四，创建“国学论坛”，定期开展知识能力竞赛、民间交友互动等活动，增进全球公民之间的跨界交流。首先，利用“微信”“微博”“Facebook”等国内外新兴信息传播平台，成立对外语言和文化宣传论坛中心，开设“汉语言文学”“中国传统艺术”“中国功夫”“中国饮食”等贴近日常生活的栏目，定期推送相关的知识资讯，设置开放咨询、公开评论、转发功能，提高论坛的推广范围和认知水平。其次，在论坛内定期开展主题活动，就某一领域开展知识竞赛、有奖征文、摄影大赛等活动，并给予相应的物质奖励。最后，利用论坛这一平台，开展交友互动活动，例如通过“公益旅行”“互帮互助”“经验分享”等形式促进不同文化背景的人群的交流协作，增进我国国民和其他国家人民之间的友谊，旨在相互了解、彼此尊重。通过民间交流促成国家层面的联系纽带，不断将我国的社会主义核心价值观渗透其中。

在新时期的背景下，我国应把握时代特点，立足本土，走向世界，依托互联网传播渠道，配合多元化的传播形式，填充具有中国特色的社会主义文化内容，注入社会主义核心价值观，从而使我国以更加包容、友好的形象屹立在国际社会之中，逐渐消除“中国威胁论”“文化霸权主义”的偏见，使世界不断了解、认同新时代的中国，使正在实现民族伟大复兴的中国走向全世界。

第二部分　大学成长

时光浅浅，步履慢慢，人生道路的每一段旅程都充满了旖旎的风景，而大学四年这段青春时光则是人生旅途中最百转千回的秀美篇章，铭刻着我们成长的轨迹。不论是初入大学时的青涩和稚嫩，还是临近毕业时的不舍与感激，大学时光总是美好的。

本篇收录了部分学生关于青春的见解、大学道路上的成长故事。

一个标准理工男的非标准理工情怀

机械与车辆学院 海地

时维九月，序属三秋。

眼望新生刚刚结束军训进入大学正轨，或紧张，或欣喜，或忙碌，或无助，一切都像极了一年前的我们。

去年九月离家北上之前，我写过一篇文章，里面有这样一句话："我只是温存在理智之上对大学的单纯向往，毕竟我并不知道大学又是一个什么东西，我所认识的大学只是别人口中的大学而已。"而今，已然是我进入大学的第二个年头，对大学也从刚开始漫无目的的幻想变成了不忘初心的坚守。

我发现大学和以往最大的不同是，你要负责。"责任"这个词可大到苍生小至蝼蚁。然而对这里而言，我想说的负责单指要对自己负责，生活学习，举止言行，皆需负责。在耳闻一些同学天天逃课之后，我觉得认真听课是我大学生活的底线。我也见过有的人每天把自己的时间安排得满满，单纯做一些课本文章。实话来讲，这些和自己想要的大学相距甚远。我一直在思考：到底要怎样才算上大学？

临行之前父亲说过一句话："大学之大，大到包容得下每个人的发展。"这里又想起黄渤在回应自己和葛优对比时说过的一段话："这个时代给了每个人闪光的机会，每个人都可以自己去选择闪光，但是同时也掩盖不了别人闪光，我们只是一些前行路上的新人，不敢造次。"抛开客场话不谈，我只想深入地理解一句话："我们只是前进路上的新人，不敢造次。"对大学而言，我还算半个新人，对别人他事我自然不敢造次。但所谓的"不敢造次"并不是事不关己高高挂起的冷漠，亦不是无视赶路过程的鲁莽，也绝非"一心只读圣贤书"的愚昧。不敢造次的前提是我们始终在前进的路上，不敢造次的要求是不忘初心，不敢造次的态度是谦虚谨慎、好学慎独，不敢造次的是路上的他人杂事，闲言碎语，于成长无益的枝枝蔓蔓。

《黄金时代》里面有这样一句话；“那年我二十一岁，处在人生中最美好的黄金时代，那时我们都有梦。”不巧，现在的我们正好也处在自己的黄金时代，我们也有自己的家国情怀，大梦小梦。大学到底要干什么，很多人都有自己的答案。在听说学长通宵做实验，保研出国走向人生巅峰的光辉历程后暗下决心，然后继续在上课玩手机？在听说某校友最后混出名堂之后默默明誓，然后继续吃喝混玩，将梦想于襁褓中扼死？有时也会问自己，以前的激情到哪里去了，问完之后毅然决然地选择拒绝接受现实。昨晚看到一句话：“别让大学对不起高三！”它很应景地出现在了我的视野里。诚然，大学活动丰富，事情繁杂，给自己留了太多选择的空间和自由的时间。但这些并不是忘了初心的理由。要时刻问自己来北理工是干什么的，要让自己的大学干干净净地走在前行路上，要随时奉上一句：“不敢造次”。

大学之大，容得下每个人的发展。发展不单单是靠打游戏发展手速，靠混迹于各种社交平台发展存在感，而是独立的人格，自由的思想。张载言：“为天地立心，为生民立命，为往圣立绝学，为万世开太平。”这句话被世人奉为圭臬，自然是因为志存高远。弱冠之年，谁没有家国情怀，谁没有诗和远方？大学生需要“志存高远”来撑起残酷现实，需要“志存高远”来砥砺前行。

“德以明理，学以精工”，理工的校训给我们理工人的“志存高远”提供了要求和方向。可见不忘初心并不仅是前面提及的“精工”路上的前行。还有充实自己的社会认知，完善自己的思想储备，树立正确的价值导向，找到正确的人生目标，在“明理”路上矢志不渝的前行。

志存高远，不忘初心，说着简单，做着却并不简单。对别的人别的事别样人生奉上一句“不敢造次”继续昂头远行。曾经的少年，再见时，只希望心中还有诗和远方，不只是风尘仆仆的老气横秋和苟且。

大学之道

机械与车辆学院 雷凌顶

大学——一个梦想起航的码头。

大学——一个培养全面能力的港湾。

大学——一个拥有无限创造未来可能的地方！

“黄沙百战穿金甲，不破楼兰终不还”还记得吗？这是我们高考前的诺言。而如今，我们成功地走过了那道难关。当下，步入一个崭新殿堂的我们，却面临着新的荆棘密布，而我们处理这些困难的方式和态度，以及我们在这段时间培养出来的习惯，都会为我们之后的成败，埋下深深的伏笔！大学，是一个人不断尝试、挑战新事物，提升自我的平台。而下面我将就我认识的大学与大家分享、共勉。

（一）大学生失掉凝聚力了吗？

一次与曾经的高中同学谈起如今的大学生活，问他最大的感触是什么，他说，大学同学远没有高中时团结，对于班级举办的活动以及辅导员所交代的任务，很多人都是采取消极的态度，甚至将其推给别人，事不关己，高高挂起。他很怀念以前的高中生活，怀念像一家一样的班级，大家互帮互助，但可惜再也回不去了。简单的事情，反映出来严重的问题。在大学中，同学们之间的交往，仿佛互相都隔了一层纱窗，人人都留着一手，很多人甚至戴着面具示人。因此，对于很多需要团结互助完成的事情，同学们都不想涉足，生怕吃亏与麻烦，甚至都忘记了中国最美好的传统美德，那就是善良与互助。很多人总自视高人一等，不愿与别人合作，事事都想逞一人之强，以展现自己的能力。然而，这样的人以后基本上都是一事无成，甚至难以在社会上立足，因为这种人一旦养成独干的习惯后，就很难与别人一同做事了，但社会上的很多任务都要多人一同完成，如果只会推脱，只顾自己，一旦遇到困难，将不会得到别人的帮助。大学生，虽然显得更为自由，但却不能因此而躲避团体活动，进而失去团体协作的能力。众人拾柴火焰高，一个人的力量再强，也是无法与团体的力量匹敌的。在此，笔者姑妄呼吁大家，人人都奉献出自己的一份力量，能够为自己所在的集体，小到班级、大学，大到社会、国家，共同做出一份巨大的贡献。如此，我们的社会会变得更加和睦、温暖，国家也必将变得更加繁荣、富强！

（二）创新是大学生的第一生产力

我们不得不承认，中国从小学到高中的教育是缺乏创新性的，我们在中学，一成不变地学习着课本上的知识，十年寒窗苦读，为的就是考上心仪的大学。如今，无论我们是否了却心愿，已经成为大学生的我们，都必须拾起我们曾经丢失的东西，那就是创新精神。社会不断发展，科技也越来越发达，如果只是一味地照着课本、照着前人的知识，粗浅地学习而没有自己独到的思考，是会永远碌碌无为的。如果全社会都是这样的人，那社会就休想进步了，当然，社会上肯定有富有创新精神的人，带动着社会的进步。乔布斯曾经有过这样一段话："向那些疯狂的家伙致敬！他们我行我素，桀骜不驯，惹是生非，就像方孔中的圆桩。他们用不同的角度来看待事物，他们既不墨守成规，也不安于现状，你尽可以赞美他们，否定他们，引用他们，质疑他们，颂扬或是诋毁他们，不过唯独不能漠视他们，因为他们改变了事物，他们让人类向前跨越了一大步。他们是别人眼中的疯子，却是我们眼中的天才，因为只有疯狂到认为自己能够改变世界的人，才能真正地改变世界。"宁愿做一个虽然错误不断却踏碎凌霄、放肆桀骜的悟空，也不愿做一个只会埋头念佛、顾这顾那的唐僧，道理大家都懂！因此，大学生一定要去寻找和发挥自己的创新能力，尤其是在这样一个物竞天择、适者生存的社会里，竞争如此激烈，若是没有属于自己的一点东西，怎能在社会上站得住脚？作为大学生，我们不能局限于所学的知识，要通过各种渠道，去寻求各种各样的新知识，并不断思考，创造出自己思维的新结晶，只有这样，才能在大学中学到东西。

（三）心理健康大于一切

无论大学学了些什么，学了多少，大学生最重要的一点，即是心理健康的培养。复旦大学投毒案大家耳熟能详，大学生经受不住压力跳楼的事件也屡见不鲜。大学生是国家的宝藏，由于心理问题而断送了父母与国家十几年的呵护与培养，实在不值得。是否事业有成，是否人生发达，健康的心理很重要。好似穿衣服扣扣子，心理健康就像是第一颗扣子，若是第一颗扣子扣错了，接下来的都会跟着扣错。作为新时代的青年，一定要富有积极向上的正能量，多去参加一些富有正面意义的活动，如体育竞赛、辩论赛、演讲，或是公益活动，都是不错的选择。这些活动，一定能对心理健康起到积极的作用！

以上所讲，只是一己之见，希望大家能从中汲取有用的东西，进而不断提升自己，倘若真能点醒一些仍处在困顿中的大学生，或者能给予不断奋斗中的大学生一些帮助，将不胜荣幸！我相信，所有不断奋发向上的青年都能事业有成，步入成功的殿堂！

我们不再是孩子

材料学院　宋甘霖

《亲爱的安德烈》是龙应台褪去一切社会角色，作为一个母亲，和儿子推心置腹的交谈。她急于了解十八岁儿子的所思所想，哪怕隔着中西文化差异，三十年岁月变迁。她试着去接受，去尊重儿子的观念，也小心翼翼却坚定地传递着自己的思想。如果用龙应台的话概括他们双方的风格，安德烈是三份玩世不恭、两份黑色幽默、五份认真；龙女士则是八份认真、两份知性怀疑。

“人生，其实像一条从宽阔的平原走进森林的路。在平原上，同伴可以结伙而行，欢乐地前推后挤、相濡以沫；一旦进入森林，草丛和荆棘挡路，各人专心走各人的路，寻找各人的方向。那推推挤挤的群体情感，那无忧无虑、毫无猜忌的同侪深情，在人的一生中也只有少年期有。离开这段纯洁而明亮的阶段，路其实可能越走越孤独。你将被家庭羁绊，被责任捆绑，被自己的野心套牢，被人生的复杂和矛盾压抑，你往丛林深处走去，越走越深，不再有阳光似的伙伴。到了熟透的年龄，即使在群众的怀抱中，你都可能觉得寂寞无比。”

在我们追求美好、实现自我的过程中，难免要去面对亲密关系和独立自我的矛盾，责任良心与现实压力的对峙，野心欲望与循规蹈矩的不甚相容，这些都是一辈子的必修课，须终其一生去做出选择，时时修正。大学阶段是我们人生观、价值观形成的关键阶段，这是我们走进的第一片森林，有些朋友走散了，有些朋友走入了我们的生活。我们好像更渴望去找寻一段真挚的亲密关系，如同找寻自我，从而感受爱与被爱；我们好像更渴望了解社会，融入社会，并时时告诉自己，我们已经是大人模样了；我们好像更渴望在人际关系中展示又掩饰自己，以交到朋友；我们好像更渴望得到肯定，不论这声音来自哪里。我们耗费大量时间在微信、微博这些社交软件上，读着杂七杂八的热门文章，里面各种价值观相互抵牾，让人有时哭笑不得，心凉如水。

父亲讲述，儿时的他每每得到一本小人书，便如饥似渴地读了起来——在那个文化干涸的年代，人们太渴望有一本书读，让自己年轻的心陷入沉思。现如今，新媒体时代，网络时代，文化充盈，书籍信息铺天盖地，每个人都可以通过转发、记录来传播、发布信息。可就是在这个信息铺天盖地、书永远也读不完的时代，大多数的我们却不那么爱读书了，我们止步于碎片化的信息与思想，很少思考与发问，我们表现出的大多是价值迷茫、选择障碍。“回避深奥和哲理，浅薄必然占领你的大脑。”我们不妨在刷微博、微信的同时，关注一些社会热点、时事新闻，并思考一下这些社会现象为何出现、如何解决。厚重的社会问题，一如社会贫富不均，一如毒品问题，一如有些国家发生的重大伤亡事件。同时很多生活现象的背后，都隐藏着一个又一个亟待解决的问题，有的涉及公平，有的牵扯正义。

这段时间，《湄公河行动》热映，惊讶于毒品和金钱对人的统治和迫害，影片中的几个细节让人心痛不已：一是毒枭控制整个原始部落的居民种植罂粟，稍有反抗意识的人，都会被冷酷地迫害致残；二是毒枭大本营中成群的孩子，十来岁，嗜赌嗜毒，被这些丧尽理性甚至人性的大人们毁了一生。我们都知道毒品的危害很大，可社会上诸多名人吸毒被捕的新闻活跃在民众们茶余饭后的谈资中。前段时间，法国巴黎开设医护监督注射室，引起了人们的一番热议。所以到底如何去解决毒品问题？是堵还是疏通？我这里想说的是，我们应该在听闻这些信息后，理性地思考解决问题的办法，而不是单纯地无理由地坚持固有观念。

新媒体环境下我们每个人都是新闻的创造者和传播者，不经思考和考证就盲信、传播、评论是不妥的。作为大学生，我们应该成为网络中的一股清流，用学到的思考方法和知识储备去规范和传播正确的新闻和信息，而不是逞一时的口舌之快，没有责任约束地乱弹琴。人生最核心的目的是自我表达。所以我们应该珍惜表达自己思考成果的机会和权利。

龙应台告诉安德烈："给你意义和时间的工作比较可能给你快乐。当你的工作使你觉得有意义，不绑架你，使你成为工作的俘虏，容许你去充分体验生活，你就可能是快乐的，就有成就感。当你的工作给你时间，不剥夺你的生活，你就有尊严。成就感和尊严，给你快乐。"她还说："安德烈，我可以接受我的孩子平庸，只要他平安喜乐。我们不是在跟别人比名比利，而只是在为自己寻找心灵安适之所在。""平庸"是跟别人比，心灵的安适是跟自己比。我们最终极的负责对象，千山万水走到最后，是自己。安德烈可以找到人生的意义、心灵的安适，不是比"成功"，比那些"顶尖的优秀"更令人羡慕吗？

我感受到龙应台的母爱——既体贴入微，又大气宽广，饱满而富有力量：是爱子，更是尊重个人的独立与话语权，是理智又饱含柔情。龙应台在谨慎地引导孩子修正自己的各种观念，她常常举例子，讲过去的故事，而不去下定义，甚至自己的观点都隐藏起来，让孩子自己去思考、去感悟。

这让我想到我的父母。我上大学前，父母和我约定，每隔一段时间就写一封信给他们，一是可以传情达意，二是可以让我读理工学科时能拾起笔，记录生活。说来惭愧，现在我大四了，即将毕业，只写给父母五六次信，大都是心情阴郁、迷茫之际写下的一些孩子气的话。父亲每每回信，都是及时又认真，长长一封。文字有神奇的力量，可以直抵心灵柔软之处，温暖如光。和安德烈的母亲一样，父亲也在和我交流着他认识的这个世界。他不止一次地让我坚信知识的力量，让我牢记知行合一，并期望我能做一个脚踏实地的高级知识分子，这样他和娘亲就放心了。我们很幸运，来到北理工，学习知识，增长见闻，更应努力，不负如此好的教育资源，充实和丰富自己。

小时候读龙应台写的《目送》泪流满面，给爸妈写了长长的信以寄真情。然而再次读到类似的文字，透着相似的卑微和辛酸，伟大而深沉。父母之爱，在目送的背影里、在内心的坚定里。我们不再是孩子了，我们羽翼渐丰，我们真的长大了，到了要保护父母、照顾父母的年纪。可是我们还是有各种各样的问题，价值迷茫，信仰缺失，我想我们可以从多读书多倾听开始，从学好专业知识开始，理性思考，感性生活，做个正直而有用的青年。

这是你理想的大学生活吗?

徐特立学院 田雨

六月的五彩缤纷带来了芬芳，高考的喜讯也传到了家乡。犹记得那个挂着骄阳的正午，我和母亲去家里有电脑的大姨家查成绩，看到成绩的那一刹，用母亲的原话说，她感觉眼泪一下子就冲到了眼眶。

百日奋战，三秋苦读，终不负十年寒窗。屏幕上的672使我长舒一口气，安静地坐在一旁。现在想起，父母由衷的喜悦、亲人们的祝福与帮助、同学们的羡慕，这些回忆犹如落叶般纷纷扬扬地在我身边落下，我却在一片慌乱中透过繁杂的间隙，看到了随着录取通知书一同飞来的学杂费用。但是我常想，寒门自古多才俊，岂因贫苦断前程。于是按着手册里的规定，我和母亲去办理了国家助学金的申请，这确实缓解了不少家庭的窘境。但最令我快乐的，还是每当别人问起我时父母自豪的笑脸，这么多年，我们一家三口为了生活奔波奋斗，但却一直团结和谐，能为家里争光，高兴啊，真心感到满足。

《老子》曰：“知人者智，自知者明。胜人者有力，自胜者强。”我是带着全家人的祝福坐上开往北京的客车的，上到爷爷奶奶，下到伯伯姨姨，全都以为我面前已经是一条光亮的坦途了，都是逢人便夸，恨不得让全县城的人都知道我考了个好成绩，现在想起来，还是能笑出声来。面对着陌生又向往、光明又坎坷的大学，于我自身来说，我是：不求智明但求自知，不求刚强但求自强。这便是仰望大学时的我对今后生活的自我激励。

我们究竟该怎样度过自己的大学生活？大学又能带给我们什么？这是一个所有人都在思考的问题，大一、大二在思考中憧憬与向往，大三、大四在回忆中满意或懊恼。周总理年轻时是这么思考的，他说：“与有肝胆人共享，从无字句中读书。”如此宽广的胸襟，亦是在读书时代磨炼出来的。我也愿意把大学当作自己人生的一个转折点，强身健体也好，磨砺自身也罢，我都愿意在大学里收获一个满意无悔的青春。

我的青春不迷茫，我要心向阳光。踏入大学，常看见有家长来找自己的孩子，一家人都露出灿烂的笑脸，一起拍照谈笑。这里是学习的圣地，是学生的天堂。我喜欢迎着良乡的阳光，背着书包走在奔赴教学楼或者“攻占”食堂的路上，朝阳的温暖光辉仿佛为我注入一天拼搏的活力；夕阳的余晖拉下我长长的背影，我嘴里嘟囔着“形单影只”的自嘲，走在去教学楼晚自习的路上。“少年当自强”，我只愿意在最应该奋斗的年纪为自己的未来拼搏，就像曾经周末在图书馆里泡上一天还怡然自得一般，我不比谁强，只是心向阳光，愿凭借梦想的力量换取自信、自强。

我的青春不迷茫，我愿自信、自强。古时，寒门子弟的梦想都是“一朝成名天下知”，哪怕“十年寒窗无人问”。高中时我曾在我的笔记本扉页写下一首诗激励自己“朝为田舍郎，暮登天子堂。将相本无种，男儿当自强”。来到大学，面对着更高的舞台和更广阔的天空，我兴奋地奔向它。学哥学姐们讨论的都是竞赛、留学，同学们都有着刻苦好学的精神，教师都很尽心尽责，这一切都让来自县城的我仿佛看到了一片崭新的天空，只渴望能在其中放飞自我。借用泰戈尔的诗句，“天空没有留下我的痕迹，但我已飞过”。所以我奋斗，因为谁的青春不奋斗呢?！加之处于北京理工大学这样一个军工强项大学，“德以明理，学以精工”的校风也督促着我用青春奉献祖国，做家国栋梁。

我的青春不迷茫，我想做家国栋梁。《孟子》云：“虽千万人，吾往矣。”我的青春不怕失败，我的青春不怕挫折。我一直用这句话激励自己，“吾往矣”，这是一种勇气，也是我的青春宣言。在大学里，我还有着国家的资助，这更使我对国家充满了感激。恰身处理工，学之所专亦有助于国家建设，我愿意奉献我的青春。大学教会了我们什么？我现在想，可能就是“铸人”吧，感恩家国社会，服务百姓万家。“天下之本在国，国之本在家，家之本在身”，大学正是我锻炼心智的最好时机，为自己的青春理想奋斗。

我的青春不迷茫，我有我的梦想；谁的青春不奋斗？我有我的方向，男儿当自强！有着国家助学的有力保障，我愿意沿着自己梦想的方向，一直走，铸造自我，铸造青春。

永远的北理人

软件学院　许晓惠

2013 年 8 月 23 日，是我与北理初次见面的日子。同其他 3 800 余名来自祖国各地的新同学，一起接过学长学姐的接力棒，成为北京理工大学的大一新生，成为北理人。

作为大一新生报到时，北理是一个怎样的大学，在北理的四年我能收获什么，接下来的四年我会接触到怎样的人，会有什么体验和感想等，在我心中是没有答案的。

现在回头想想当时和一路上的成长，答案早已了然于心。然而四年匆匆，在原本的那些困惑消散的同时，时光走远变成了回忆，走到现在快毕业的时刻，我最清楚也最觉得欢喜的是自己喜欢上北理人这个身份，并以身为北理人而自豪和荣幸。

大学四年改变了什么

我从大一新生变成了大四准毕业生，我在学习和生活中一点点地熟悉了老师、辅导员、同学，喜欢上了北理，并希望它发展得越来越好！我珍惜着在北理度过的每一天，舍不得离开。

在北理校园，我慢慢学会独立自主，管理生活和学习。没有了早操，就在北理的操场以今天比昨天再多跑一圈的信念坚持锻炼自己的体魄；没有了老师 12 小时不停歇的监督和指导，就到北理的图书馆汲取更多的知识养分；没有一群待在同一间教室朝夕相处的同学，就和来自天南地北的同学慢慢熟悉、接触不同地域的文化；没有家人在身边安排好生活的巨细，就和来自不同城市的室友一起学会适应独立的生活，包容彼此、互帮互助。

于我而言，北理的日子使我发现自己比原来更加热爱大学，使我的精神得到提升、情感更加丰满、眼界愈发开阔。

北理人：心无旁骛谋事、尽职尽责做事、脚踏实地成事

在我身边有那么一群伙伴，不忘初心，为梦想规划好路线和计划，坚守自己的信念，实事求是，付出努力；有那么一群尽职尽责的老师，在讲台上兢兢业业地传播自己的知识，培养学生；有那么一群辛苦劳动的后勤人员，恪尽职守，为北理的每一个人打造舒适的校园环境。

无论是毕业多年的师兄师姐，还是才毕业两三年的师兄师姐，在他们身上清晰可见的是他们身为北理人的担当、对梦想的坚持和对社会的责任感。他们怀揣着对生活的热爱和不轻易放弃的信念，在国防、航天、计算机科学、人文建设等工作领域，运用自己的专业知识，心无旁骛谋事、尽职尽责做事、脚踏实地成事，为祖国的现代化建设添砖增瓦。

这一群为梦想奋斗、心无旁骛谋事、尽职尽责做事、脚踏实地成事的北理人，践行着北理“德以明理，学以精工”的校训，是北理最亮眼的星辰。

这样的北理：静静地接纳你，尽力地培养你，默默地目送你

北京理工大学对于北理人来说不仅仅是母校，还是一个家。它静静地伫立了七十多年，为莘莘学子提供汲取知识的空间和成长的平台，让少不更事的少年一步步成长为坚持人生信念、德才兼备、能实现梦想、能为祖国建设贡献力量的青年。它默默地目送一批又一批北理人离开的背影，静静地迎接一代又一代北理人的笑脸。

我以选择了北京理工大学作为自己的母校而自豪，感恩在本科生活中遇到的所有北理人，感恩北理默默见证了我四年的成长。我相信不只是我，还有许许多多的北理人怀揣着对北理的感恩之心和自豪之情。

2017 年 6 月，又将有 3 800 余名应届本科毕业生从北京理工大学毕

业。让我们一起迎接大学本科生涯的最后一场仪式，郑重地和母校道别，真挚地感恩旧时光、不舍地再见旧时光。

又将有 3 800 余名北理学子从在校生变成了校友，成为“永远的北理人”。

北理，我梦起的天堂

光电学院　齐翔宇

青青延河水，碧波粼粼，蜿蜒流长，柔软细腻，从我的心头淌过。

悠悠岁月长，峥嵘时光，戎马倥偬，星星之火，燎原之势，带给我梦一般的期望。

我只记得，我从一开始就是怀揣着梦想从家乡来的，我终将死死扼住我在北理的第一梦想——北理军魂梦。

想想当日，军训虽然累苦，但是彰显了我们的刚毅与顽强，在风和雨的历练中，我们不仅仅收获了情谊，更收获了梦想的方向。记得刚刚军训时，我看见教官们刚健的身姿和魁梧的身材，听见他们雄浑的指令声，内心深处油然而生一股钦佩与敬意。于是我立志要在军训期间做一位像样的军人！

刚开始站军姿时，教官把我们带到阴凉处，要求我们尽力站好，目光平视前方，然后一个一个地纠正我们的姿势。当教官走到我身旁时，他略微吸了口气，伸出那双大手来，搭在我的肩侧，稍稍用力向后张开，他再沿着我的臂膀，握住我的手背，努力地挤出一个外弧，最后又将脚插入我的两脚间，张开一定的角度。一系列动作完后他似乎还不满意，对着我看了看，短暂的几秒后，又将我的帽子取下，整理出檐角后轻放在我的头上。接下来，他又侧步去纠正下一位同学的军姿。

教官纠正后的姿态实在令我难受，不到五分钟，我的汗水就如滚珠般下滑，肩膀开始颤抖，手愈加酸软，腿也开始不听使唤。这时我的余光扫了一下不远处的教官，才发现不知什么时候教官的汗水已经浸透衣背了。看着教官坚毅的眼神，想着教官的一举一动，我咬着牙又坚持下去。“千磨万击还坚劲，任尔东西南北风”，在汗水中我逐渐懂得：坚挺着胸膛做人，不向软弱屈服，人生就没有什么不可面对的困难。

我想象着：乱崖之下，几枝青竹傲然与风对抗，与雨奋争，不管严冬还是酷暑，它仍然节节向上，巍然屹立。其坚韧挺拔之态，已然化为一股精神力量，深深地嵌入我的灵魂！而我们，就是这株顽强生长着的青竹。

我觉得最属困难的还是正步走练习。教官首先给我们示范，他铿锵有力地吼道“正步——走”，同时他将左臂向后打开，右肘弯曲，与小臂略成水平；向前胸摆动，左脚抬起，随后落地有声，似乎浑身充斥着巨大力量。而当我们学习时就没有那么容易了。我将脚抬起后，身体像失去控制似的摇摆不定。我始终不能站立不晃，内心十分沮丧。这时我旁边的战友看见了，他指出我的不足之处，给我鼓劲加油，又在休息的时间给我“加训”，给我纠正姿势，于是我坚定信念：不管多么劳累，不管有什么挫折，我一定能做好，因为这就是我的尊严。终于，在战友的帮助下，我战胜了自我，更超越了自我。

信念对于一个人来说是多么重要。有了信念，便有了坚定不移的决心与勇气；有了信念，便有了苦中作乐的心态与敢于担当的精神；有了信念，便有了个人的力量与尊严。只有坚定信念，端正态度，才能确定自己的梦想与道路！

吟唱着“红旗飘飘，军号响，剑已出鞘，雷鸣电闪，从来是狭路相逢勇者胜”的《中国军魂》，看着“犯我中华者，虽远必诛”的爱国片《战狼》，我再一次深刻地感受到了中国军人保卫边疆的决心和英勇杀敌的豪情壮志。是的，经过了近一个世纪的发展，中国早已经雄起，早已经强大。

历史可以宽恕，但绝不可以忘却。不管是南京还是奥斯维辛集中营，无论是珍珠港还是广岛长崎，它都像一面镜子，让我们看清世界，也认识自己。惨痛的历史最终带给无辜的人民巨大伤害，就如同一道难以愈合的伤疤时时让人心痛。正是经历了南京大屠杀的中华民族，才特别懂得和平的珍贵。

多年来，我们曾无数次祭奠哀悼，追思铭记死难同胞，也曾无数次反思历史给我们带来的教训。2014 年 2 月 27 日，十二届全国人大常委会第七次会议决定，分别将 9 月 3 日确定为中国人民抗日战争胜利纪念日，将 12 月 13 日确定为南京大屠杀死难者国家公祭日。这不仅仅是对于死者的尊重，不仅仅是中国人民对于和平的呼唤，这更是彰显人性的自觉与人道的尊严！

我们现在所要做的，不是一味地沉溺于无边的悲痛，更不是将历史的真相转化为仇恨慢慢发酵，而是要时时刻刻保持冷静理智，将悲愤化为我们迎接未来的力量，使国家充满生机与活力。现在，“可上九天揽月，可下五洋捉鳖”的愿望早已实现，最近“神舟十一号”和“天宫二号”相继带着我们的期望飞入太空，世界最大超级望远镜研制取得重大突破，墨子通信飞速发展，“天河二号”蝉联六连冠……中国真的崛起，民族早已复兴，这正是对于历史的最好展示。

作为当代一位有志青年，首先我很荣幸能够参加这次军训，体验军人的灵魂。梁启超先生曾在《少年中国说》中写道：“少年智则国智，少年富则国富。少年强则国强，少年独立则国独立。少年自由则国自由，少年进步则国进步。少年胜于欧洲，则国胜于欧洲，少年雄于地球，则国雄于地球！”我认为我们的未来时时刻刻关联着国家的富强与繁荣，因此，我们一定要牢记北理工的校训“德以明理，学以精工”，抓住大学四年的时光，并努力学习，以天下为己任，勿因虚度年华而悔恨，勿因碌碌无为而羞耻。试问：若现在不学习，更待何时？就如同海子所说：“万人都要将火熄灭，我一人独将此火高高举起，此火为大，开花落英于神圣的祖国。”我们应该冷静理智地对待面对历史的仇恨与悲惨，更应该牢记那段苦难而不平凡的历史，从而珍惜和平，捍卫正义，努力创造美好的未来！

美，是邂逅所得

光电学院　胡晓

古语言：“有心栽花花不开，无心插柳柳成荫。”可见有时刻意追寻往往会背离初衷，反倒是顺其自然成就了美好的结果。正如凌晨四点赏着未眠的海棠花，自在顺遂的川端康成所说的：“美，是邂逅所得，是亲近所得。”

我们的生活的确充斥着诸多烦扰，于是，总有人在抱怨中使自己越发沉沦。我们总想在烦躁是觅得一点欢欣鼓舞，却不知，真正的欢欣鼓舞、真正的自在潇洒，本不是刻意追求所得，却是在顺其自然时的馈赠。

犹记得流浪在撒哈拉中的三毛一抹红巾，随风自由地追随自己的梦。她的流浪是发乎内在的真挚追求，而绝非为了流浪而流浪。于是她可以在撒哈拉体味到雄奇壮美的开阔意境，亦可以得到心灵的满足。而与之相反的是当下一些为了“穷游”而游的驴友。旅行本来的目的是追随更高远的人生境界，拓宽人生视野，而他们却因斤斤计较如何省更多的钱看更多的景将其中途易了辙。他们刻意追求的“穷”，反倒让他们丢了“游”的真正内涵。

由此可见，流浪与穷游在精神实质上的统一会因践行者心境和追求的不同在实际意义与个人升华上产生较大的差异。从根源上看，便是刻意为之与顺其自然所造成的差异。正如米兰昆德拉所说的：“真正让她反感的远不是这世界的丑陋，而是这个世界所戴的漂亮面具。”的确，当今社会太多的人刻意追求所谓的名誉、地位，甚至是高规格的生活，于是一味迷失在了微信、微博、朋友圈的疯狂“暴晒”和无病呻吟中。他们刻意地追求别人眼中的美好生活，实际上是自己对自己生活的不自信，甚至是自卑。而真正自然的人，是分享一种幸福的体验，这种体验可以引起他人内心真正的共鸣，因为他们只是在自然地宣泄。

抛开网络上难辨真假的心灵鸡汤，且谈文学作品中真实的文字心情，我们也能从中发现刻意与自然的千差万别。木心先生的散文是令人心思纠缠的绵密细致，莫言先生的小说则是令人目眩的狂放野性。前者从乌镇细白木质中雕出，后者从山东糙木里凿来，一者过粗，一者过细。他们顺其自然，守住自己的文学风格，成就不可替代的文学魅力。而当下多少作家被流行的语言风格迷惑，刻意营造的八面玲珑却往往费力不讨好。

顺其自然的人在追求自我中成就自我，刻意做事之人在刻意讨好中迷失自我。成大事的人，懂得自己所作所为的最终归途，绝不因外界的言论与普适价值观的影响而动摇。他们顺遂自然，乃是心境中最想要的状态，是内心的宁静与淡然。

想起托马斯·曼说过的一句话："在这样的年龄，生活还没有碰撞我们，责任感和悔恨还都不敢损伤我们，那时我们还敢于看，敢于听，敢于笑，敢于惊讶，也敢于做梦。"而我们，不正是出于这样年龄的后期吗？

诚然，进入大学，意味着我们开始独立选择人生的道路，意味着自己承担人生的全部责任，但是成长和成熟从不是一蹴而就的。刻意去追逐所谓的成熟，忙所谓的属于自己的责任，给自己加上超乎自己承受能力的镣铐，本就是一种刻意为之不适合自己的做法。漫漫人生征途中，我们总要学会，给过渡期的自己一些宽厚、一些包容、一点耐心。不妨先给自己一些顺其自然的机会。

或许最高姿态的自然，就是湖边垂钓的梭罗、白鹿踏原的仓央嘉措、清泉石上流的王维，既守住自己，又赢得世界。

杨绛在《我们仨》中诚挚地写道："一个人不想攀高就不会下跌，也不用倾轧排挤；可以保其天真，成其自然，潜心一志完成自己能做的事。"

所以，如若让刻意烦躁了你，不妨给自己休假。大学时期的我们，学会顺其自然，也就掌握了一门受益终生的本领。

跑

光电学院 张睿玲

她爱跑，尚不提现在热爱的躯体奔跑，且谈往昔学习路上的跑。

她相信多付出的精力和汗水能让自己比别人更加透彻地领悟所学，因此她从不懈怠，始终做那个踏实勤奋的好学生。出众的成绩即是对她最好的认可。

但不幸，高考她因为紧张，失利了。

之后便是每日郁郁寡欢，几度以泪洗面，心里充满了抱怨。为何自己寒窗苦读没有得到应有的回报，为何命运青睐那些没有努力的人？她要复读，却被家人狠狠地打压——“孩子，人生路还长，要往前跑，而不是走回头路。”

多少人的开导终于让她抬起头，继续踏上了奋斗的跑道。她是一个敏感的人，始终揣着一股不服输的劲儿。既然输在了大学的起跑线上，那就要比那些名校同学更努力，以求追上他们，甚至超越。四年后相遇的那天，她期待自己会笑得比阳光灿烂；十年后，她相信自己能极大地改善家庭生活；不久的将来，她一定要在学术上有所建树，为社会和国家的发展贡献自己作为知识分子的一份力量。

千里之行，始于足下。欲成大业，必厚积于平日。

她努力做到认真预习、听讲、复习，并且积极参加各种课余活动来提高自己的综合素养，总算每学期都收获了不错的综合测评结果。然而，她并不满意。单看学习成绩，大一全年学习成绩第十名，大二全年第五名，尚和前面的同学有很大的差距。为什么？既然自己是高考失利来到这里的，为什么没能做到出类拔萃？她苦苦思索，终于得到了答案——一切皆源于浮躁。

她是揣着不服输的韧劲，然而这样急于证明自己、渴望被他人认可的心理极易导致这样的结果：一味追求成绩而并未潜心于学术本身。她思索，难道自己追求优异的成绩就是为了给别人看吗？如果是的话，未免太扭曲学习的本意，而且也难以真正用知识去改变自己，改变家庭，乃至改变世界。这样下去，自己如何成为用实力闯出一片天，为家人、为社会带来美好改变的有为青年？

拿着各种奖学金的她，很庆幸自己能用努力来分担家庭的经济负担，但同时也承认自己的学习动机有些急功近利。于是，她决定端正自己的学习、生活态度，戒骄戒躁，以淡泊名利而专注于学的心开启一段新的学习旅程。

她不再想着证明自己，而是淡泊名利，潜心学习，享受知识的奇妙；她不再仅局限于做考试题，而是认真分析知识的所以然，努力做到融会贯通；她开始起早贪黑泡图书馆、自习室，除了完成专业学习，还广泛阅读各种书籍，以开阔眼界，提升思维的灵活度；她入了党组织，期望从参与政治生活开始，逐步了解并融入社会大家庭；她积极参加志愿活动，如担任夏令营的带队指导、农民运动会的工作人员、“西部温暖计划”的宣传者；她热衷体育运动，各种跑步健身活动总能见到她的身影。

她跑了起来，她明白时间于自己的宝贵，她明白“吃得苦中苦，方为人上人”。所以她从不允许自己荒废时日，安逸享乐。奋斗的青春里，岂能容许漫步前行？她清楚地记得高中老师的教导——人生的赛跑，不是记录你在相同距离里跑了多少时间，而是丈量你在相同的时间里跑了多少距离。你无法延长生命的长度，但你可以拓宽生命的宽度。所以，她要跑，这样才能在相同短暂的青春里，实现更大的人生价值。

说到跑，她同样爱上了躯体的奔跑。她知道自己体育不行，而且暑假一次严重的发烧让她深知健康的重要性。于是，步入大学，她开始了定期锻炼身体，那么最简单的运动，就是长跑。从开始的绕操场五六圈，到10圈，15圈，到10千米环湖跑，虽然有过懒惰、懈怠，但当看到操场上众多锻炼身体的同学，就会想到自己立下的目标计划，想到跑完步会有多么舒爽畅快，就咬牙坚持了下去。这样，一学期下来，她从一个当初跑完八百米都胸闷气短的人，逐步成了班里身体素质数一数二的人。在全校型的马拉松赛事上，她一次第二、一次第五、一次第六。

她爱上了奔跑。跑步不仅带给了她健康的躯体，也告诉了她坚持的意义。每每有什么难题解不出时，她就会想，10 千米我都能跑下来，还有什么不能坚持做下去的呢？

奔跑让她每天都感觉充实。她愈加明白，当你把优秀当作一种习惯时，一切都会变得轻松、自在，且顺理成章，而且你也没有了放弃的理由。

回想因高考失利而抑郁的时光，她庆幸自己顺从了家人的想法勇敢地向前跑，而非后退。她逐渐发现，人生的路还长，大可以用努力改变许多，所以不必纠结于过往，否则，将错过更多机遇。青春短暂，你何以忍心去重走回头路，缩短美好的年华？

她爱跑，非常爱。学习上、生活上、躯体上，奔跑带给她动力、带给她快感；奔跑告诉她勇敢、告诉她坚持；奔跑拓宽着她的青春、点燃她的生命。她渴望在人生这条跑道上，永远奔跑下去。

她，就是我，一个平凡而又不甘于平凡，正向理想的未来义无反顾地持续奔跑的女孩。

不忘初心，且思且行

徐特立学院　马良骥

作为一名刚刚迈入大学校门的大一新生，经历了二十多天辛苦的军训和三四周适应性的学习之后，我刚刚步入人生新阶段的激动心情也慢慢平复下来，开始有意识地思考大学生活。对新生活的适应、对诸多方向的选择、对目标的设立与完成以及贯穿始终的对自身能力的培养，都是我所思考的问题。今陈一家之言，愿与诸君互议。

适应

告别中学时代，迈进大学校门，人生的历程翻开了新的一页。面对崭新的学习、生活，我们满怀希望与憧憬，但我们面临着以下问题。

首先，我们应该认识大学生活。大学是知识的海洋。我的父母早就告诉我，大学中有两个地方必须常去——图书馆和实验室。的确，它们能使大学生接触广博的知识，培养必要的专业技能。在知识的海洋中畅游，是我们顺利成长、成才的重要基础。大学也是新的生活环境。离开了父母的事事包办，本应觉得轻松的你，是否也为诸多杂事而烦恼？确立独立生活意识，提高独立生活能力，不断积累生活经验，这样才能妥善地处理生活中的各种实际问题。

其次，我们应树立新的学习观念。由于学习要求的改变，所以学习观念也应与时俱进。不仅要努力学习，而且要学会学习；不仅要掌握知识，而且要掌握获得知识的能力；不仅要在学业上不断进步，而且要在综合素质上不断提高。自主学习，全面学习，创新学习，终身学习，每一种学习方式都值得我们仔细体会，认真躬行。

最后，我们应认识到自己的社会属性。大学生是集体的一分子，社会的一分子，而不是被关在象牙塔里的老学究。党团组织、校会班委、学生社团、社会实践，我们应根据自己的特点和爱好、时间和精力，积极参加各种活动，合理安排课余生活，锻炼组织和交往能力。

选择

大学是一个多元的社会，绝不仅仅是像中学时代的高考独木桥。站在无数分岔路口的起点，如何能冷静理智地分析并正确选择自己的道路，而非在无数的选择中迷失，是我们应当思考的问题。

罗伯特弗罗斯特的诗作《未选择的路》颇具哲理，发人深省。仅仅只是面临两条路，我们也常常难以抉择。每条路上都有不同的风景，它未知的尽头也令人着迷。无论我们选择哪一条路，对另一条总会有一些遗憾，也许会在多年以后轻轻叹息一声。但也正因如此，对自己所选的路要坚持到底，若是半途而废，那便只有抱憾终身了。为了尽量做到最佳选择，在选择之前，涉猎与思考必不可少。正所谓“先博后渊”，尽管路的尽头都是黑暗的，但至少可以少迈上几步走走看，可以多向几条路瞟上一眼，否则错过了自己喜欢的都不知道呢。

目标

目标，对于学习生活的引导，激励作用不言而喻。如果说社会是大海，人生是小舟，那么目标就是引航的灯塔和推进的风帆。

我们都清楚，目标有大目标和小目标，有长期目标和短期目标。套用当前最流行的一句话“比方说我先定个小目标”：GPA85+，学生会当个部长，大二前过了四六级。这些小目标具体而实在，可以有效地填补你日常生活的空白，让学习生活变得充实。而对于大目标的设立，则应首先认清自己。古希腊人把认识自己当作最高智慧，如果自我认识是模糊的，其行为一定是不确定的。大的目标，引导大学生做什么人，指引大学生走什么路，激励大学生为什么学。

方向确定了，路也就明确了。我相信诸位也是意志坚强之人，只要能真正认清自己，坚持下去，想必不成问题。坚持已是老生常谈，大家高中议论文的例子，想必一抓一大把，只不过希望大家能把那些给老师看的例子自己看一看。正所谓：“古今成大事者，不惟有超世之才，亦必有坚韧不拔之志。”一个人在成长、成才的道路上，一定会遇到挫折和失败，是在逆境中奋起，还是在逆境中消沉，常常成为一个人能否成功的关键。

修养

这里所说的修养，不仅是指文学艺术修养，还包括健全的个性品质、科学的思维方式，甚至解决问题的能力。

首先是“三观”要正，它允许有误差，但不允许有错误。从多个方面，用一生时间，以社会活动去认识世界；追求高尚的人生目的，确立积极进取的人生态度，用科学高尚的人生观指引人生；认识人生价值的内涵和特征，把握评价人生价值的客观标准，创造有价值的人生。这就是我们的世界观、人生观、价值观。

其次是解决实际问题的能力。我认为这种能力应从实践中来，正如匠人们的手艺是日积月累磨炼出来的。我可以交给你论文的格式，但一篇优秀的论文的背后，是几筐几筐的废纸篓；我可以告诉你解决问题的基本步骤，但真正遇上实际问题，你还是会像无头苍蝇一样乱撞。

适应、选择、目标、修养，这些就是我在新开学的两个月中所思考的四个方面。相信大家也都有自己的思考与认识，希望我们不间断地思考，做一个清醒、明白的大学生。

“设计”这个理想的词儿

设计与艺术学院　王婵

柳冠中教授说：“设计是什么？人类最早的时候没有科学、没有艺术，但却有设计。设计是解决问题，是人类最原始的冲动和最开始的行为和智慧。”我曾经看过一个纪录片，讲述的是在与自然对抗的过程中，人类不断用自己的智慧，改造自己家园和生活的故事：他们把山里的树木削尖做成刨坑的锄头，他们用地下的深土做瓦片，搭建房屋；他们甚至做了一面可以画图的墙，在上面记录和绘画，他们计算各种工具的尺度、形状、制作的周期、改进的方法等，以实际行动按自己的生存方式和舒适度改造家园。

我一直认为，设计就是为更好的生活而存在，可一直搞不明白更好的生活为何。

我依然记得在2014年我刚上研究生时，参加了一个为期五天的社会实践活动，去了位于北京市密云县西北部的一个依山傍水的小镇——白道峪。这里是密云县内的长城起点，还有长城、烽火台等人文建筑。自然景观得天独厚，有天然的溶洞，有风化形成的奇形怪状的石头，野趣横生。依稀记得那些天天气都非常好，天蓝水绿，空气清新。我们组成一支设计帮扶小队，到这里参观，旨在用自己设计专业的能力帮助他们更好地实现村子的规划发展。我从来没有如此强烈地感受到一种责任感。总说，“70后”的学生是为中华之崛起而读书，“80后”的学生是为了自己的家更好而读书，“90后”的学生是为了来这个世界快活走一遭而读书。可是在那一刻，当我看到碧水蓝天，看到那些路边的花，那些孩子们可以在路上来回奔跑的景象时，我真心希望他们过得更好。可什么是更好的生活呢？

设计，有时候是相对的，原研哉《设计中的设计》中提到了“虚实”

的对比。物质的极大丰富，必然带来精神的极度匮乏，科技的发展，必然带来落后，因此设计应当讲求一种平衡。在生活中，这种平衡很难，一方面要“吃饭”，一方面要“喝茶”，因此生存问题和精神问题都要拿捏到位。中国的道家讲求“无为而治”，并不是真的什么都不做，而是在两极接近于失衡的过程中，轻轻四两拨千斤，使之回到一个过程中。

我觉得设计之所以能让生活更好，也是这个道理：永远不放弃一个更好的追求，在行动和智慧的博弈中，帮他们感受到一种生活于此地的自豪，帮他们意识到粗糙生活里的幸福。即使要设计成旅游胜地，也能极力保持一种古朴的生活状态，毕竟在解决了生活的衣食住行基本问题后，多渴望返璞归真的生活似乎是更好的。就像《Legal High》中，一个村镇不去追求高额的经济效益，而是追求村落的古朴和原生态，即使作为景区的设计，也尽量控制人口数量，让村子保持一份属于它本身的安宁。难道建立博物馆仅仅是为了到小孩子连稻谷和草都分不清的时候去观摩吗？村民应在这里享受与村镇的自然资源共同成长的节奏，不用刻意追求效益而大肆修建工厂，扩大景区，打扰原本的生活。因为建造没有止境，欲望没有止境，后悔没有机会。

我们的祖先很早就告诉我们独善其身和兼济天下的智慧。设计能带给我们的同样是如此，对内能够更好地融通自我，让自己能够在自我的逻辑中安于一隅，对外感受专业的优势并充分发挥效能帮助他人。我们在这里感受村民的生活状态，力所能及地帮村民拍摄全家福。记得那天很多老人聚集到大队处，他们脱去了平日里劳作的沾了泥巴的衣服，穿得精神抖擞，脸上洋溢着笑容。他们是这个村子生活了大半辈子的老人，似乎已经开始排队走入下一个时空，时间对于他们而言最为珍贵，能够在相机里定格一个微笑，对他们而言颇有纪念意义。毕竟，在年龄的赛跑中，他们无疑是胜利者，我们也被感染，感叹着生命的坚韧，长久沉浸在那些老人们喜悦的情绪中。其中一对老夫妻在拍摄时，竟然紧紧地牵着彼此的手，幸福之情溢于言表，还有几位老人已经掉光了牙，却也笑得开心极了。

那时候，我们还要教当地的小朋友们画画。我们一方面感受到老人们的生命力，另一方面感受到这个村子里的最年幼的一代的生命力。他们积极，他们单纯，他们热情，他们在我们的引导下朦胧地接触着外面的世界，感受着艺术带来的成就感。在和小朋友们一起画画的过程中，小朋友们坐在前排画画，父母们坐在后排看着自己的孩子。他们从不知道怎么画，到最后画出一张张稚嫩而色彩斑斓的图画，虽然线条不够直，弧线不够圆滑，图形不够标准，动物和人物不成比例，构图也不够美观，但是他们无疑是欣慰和感动的。我在想，也许好的生活就是这样，跟效率无关，跟健康有关，跟快乐有关。

我也坚信，我如果做设计，这就是我的理念。

良乡一夜

光电学院　张艺馨

2016年7月5日的夜晚，是我作为一名北京理工大学大二年级的学生在良乡校区待的最后一个晚上，也是我在过去两年的时间里度过的最意义非凡的夜晚。我永远也不会忘记独属于那个夜晚的星光和月亮，不会忘记那个独属于我的日出和我在那片空旷的天台思考着的每一段人生的旅程。

晚上十时许，我背上包来到图书馆背后的天台。许是因为“高处不胜寒”吧，炎热的夏季空气里刮来阵阵清风，在这空旷无人的地方竟让我感到微微的凉意。七月的盛夏，没有雾霾笼罩的晴空在夜晚格外迷人：天空很暗，像是一个巨大的棋局，点缀着星星点点的棋子，在高不可触的苍穹讲述着关于宇宙和生命的漫漫历程。闲适的心情、开阔的景致，几句苏轼的词萦绕脑海：“何夜无月，何处无竹柏，但少闲人如吾两人者耳。”到了良乡两年，也是到了要离开的时候才下定决心在这天台静守一夜，去感知苍茫大地的升沉荣辱。在图书馆的东边是一栋栋正在修建的楼房，夜幕下闪着橘红色的灯光像是碧波里荡漾的一只只小舟，让人不禁想念家的温暖。是呀离开家已经半年了，不知家里的爷爷奶奶是否如电话里说的那般好，不知家门口的那棵年迈的枣树是不是又结上了青色的小果实，不知何时自己才能在这么大的城市里自食其力有自己的家。仔细想想已经过去的两年大学生活，从最初的新奇陌生到慢慢适应大学生活，再到现在去学会享受自己经历的一切成长过程。

记得大一初，我很不适应大学这样有些孤单的生活。似乎所有的事情都要自己一个人去面对，我们从以前的“为同一个目标”变成了每个人都有不同的目标、不一样的追求。时常是我一个人去食堂打饭，思考着吃完饭是回寝室休息还是去图书馆学习，时常是我独自一个人去安排好班级，学生组织还有社团之间的时间分配，这些让第一次离开家独自在集体生活的我格外不适应。慢慢地，我开始适应并且享受这样的大学时光。《论语》有道："君子慎独。"独处状态最锻炼自己。我能够静下来一个人去图书馆享受温暖的阳光洒在书本上的斑斑驳驳的印记，能够一个人去北湖看春风旖旎、桃花正红的美景，也能更加珍惜和同学朋友在一起聊天相聚的机会。

我想，对我来说，真正长大的一个重要标志就是独自面对生活中的酸甜苦辣。我自己面对孤独却不感到孤独，在这两年读过"大学之道，在明明德"的《大学》，读过关于人类与环境的《寂静的春天》，读过关于人性与救赎的《红字》。书里的世界丰富多彩。有一句话说："你现在的气质里藏着你走过的路、读过的书和爱过的人。"走过的路可能是再也回不去，爱过的人可能从此形同陌路，但读过的书永远都在我们的脑海里不会消失。

天台的光线越来越亮，我的思绪从学校飞到家乡，从现在飞到未来。我想我会更加珍惜未来的大学时光，也会更加享受属于一个人的时光。天蒙蒙亮，等了一夜的日出来了，在这东方淡红色的霞光里有我的未来和梦想，我会永远记得这束金色的阳光，迎着它一直走下去……

时光流沙，又一季夏

信息与电子学院　岳靖雨

第一次踏上这条褐红色的跑道是个夜晚，是来到北理的第一个夜晚。穿着并不知道怎么穿才得体的军装，我站在这个陌生的地方，有惶恐，有不安，更多的还是从制式高跟鞋传来的痛感。同大家一样，我不知道自己将要面临什么磨难，更不会知道自己将在未来的某一天无比怀念。

阳光终于丰沛到可以直接穿体能服训练了。身为女生，短袖短裤，还忘记抹防晒霜，却大胆地往空旷的操场迈进，不得不说是迷彩给我的勇气。午休时隐隐的不安，翻来覆去却总是难眠，闹钟响起，迷迷糊糊地开始下午的训练。每周常态化的军姿训练，从军训开始就如此，习惯了与太阳相伴，今日竟然享受到树荫。杰哥在我们面前第一次拿起了相机，记录着我们的点滴。训练间隙，欢乐的集体合照、摆拍“一”“五”，镜头前，我们又笑得像孩子。

总是笨到只顾眼前的欢笑，不细想将至的苦涩。当指导员说出“最后一次训练，我们把这一年训练过的地方再跑一遍”，短短二十几个字，却令我的愉悦心情烟消云散。跑过不知多少遍的南北校区，第一次不畏惧路途远，却害怕这是最后一次。真的是最后一次了吗，以大一国防生的身份丈量这路程？真的是最后一次了吗，在训练的时候汗流浃背？真的是最后一次了吗，有这几位区队长陪伴的脚步声、口号声？“一——二——”“嘿——嘿——”“一！二！”“嘿！嘿！”，下次听到这些声音时，又是从谁的口中喊出？

军训时，我以为环绕北湖的公路肯定不是为了跑步，可是这一年来，“一二·九”长跑、彩虹跑、环湖赛……身着便装的我们在这条公路上迈出了一步步。可对于国防生而言，北湖的景色，真的是枯燥训练中的一抹亮光。我在北湖的日光下、稀疏的树荫下，目视前方，任汗水滴落，两腿打颤仍一动不动坚持站军姿；在北湖的暮色中、昏黄的路灯下，跑完八公里的我们不言苦、不言弃做完了俯卧撑；在北湖的夜色中，参加开学初的骨干集训，紧急集合后背着打得并不完美的背包肩负“侦查行动”极速奔袭。那晚的集训，作为唯一的女生，由于体力不支，我长久地做着“拖油瓶”，喘着粗气咬牙坚持，耳边回响的是那首《渴望光荣》。说起站军姿，条令标准在一次次的重复中内化为英朗的身姿。当两脚掌发麻充血如同炙烤般疼痛时，当两腿僵直打颤分分钟想要放弃时，当不知何时结束而苦熬硬撑时，我承认我真的挺怕站军姿的。可是，当清风拂过脸颊，汗水滴落带来清凉时，当快要撑不住的时终于听到了“停”时，当放松的双腿、双臂由僵、麻、痛到浑身轻松时，我不否认这种幸福感只可意会。

南校区的博雅、至善，导员美女云集，我们在学期期末的体能集训期，埋头一圈圈测量着路灯的间距。脑海中挥之不去的是公式定理，迈开脚步，把烦闷转化成足下的疲累，尽情释放。

再回到褐红色的跑道，这一年的训练即将到达终点。短短的四百米，我们跑过了夏天，跑过了冬天，终于，又跑到了夏天。每一次奔跑，我都在想：会不会有一天跑道被我们磨平？看来我还是太幼稚，一年过去了，我们的迷彩在这里湿了又干，我们在这里狂奔呐喊，我们齐步、正步、军体拳，我们匍匐、仰卧起坐、俯卧撑，我们站军姿似要将自己钉在地面……不知多少次被豪言壮语点燃梦想，不知多少次因批评指责羞愧心凉，不知多少次因任务挑战打破了曾计划好的闲散悠扬。我们在这里受苦流汗，我们也在这里感受兄弟们不离不弃的坚守陪伴与温暖。

身边的人依旧是熟悉的模样，我曾随这汹涌的队伍出发起航，穿越过人流涌动的街道，奔跑过阳光下的绿茵场……还记得开始时队长说：“穿上这身衣服，就意味着你将成为一名中华人民共和国解放军的后备役军官，胸中将常怀使命。和那些一起吃过苦、受过累、流过汗也流过泪的兄弟姐妹们为了心中的梦想不停前进。”我知道，相逢聚散终有时，我也知道，结束是为了更好的开始，可我就只想当个骄纵的孩子，不去想他们将离开良乡，不去想下一次训练将是怎样的场景，不去看物是人非离散撑场。若说世间所有的相遇都是久别重逢，那是否所有的分别都将后会有期？我相信，并且始终相信，我们的爱从不曾离开。扬威耀武的铁血“一五”，可以有光芒但不能刺眼的时光里，我们会努力成长，不负你们倾心所付的爱与光。

纵然小草，也有自己的春天

物理学院　刘晨晨

来到北京，她才发现大城市是这么繁华；来到大学，她才发现自己是这么渺小。曾经在学校优越感满满的她发现自己原来只是个书呆子，琴棋书画只是粉色的梦。听着同学们滔滔不绝地讲着过去，她只有微笑，沉默，低头。她没有丰富的阅历，出了那个小县城，她没去过什么地方；她没有丰富的才艺，上了大学才开始考虑自己的兴趣爱好；她不懂那些高科技，让做个简单的 ppt 都要找人帮忙；她没有参加过任何比赛，课堂上听那些大神讨论的云里雾里……

想到事事不如人，就好自卑；想到找不到有共同话题的人，就突然间好孤独。她不敢给爸妈打电话，怕他们远远地担心却帮不上什么忙；她也不敢联系原来的同学，怕自己的消极带给他们忧伤。置身于偌大的校园，却不知道该怎么走下去，面对形形色色的机会却不知道该怎么开始。那时天还很蓝，阳光还很刺眼，她突然就想到自己高考时写的一句话：天再高又怎样，踮起脚尖就更接近阳光。

仿佛就在那一刹那，心灵突然澄澈了。现实既然无法改变，那就微笑接受它，既然无法成为花朵受人瞩目，那就做一棵小草迎接自己的春天。回头再看这些所谓的困难，好像都不算什么。听不懂慢慢学啊，不然来到大学干什么？阅历少，多看书啊，图书馆是用来照相的吗？没有方向，慢慢来啊，努力总是没有错的。

她开始尝试着去改变，早晨是她打开综教的第一盏灯，晚上看到夜色中她匆匆行走的背影。曾经羞涩自卑的她，却勇敢地去竞选排长和班委；曾经总是戴着耳机默默听歌的她，却鼓足勇气拿着话筒站在“深秋歌会”的舞台上；曾经以为自己没有运动细胞的她，却积极报名参加校运动会和

“一二·九”长跑；曾经连最基础的听力都一头雾水的她，却总是往外教的办公室跑；曾经认为有社交恐惧症的她，也拥有了开心的朋友圈。

不管怎样，曾经那些黑暗的日子过去了，现在的每一天虽然很平淡，但在她心中都阳光明媚、有滋有味，有些尝试或许并没有什么结果，但是却让她收获了自信与快乐，让她相信只要人还在，一切都不是问题。

这些年一路走来，她经历过比这多得多的困难，也接触了人间冷暖。她也曾怨恨，曾绝望，曾想过逃避，想过放弃，不过最后她都挺过来了。她感谢那些给予过她伤害的人，让她成长；她感谢那些帮助过她的人，让她坚强。她知道自己不出众，从不去做那些公主梦，她知道自己肩上的担子有多重，因此也从没有停止向上攀登。她希望自己可以做一个女汉子，可以保护那些她爱的人不再受伤。她只是想做一个独立者，给自己一个光明的未来。

就做一棵小草吧，纵使渺小，却坚韧、顽强，虽然毫不起眼，却装点着春天。野火烧不尽，风雨吹不倒。还是那句话：天再高又怎样？踮起脚尖就更接近阳光。

艰苦奋斗，矢志精工

机械与车辆学院　刘亚明

老子云："知人者智，自知者明；胜人者有力，自胜者强。"在不久的将来，我们将脱离我们早已习惯的安逸生活，去社会中闯荡与沉浮。没有了学校与老师的规矩与管教，缺失了父母与朋友的约束与保护，面对全新的世界与崭新的未来，我们如何才能为自己找到一个正确的位置，如何才能实现最初的梦想呢？我们常常被告诫，社会表面波平浪静，实则暗潮汹涌。没有受到复杂而浮躁的社会风气侵扰的我们，面对即将到来的各种机遇与挑战，又将何去何从？这就需要我们在尚未步入社会之前做好充分准备。这其中，职业生涯规划便是一个必不可少的环节。如今我们刚刚步入大学校园，正值青春年少，意气风发之时，也是一个敢想敢做、志比鸿鹄的年龄层次，此时若有一个完善而深思熟虑的职业规划的引导，必然会开阔眼界，明白自己的目标与方向，明确自己大学四年的发展道路。"路漫漫其修远兮，吾将上下而求索。"在不断求索中调整自己的未来规划，在不断进取中形成自己的竞争优势，这必然会为我们今后走向工作岗位打下坚实的基础。

就目前而言，中国社会的就业形势不容乐观。面对如此严峻的就业压力，作为新一代大学生更要从打磨自身做起，提升自己的竞争优势。我们要认清社会需要的人才并不是样样皆会的所谓"通才"，在这个信息大爆炸的时代，全球化与信息化是不可逆转的形势，在具体专业中有突出才华的"专才"才是各用人单位抢手的人才。因此，我们必须认清现实，提前做好充分准备，做好自己的职业生涯规划，为自己的未来负责。作为车辆工程专业的一名大一新生，我很明确自己未来的从业方向，并有信心在未来的学习、生活中学好专业知识和技能，为自己的未来奠定一个良好的基础。

就我个人对车辆工程专业的理解，其主要培养从事以下三方面的专业技术人才：① 能够进行车辆研究、设计开发、生产制造、质量检测和控制、使用和维修、相关检测装置和仪器开发的高级工程技术人才，如新能源汽车的研发、方程式赛车的研制、无人车控制技术的发展等新一代高科技的应用。② 能够以工程技术为依托、以车辆智能化系统为平台，研发装甲车等军用车辆，增强国防力量，为维护祖国和平而奉献青春。③ 能运用流体力学、机械原理等专业知识进行内燃机研发制造。相对来说，车辆工程专业是一个日渐腾飞的产业，不论从市场需求还是就业前景来说都是较为乐观的。时代在发展和城市在扩大，出现了大量汽车需求，对车内部的设备也提出了更多和更高要求，因此，迫切需要能适应现代车辆发展的高级工程技术人才。而就读于北京理工大学的我们，更有着无与伦比的优势，在未来的社会竞争中更处于优势位置。

既然如此，那么作为车辆工程专业的学生，我们就要明确人们对车辆本身和车辆内部的各种需求，努力夯实专业知识，锻炼实践能力，来适应社会市场的需求。例如，为保证车内长期保持一个最舒适、最清新的气流环境，对车内进行空气调节设计是必不可少的，我们可以做到通过采用一系列空气循环设备为汽车营造一个最佳的车内环境，同时对车辆设备的运行调节进行自动控制、节能控制。而这要求我拥有扎实的专业理论知识和实践经验。与此同时，目前出现的一些新型汽车存在不尽如人意之处，许多方面仍然处在探索和尝试的阶段。这就更加需要大量对车辆研究、设计开发、生产制造、质量检测和控制、使用和维修、相关检测装置和仪器开发的高级工程技术人才。从此也给了我们所有车辆工程专业的学生们动力，激励着我们艰苦奋斗，矢志精工！

在熟悉了专业的基本架构之后，对于一位大一新生来说还是有必要了解今后要学习的课程的。一般来讲，车辆工程专业主要学习车辆工程、计算机技术、学术英语、高等数学、机械制图、机械原理、理论力学、材料力学、机械设计、电工与电子技术、计算机辅助设计、汽车构造、汽车理论、内燃机理论、汽车设计、汽车试验学等学科的基本理论，学习车辆工程及相关领域的基础理论、技术及有关机械产品与设备的设计方法、制造工艺和市场营销知识，接受现代机械学、电工电子学、汽车设计、计算机辅助设计和营销管理学的基本训练，具备进行汽车和汽车零部件技术研究、设计、制造和汽车营销管理方面的基本能力。明确的方向性和目标性让我感受到完整的职业生涯规划对今后就业的指导作用。我们应该从当下出发，努力实现自己既定的目标。一方面，对于理论知识的学习与深造是一切的前提与基础，扎实的基本功可以为未来的实践提供坚实的保障；另一方面，作为一门实践性与创新性极强的学科，我们要注重平时的各种实践与实验的机会，增强动手能力，并不断开拓创新，形成自己的竞争优势，也为自己的职业生涯提供最基础的实践经验。

求知、探索，实践、起步，成就、发展，收获、享受，漫漫人生路，每个人都有不同的理想和经历，有的成功，有的失败。但不论如何，我们都要坚持自己最初的梦想。“梦想还是要有的，万一实现了呢?”在自己的职业生涯规划里，我找到了自我实现的途径与动力，明白了“德以明理，学以精工”这一北理校训的深层内涵，明白了几代北理人矢志军工的崇高理想，明白了作为新一代中华青年所肩负的责任和使命。在今后的学习生活中，这将成为我人生的航标。

贝塔、北方以及日久生情

机械与车辆学院　闫佳

我竟然会来念北理工的车辆工程。

在2015年6月之前十几年的茫茫岁月里，尽管仿佛穿梭了数不清车流滚滚的街道，我对这些匍匐在各种路面上不知疲倦的钢铁物体却从未产生任何关注，而更由于童年时期记忆模糊，我甚至一度以为舒克是开坦克的，而贝塔是个飞行驾驶员。直到后来看见北理和北航眉目传情，并以舒克、贝塔互称以表衷心，这种荒谬的认知才被彻底扭转了过来。

填报志愿实在是一件人生大事，但我的选择却实际、短浅而且任性。离家四个小时让我有安全感，“工科”这两个字中蕴含的沉稳符合我甘于平庸的性格，高考分数又恰好把我送到北理工三院，于是事情就这么水到渠成了。报到日当天，忘记提前买票的我凌晨四点到达北京，站在北京西地铁站汹涌的人潮中感觉快被自己的汗水淹死了，然后乘地铁向北京的西南角隆隆驶去，经过六里桥时我一度被下车的人群给挤出车厢然后又勇敢地挤了上来，房山线上坐在座位上看着窗外的景色暗自思忖：刚才在九号线我的脚貌似一直没有着地啊……当我终于狼狈地站在良乡校区的门前时，发现阳光明晃晃的灼人，手里的行李沉重不堪，浑身乏力，内心一阵空虚。

所以和周围那些从小就是汽车迷的同学相比，我学车辆的动机不纯，境界不高，追求也很庸俗，这让我有一点羞愧。但毕竟爱情的方式有千百种，当我已经和“青梅竹马”“一见车辆误终身”等词渐行渐远，再继续纠结下去也于事无补，索性先结婚再恋爱，虽无“山无棱，天地合，乃敢与君绝”的浪漫，但依然存在日久生情的希望，我可能还是有前途的。

就像所有的激情最终转化为柴米油盐的温吞，所有对汽车的期许最后还是得归结于泰勒展开、角动量守恒以及谜一样的通用学术英语。我早就领悟到，虽说“婚姻是葬送爱情的坟墓”，但热情褪去后爱情总不能死无葬身之地，没有幻想也就谈不上破灭，所以我能更平静地接受现实。

在安静的良乡，那个停在路中央的战车环岛隐没在雾霾中又从雾霾中露出，众多线条优美的轿车曾朝它气势汹汹地冲来却又不得不减速。即使你可以更快，你也不能飞起来，这就是我所理解的车辆工程。汽车的外形从方形变成了楔形以劈开空气；轮胎收进车身来躲避阻力，可它还是在尽力和大地接触得更紧。我必须在良乡花费两年时间学会解开所有的方程组，然后我才有资格去触碰发动机，这就是这场联姻中我的使命。

日出而作，日落而息，偶尔日出了也不作，一年半良乡时光悄然而过，让我不禁感叹大一和高三经历的时间是真的一样吗？我自感仍然一事无成，浑浑噩噩，但还是有东西混进了我的血液。我还是没有培养出与车辆的爱情，我仍然说不出刚刚上市的这辆车性能优劣、技术水平。但亲情同样是亲密关系中的一种，却更加水到渠成。第一次花费几十个小时绘制出装配图，拍摄出来的照片线条分明，姿态优美，完全可以称得上是个美人；但实际上图纸的错误四处分布，老师的勾画鲜红醒目，铅笔的线条也不时变得毛躁，实际是个用粉底和美颜强行遮掩自己斑点的路人。但这让我安心，我感到一种确切的真实感。照片最终还是没有发，因为以后我的一生就要和这些东西融合在一起了，这些线条、符号、错误终将变成我的一部分。

终有一天，将很少有人叫我闫佳，而是称呼我为老闫，“老闫啊，你看看这车底盘是出了什么问题!”“老闫啊，图纸放哪里了?”“老闫啊，听说你还没对象……”革命尚未成功，我需要的努力还很繁重。但幸好来日方长，故事也才刚开始，我想我应该是可以成功的。听说英语学到一定地步做梦都会说英语，以此推断，也许成功的那天我会梦见自己变成一辆车。

之子之行，且思且规

信息与电子学院 李文宇

时光浅浅，步履慢慢。路之漫长，岁月之可依。历史枝头花开花落，代代更替。回首才发现，原来时光已然在不知不觉中推了我们一下，把我们推过了18的年华，把大学之门摆在我们眼前，把祖国河山、大地边境一点一点呈现在我们身边。箭在弦上，不得不发。

作为一个当代大学生，坦白地讲，未来之路之于我们还是漆黑一片，但正是由于漆黑，所以我们才要坚定内心，不断向前。因为凄风苦雨，我们的国家才变得更加凝聚，变得坚韧不拔；因为挫折坎坷，我们的民族才更加团结，奋斗不止。我们应该抓住自己心中的信念不动摇，用理想去点燃前进之路的灯塔。一个有理想的人，有了目标和方向，世界都会为他让路。不去想，是否会迎来凄风苦雨，既然目标是地平线，留给世界的只能是背影。正因为未来迷茫，所以我们更要在大学里找到自己的信仰和理想，并为之奋斗，不息不止。美国诗人惠特曼曾说：“没有信仰，则没有名副其实的品行和生命；没有信仰，则没有名副其实的国土。”每个人选择的道路不同，信仰和方向也会不同。走过高考的门，迎来大学的新天地。在这里，问问自己，你真的准备好了吗？准备好去为自己负责，准备好去为理想奋斗，准备好起航了吗？

那么，作为当今新时代的大学生，我们在前行之路中要学会思考并且做好自己的规划，为自己负责。我将从以下几点来浅谈如何规划我们的未来之路。

一、我们要考虑到未来四年的大学生活我们究竟能收获些什么，又想要收获些什么

高考之前，我们大家有一个共同的坚定目标，努力学习，考取名校，

走到不同的天地，看到不同的世界。走过高考，当双脚踏入大学学府，我们要考虑的就是要去通过怎样的努力和学习得到些什么，因为这些收获你的人生又会怎样。首先，未来四年，通过不断学习，毋庸置疑的是我们将会收获知识，来自专业的知识。但是，怀特海德曾有言："如果你仅仅想学一些专业技能知识，那么你是非常卑微的。"毛泽东刚上大学时，他的老师杨昌济就告诉他要修学储能，先博后渊。就是说要多方涉猎，了解各个层次不同领域的丰富和精彩。所以，除了专业知识外，我们还需要收获各个领域的不同知识来包裹自己，提高自己的眼界和修养。其次，未来四年，我们想要收获一段非凡的友谊。朋友，会在你迷茫时给你以指引，在你遇挫折时给你以鼓舞，在你困难时给你以帮助。有人曾经说，高考不是决定你未来到哪里，而是决定你会遇到哪些人。因为是这些不一样的人，和我们一起勾画出我们不一样的人生轨迹。最后，如果足够幸运，我们会收获一段真挚的爱情。爱情，如果把握适当，遇到对的人，将会使你的人生之路幸福美满。找到一个灵魂相渡的人互相陪伴是一件十分幸运的事。但是爱情是可遇而不可求的，所以，得之淡然、失之坦然是我们应有的态度。

二、我们需要考虑未来四年我们将自己培养成什么样的人

第一，我们要把自己塑造成一个有理想并且能坚守理想不随波逐流的人。守正笃实，久久为功。在开学典礼上我们的毛二可院士告诉我们：人要有梦想，要为自己量身打造自己的专属梦想。十八年的岁月，是个不断筑梦、追梦、实现梦的过程。接下来的几个十八年亦如此，不断有新的梦想，又为此不断付出，不断去接近它，为此去开创一番天地。除了有梦想，我们还需要培养自己执着、坚守的品性。北大学子樊锦诗，毕业后不顾家人的反对去了敦煌，这一去，便是 51 年。因为热爱、执着，所以无畏无悔。邓稼先教授坚守在人迹罕至的西北边域奋斗数年，"两弹一星"元勋投身国防攻坚。给理想以热爱，给热爱以坚守，坚守自己的理想，活出生命的尊严和诗意。

第二，我们要培养自己成为勤思和敢于质疑的人。“学而不思则罔，思而不学则殆”，思考才能养成独立的人格。思考与质疑意味着我们要有积极主动的态度去对待生活、学习中的问题并学会独立地处理好它们。我相信梭罗的话，“人类无疑是有力量、有意识提高自己生命的质量的，人是可以使自己活得诗意而又神圣的”。所以我们大学生应该带着质疑果敢的性格，去成就自己诗意的理想人生。

第三，用钱理群教授的话来说，我们要沉潜十年。这个沉潜，指的是“沉下来，潜进去”。把自己沉淀下来，不浮躁，不夸耀，把自己潜入书本、学习中，把自己培养成为一个有定力的人。不管世事如何，不论繁华锦簇还是萧条衰落，我只扎扎实实把自己做好，扎实学习基础知识。同时着眼于自己、民族、国际的长远发展，思考人生、中国以及世界的本源问题，不为周围的环境所动。

三、我们需要考虑未来四年我们作为大学生的使命有哪些

一个人想要真正获得成功，使得人生有意义，他不仅需要志存高远，还要将个人选择同国家需要、人民利益和人类文明进步结合在一起。毛二可院士劝诫我们“梦想要与家国情怀相伴”。热血沸腾的青年、光芒四射的少年，我辈当有一种“吾曹不出如苍生何”的使命感。坚持远大的理想，把个人成长融入祖国建设事业中，以实际行动回报人民。如程开甲先生便有“敢为天下先”的精神，学成后坚持回国以实现科学救国的理想。大学生在知识经济的社会时代，对于文化传承和创新也承担着不可推卸的责任。这就需要我们把道德教育和价值观放在首位，健全自身，为民族精神的发展和传承奉献自己。文化的传承与创新，彰显了一个民族的精神与灵魂。

作为当代大学生，我们身上应该具有这种文化气息和魄力，以会通和融合的方法来实现文化创新，将自然科学和社会科学、学术与社会、人类和自然等融会贯通，使我们的文化内涵有所丰富并提升；以身作则，努力学习，去实现文化的传承，时刻提醒自己我们所展现的是一个民族的精气神；且行且思，将自己交付于时代、家国和历史，塑造一流的品行和担当精神，成为一个更有智慧，更有思想，对民族、国家有担当的人。

听吧，新征程的号角已然吹响。愿你带着迷茫规划好未来的方向，找到自己的信仰。愿从清晨到昏暮，你的时光里写满意义。愿有岁月可支可依，愿你活出自己想要的模样。

写给进入大学的大一同学们

信息与电子学院 李家豪

一届又一届，我们见证了一届学长学姐的离开，又见证了你们的出现。在感叹时间流逝的同时，也感到自己更大的责任。

曾经和一位大一的同学聊大学应该干什么，他说学长学姐们都说大学就是拿个证，考试求过就行了。这种对大学的看法还是高中那样的“天堂”幻想。总觉得大学是一个玩的地方，上大学是为了拿到学位证，以后在社会有一碗饭，能生存下去。

现在社会上各种实用主义、功利主义的思潮，让人们变得浮躁，对很多事情没有长久的兴趣，很难坚持下去，耐不住一时的寂寞，苦追短暂的繁华。大学不可避免地会受这种风气的影响。这种风气让一些同学安静不下来，模糊了对大学的认识。这种风气让一些同学迷失在个性的追逐上，然而不知追求的个性到底是自己喜欢的还是社会赋予的。这种风气也会让同学们禁锢在某一点“学”或“玩”……

大学应该做什么？这是每一学子都思考过的问题。我想把我的想法分享给大家，权作抛砖引玉。

我们看这两个字眼，“大”和“学”，主体还是“学”。因此大学得学习，要接受更高教育水平的学习。那种说“玩”“放纵”的观点根本就站不住脚。毕竟“大学”而不是“大玩”。

对于“学”，有个“大”这个字来限定它。我们要“大”学。这种“大”该怎么理解呢？想想我们的小学和中学，这应该是一种程度上的限制，强调学的程度——无论从深度还是广度。

大学相对于小学中学，特殊性在于“大”。在大学里，大家会发现老师讲课很快，知识信息量比高中多得多。我们会学习自己专业方面的很多知识。毕业后，机械转电子、光电转车辆这种跨行转专业是比较困难的。这一点也佐证了专业化的深度。这就是大学中知识层面的深度。另一个维度就是大学知识的广度，大家上课就会发现，一个学院的课程可能开了其他学院的课程。比如自动化的同学得学数学、物理、自动控制，还得学电子类、机械类部分的内容。这就是知识的广度，一个领域很难不与别的领域交叉，而这种交叉正是知识广度的体现。

上面只是从课内学习角度反映了“大”的特点，很深很广。但是学习不应该局限在课内学习，也要尽可能地拓展到课外学习。

课外学习的“深”，表现于不满足课本上所学，积极拓展深挖，去其他地方找书去读、去学、去理解。与未来的实际工作需要相比，我们课上学的相对较浅，只是理论阶段，工程意义较弱，学有余力的同学还应拓展自己的视野，增强自己的专业技能，培养自己的专业兴趣和能力。

而课外学习的广度应该是在学本专业的同时，学习别的自己喜欢的知识。“别的自己喜欢的知识”更多的是自然科学和社会科学的双重思维的培养与学习。如果是工科、理科生，读一些文学、政治、经济、社会等方面的书，可开拓自己的视野。如果是文科生，多读一些自然科学的入门书籍、基本的器械使用书籍，可提升处理生活中基本自然科学问题的能力。虽然大学的目的是培养专业领域人才，但是这和两种思维并重并不矛盾。

从课内、课外两个角度来看学习，才能全面认识“大学”这两个字的内涵。大学是一个充分学习的平台，应在课内学好本专业知识的同时，在课外拓展自己的视野。不要将视野局限在某一部分，要让大学过得“大”一些。

有些同学跟我说，原清华大学校长梅贻琦先生提出“所谓大学者，非谓有大楼之谓也，有大师之谓也”，他的观点和你的不一样，谁说得对。

首先我是很尊崇这一观点，毕竟我上大学之前一直信奉这句话。后来也逐渐认识到，梅老师是从大学的教育资源角度来谈这个问题的，没有从受教育者的主体来谈这个问题。也就是说，梅老师是从大学能给予学生什么出发的，是从大学这一环境出发的。而我更多的是从学生能在大学里获得什么出发的，是从受教育主体学生出发的。大学给予是一方面，而学生能动学习是另一方面，两者共同作用完成教育的任务。所以两者本质上都是为教育服务的，根本上是一致的。

上面都谈了学，没有谈玩。我觉得学和玩应该兼顾。在大学里有很多可以玩的，参加文体活动、学生社团、组织、校外活动等。我们要正确认识“学”和“玩”的关系，“学”和“玩”都是学生生活的一部分，劳逸结合，两者共同促进整体大学生活的丰富多彩和充实提高。

有人说，上一届的学长是阻碍自己进一步发展的原因。我们不得不承认，在社会风气的影响下，一些学长没有承担起引导下一届同学的工作，更多的是作为玩耍的伙伴，“把下一届同学带歪了”。作为学长学姐，应该有责任和义务去把自己走的弯路告诉下一届的同学，把自己的想法、心得分享给学弟学妹。他们才会不走弯路，他们才会成长得更为迅速。他们站在我们上一届的肩膀上前行，他们会走得更高、更远，他们再带下一届的同学们，下一届肯定会更优秀、更有创造力。

在大学，你可能会为收获一个新的想法欣喜，你可能会为读到一本充满哲思的书而陷入思考，你可能会为创造出一个成果而难眠，你可能会为有一个人进入你的生活而感动，你可能会为你的成长而落泪……大学是一个充满可能的平台，同学们要焕发青春的张力去尝试，去聆听自己的兴趣，并培养自己的兴趣，去体悟自己的目标，不人云亦云，成为一个独立思考的青年人。

鲁迅曾说：“愿中国青年都摆脱冷气，只是向上走，不必听自暴自弃者流的话。”我们来到大学，应认真思考未来的方向和目标，重新思考我们来到大学的“本心”。唯此，我们才不会被社会的涌流裹挟，不会被舆论的浪潮吞噬，不会被压力的重担压垮。

同学们，请放手一搏，为无悔青春，北京理工大学将见证你们青春的印记!

“985”“211”综合征之良方

管理与经济学院　祁琦

最近两篇文章被刷屏，都和“985”有关，大概是引起了多数人情感的共鸣。但这种无病呻吟让我感到莫大的悲恸，高等教育应教会我们的不仅是思考的能力，它更应该教会我们如何思考。人生难免有不得意之时，你可以技不如人，因为你毕竟还年轻，难得的是究竟应如何直面这种让你寝食难安的差距？

写下这篇文章时，“985”“211”还没那么火，但我以为这恰是治这病的良方，不忘初心，方得始终，安静吾心，潜心钻研，用力体会，你会发现这个世界从不会忘记你曾经的付出。

傍晚从图书馆出来时，走在校园里，天微暗，独自一人，秋风吹过，带来微微寒意。忽然想起去年这个时候，我来到这里，相似的天气，也是独自一人，我仿佛逃离全世界般来到这个地方，没有人知道那时的我是怎样的心情。但幸而只一天我就爱上了这个地方，仿佛冥冥中有一种说不清道不明的吸引力，嗯，它温暖了我。

秋风扫落叶的季节，我却独爱。

校园的小道两旁满是柿子树，成熟的季节，风一吹，金灿灿的柿子带着叶子沙沙作响，仿佛再猛烈一些她就要随风飘去。

当然，柿子不知道，她太重了，根本飞不起来。最终等待她的将是自由落体后的心碎，但起码她享受过了成熟的滋味，金灿灿宛若砖石般的耀眼，傲然在枝头，被注视，被夸赞。

你看，年轻时有一个不切实际的梦想，或许也并没什么不好。至少她会给你动力，让你充满激情，敢拼敢闯敢尝试，单是这一点，就足够说明“爱做梦”并非是一件绝坏的事。

风沙沙地从我耳边经过，你听，他在说话。

有人说对抗孤独的唯一办法是习惯，不敢苟同。生活就像一张试卷，解不完的题目、答不完的选项，有时激动不已，有时郁闷难耐。选择就像是做心理测试题，不同的选项带来不同的人生，难过的是直至交出主动权的那一秒，你都看不到未来。

我们永远在焦躁，永远知道时间有多珍贵，却永远生不逢时。

我们永远在奔波，永远知道自己想要什么，却永远无处安放。

我们永远在追寻，永远知道必须矢志不渝，却永远欲壑难填。

世界其实很吵，吵得我们都来不及遇见孤独。可一旦安静下来，孤独便会蔓延，毫不客气地爬满全身。其实有什么呢？不过是偶尔一个人罢了。

梁漱溟说："人生有三种态度，逐求、厌离和郑重。"逐求是人对于物的贪恋，厌离是看尽人生苦难后的悲凉，郑重是自觉地尽力去生活。

我说不清自己现在究竟处在何种阶段，但我知道我想要成全一个怎样的自己。

"不忘初心，方得始终。"这是第一次见导师时，他对我说的话。我也说不清为什么，当听到这句话时，会泪流满面。

一无是处到自己都嫌弃自己的地步，也许恰巧就是绝处逢生之时吧。

导师说："到最后我觉得一切都没有被耽误，我该有的也都有了，我觉得一切都很好，而这一切都是科研带给我的，嗯，不忘初心，方得始终。"

是的，从靠近他的那一刻起，我就感受到了从未有过的宁静。可他一说话，又分明地涌露出难以抑制的热情。这恰如他的性格，生活从来是不争不抢、不躲不闹，学术上却是争分夺秒、热情洋溢。

不忘初心，于从前内心浮躁的我而言，是如此珍贵。

我是这样的人，勇往直前却又节节败退，雷厉风行却又犹豫不决，热情洋溢却又冷若冰霜。

我这样的人，很多时候付出了就希望在短时间内得到回报。比如我很喜欢吃玉米，如若我既定的目标是三天之内要吃到玉米，可我努力了三天还是吃不到，我便会意志消沉，郁郁寡欢，觉得怎么都不对劲，非要吃到玉米不可。这时即使你告诉我，再坚持一下，忍到第四天，接下来的一个星期我能天天吃到玉米，我也是听不进去了。我是一天都等不了了，非要现在吃到玉米。

诚然，我是那么爱玉米，我爱玉米胜过爱其他任何事物，但我仍然没办法为了它多忍耐一天。在那短短三天的逐求中，随着时间的流逝，我似乎已经忘了当初为什么爱玉米，满脑子想的都是这几天我是怎样为得到玉米而付出。是啊，忘了初心，又怎么能坚持下去呢？

忽然想到，今年诺贝尔生理学/医学奖得主大隅良典先生，得知自己获奖时是日本时间18点多，他说："I was surprised. I was in my lab!" 可想而知，他是多么喜欢科研。他不争也不抢，安心做自己喜欢的事。至终，他通过培养成千上万的酵母发现了自噬细胞，他说，用酵母可以回答关于生命最基础和最重要的问题，这是他热爱的根源。

也忽然想起，导师经常是午夜时分才有空暇回我们的邮件，也曾在半夜用办公室座机给我们打电话。正如他自己所说的："即使没有透气的时间，我也不觉得枯燥乏味，因为兴趣，因为热爱，有了这些又怎么会觉得枯燥呢？相反，在我眼里，生活是如此丰富多彩，有滋有味。"

特别喜欢导师说这段话时，从他身上散发出来的淡然气质和淡定神情，让我觉得四周清香满溢。幸而遇到导师，现在的我异常宁静，因为我知道真正热爱的人，一定能够屏住气，不为外界所扰，坚持到最后。

迎着山风，耳听雨海；枕过布袋，断过粮食；踏过海浪，迈过彩虹。用力感受生命的呼吸，不忘初心，方得始终。

欲求灵药换凡骨，先挽天河洗俗情

人文与社会科学学院　纪宇辰

“专业”一事，最是唬人。

遥想当初报专业，商科尚能从字面理解，到理工之流，便只知皮毛而难探底细了——“皮毛”误了多少人，只有天知晓！算来入学两载有余，每逢与人谈笑，“吐槽专业”都是件乐事。众人宴乐，冷场之际，倘某君能以“专业”为题，开吐槽之先河，场面定将热闹非凡。

总之，谈“专业”是件趣事。只不过，这点乐趣总是立于他人的忧思之上，焉知你的牢骚满腹，不是他的夜不能寐？谨以此文献给还在专业迷茫期的新生，但愿能以我思我见为混沌中的青年散去一点阴霾，让青年活出青年该有的模样。

我引一句诗来描述我对经济学的感情：“欲求灵药换凡骨，先挽天河洗俗情”。陆游留诗千千万，这句不算出名，搜遍网页也找不到翻译——没答案是件好事，想怎么解读，就怎么解读，一千个读者读出一千个哈姆雷特，是文学的魅力。

回来看诗，一个“求”字，没了尊严，徒有念想，把希望寄托在灵药上，幻想换骨登仙；像人鱼喝下巫药，便能破腿成人。新生初触专业，总有这样的感悟。单说我的经济系：文科生折在微积分，理科生崩在政治学；于是学文的念起了文史哲艺的好处，攻理的想到了理化世界的奥妙，横竖看经济不顺眼。

期年之后，有人求得灵药，转了专业，迈进理想。但凡读过《小美人鱼》的都清楚，灵药的代价很惨痛。裂腿断发之苦放到转专业，就是夜以继日的付出。所以从经济转出的大多是理科生，有的放矢、吃苦耐劳成了这类学生的特点。文科生则是一边喊着响当当的口号，一边躺在床上翻小说，伴着音乐与软饮，陶醉在文学的海洋中。醒来，慨叹一句“当年就该报中文”，孰知此刻学中文的不是在茫茫书海中眼花缭乱、欲哭无泪呢？

北理是机智的，本科不设中文系。不然等浩浩荡荡的理科生转去中文，估计又要把经济上的“皮毛苦”再吃一遍了。卷帙浩繁，非是你爱什么就读什么；笔墨珠玑，一日千行，也要榨得你灵感枯竭。

我没学会熬“鸡汤”，只能放“毒奶”。满纸荒唐言，毒一句是一句；天下糊涂人，倘能毒醒，大功一件。

“你很有悟性，你喜欢中文，喜欢国学，这很好。但一切热爱，都不足以成为你厌恶经济、逃避专业的理由。”

感谢母亲在我近乎被微积分击垮之时没有给我灌输心灵鸡汤，而是用冷水泼醒我，让我拥有了“不破高数不吃饭”的决心，放下牢骚，扎进题海，最终顺利通过微积分考试。对于大一的经济学学生，这大概是最难跨过的坎了。

很多事情一旦想通，就能改变一个人的行为方式。大二伊始，我从普通班转到了国际班，这意味着我将在一年的时间里给自己多加 4 门英文专业课。这不是件容易的事，每个星期一从早八点上课上到晚九点，还要应付专业课外教两周一次的测试，我都不敢相信自己竟能熬过来。期末排名虽然没有名列前茅，但总算稳中求进，还在奖学金的范畴内。

非是我爱上了这个专业，而是克服了逃避心理后，我想给自己施压。商科不似理工那么晦涩难懂，不想努力，“水”过去也很容易。不平等是合理的，大学四年学的东西，肯踏实看书的外行人可以比你用更少的时间搞明白。故而本科意义所在，不过是个“素质教育”。从生活来看，“素质”是德行；对学习而言，“素质”即精神。德行不可缺失，精神不能涣散，倘若青蛙不想死在温水里，它就要触碰滚烫的锅底，然后一跃而出。

我终究求得灵药了，是母亲的点拨，是自身的洞察。

但灵药换的不是一身凡骨，是思想、是行动、是态度、是精神。

俗情缘于想象，容易使人耽溺。天河之水是冰冷的，敢不敢引来使自己清醒，得看个人的魄力。

“欲求灵药换凡骨，先挽天河洗俗情。”来到经济学的第三年，我还是没办法爱上她，但我不会薄待她。俗情不在，理智尚存，没有不适合的专业，只有不敢往前走的你。

不是很想回忆过去，但还是略提一些。我曾是北京市高考的满分作文，从小到大几乎拿遍文学类竞赛奖。我曾疯狂地热爱古汉语，热爱《山海经》，沉迷《僧伽吒》。因为拥有过辉煌，我比其他人更难放弃“读中文”的梦想。

最后我想告诉大一的小朋友们，如果你不喜欢你的专业，那就把它当成一个 boss（老板）。你要提升自己，慢慢变强，然后“怼”它。

是你教会我如何卸妆

马克思主义学院　马相飞

“喂，我美吗?”你是否常常对着镜子里的自己，提出这样的疑问。我们小心翼翼地装扮自己，想寻找的却是那个卸了妆也会爱我们的人。这份爱值得我们用一生去守护和珍藏，而我在我最美的年华里遇到了这份爱——马克思主义理论专业。每当我走近他，他总会告诫我，最好的爱情，是卸下所有的妆容，遇见更好的自己。

1. 锻炼一种能力：阅读经典

“爱美之心人皆有之”，这是人之常情，美好的事物总是吸引我们驻足的目光，但我想你更崇拜和敬佩的不应该只是外表美丽的人，更多的应该是那些举止和谈吐不凡的人。因为在每次听完讲座后，我总能听到身边的同学说，这个老师真的很厉害，知识渊博，他的讲解让我看到了不一样的人生；我也总能看到拥有深厚文化底蕴的学生，在人群中散发不一样的光芒，去感染和鼓舞周围的同学。这种渊博的学识、深厚的文化底蕴远比眼前的化妆品、名牌包更有价值和意义。

如果说化妆品可以保你一时的美丽，那么阅读经典便可以保你一世的美丽。作为女孩子的我，不是说要让大家彻底抛弃化妆品所打造的我们外在形象的美，只是希望在每一个女孩变美的道路上，多一份向自己内心的探求、多一份对自身涵养的提升。

诚然，我们不可否认，21 世纪是一个信息的时代，是移动互联网更加蓬勃发展的时代，信息纷繁复杂，可怕的不是信息的碎片化，而是看待信息碎片化的人。我们要回归经典，阅读经典，因为经典著作是前人终其一生的智慧结晶，我们在反复阅读经典的过程中，可以积累知识，建构属于自己的知识体系，一旦这种知识体系建构起来，我们便可以更好地分辨这些碎片化信息的真伪，做出权衡取舍。学习马克思主义理论专业至今，我相继阅读过《关于费尔巴哈的提纲》《德意志意识形态》《共产党宣言》等经典著作，它们让我更深切地看待中国社会发展的变迁和人的现代化过程，更好地净化了我的心灵。

2. 培养一种思维：与人为善

你是否曾经有过为了奖学金、优秀学生干部等荣誉和最好的朋友闹翻的经历？你是否正在为了自己的未来，说着一些言不由衷的话、做着一些违背自己意愿的事？这不能说你不够善良，也不能说你很虚伪，我也有过和你一样的遭遇和经历，我知道那时的我们都是在化妆，只不过这是一种更好的"伪装"。

直到我接触到马克思主义理论专业，我才深切地懂得了人存在的真正内涵，我才明白之前的自己是多么狭隘和渺小，马克思指出，"人的存在是现实性上社会关系的总和"，因此，我们每个人都不可避免地成为社会关系网中的一员，我们和周围的同学、老师、朋友等都是相融共生的。

因此，在市场经济所催生的效率面前、在社会发展所追逐的高速增长面前、我们在肯定公平竞争的原则面前，更应该牢记我们还是一个关系中的存在，我们之间需要合作、需要团队精神、需要共同成长，未来可能我们的同学中就有下一个马云、下一个比尔·盖茨，与人为善，我们终将收获属于自己的幸福。

3. 达到一种境界：谨慎内省

步入大学生活以来，你是否渐渐发现自己一个人的时间越来越多？自己去吃饭、自己上自习、自己去逛街……没错，这就是大学生活赋予我们的另一层意义，也是最彻底的一次卸妆，我们开始和自己的内心进行对话，无须掩饰和遮挡，它教会你独处的能力，你需要自律、需要谨慎内省，更需要慎独。

《礼记·大学》中有云："此谓诚於中，形於外，故君子必慎其独也。"这就是说，人内心有什么样的想法，外表就必然会有什么样的言行表现。有道德修养的人，在自己独处时，也需要谨慎内省，做到言行一致。当我们独自一个人学习、生活时，浓妆艳抹也无法慰藉我们内心的孤独，真正能解救我们的只有自律。

所谓慎独和自律，是遇见更好的自己的一种方式、是寻求自身全面发展的一种方式，也是获得立体的成长成才的一种方式。在大学里，避免孤独的方式有很多，比如加入一个社团，丰富自己的业余生活，加入一个学生组织，锻炼自己的能力，担任一个学科的课代表，提升自己的自信等，总之，你有很多种方式去避免孤独，打发时间。但是，请你留一点点时间给自己，这就是你自己慎独的时间，你要去思考关于自己的一切，你要给自己定位、你要给自己规划、你要给自己目标等。与马克思主义理论学科相伴的日子，让我明白孤独是可以避免的，但慎独是必需的。试想如果马克思每天混迹于官场、出入各种场合，他能写成如《资本论》《德意志意识形态》等经典著作吗？如果你每天看似忙忙碌碌，却不给自己的内心一点点时间，停下脚步看看自己想要什么，那你能不迷茫吗？因此，请慢慢来，停下脚步，听听自己内心的声音，让自己的身心一起成长。

谨以此文致敬我所热爱的马克思主义理论专业以及和我一样渴望变美的努力上进的姑娘们！

婚契还能维持多久

信息与电子学院　王艺丹

六月，高考成绩出了。

七月，学校专业定了。

八月，军训凑合过了。

九月，我居然恋爱了。

曾经幻想着自己能找个像建筑那样的充满创意和活力的高富帅，结果高考成绩一出，看看对象的家境和要求，我也就试着去和天津的城乡规划这个低配的建筑磨合，或者选择一个北京的潜力股电信也还不错。我的父母很是喜欢电信这个小伙，毕竟我爸和他熟，无奈于父母之命、媒妁之言，我和他也算是定了亲。

九月的初次接触，我对他还颇有好感，只是简单的了解，时不时和他搭讪聊天也是挺有趣的事情。既然定了亲，像我这种相信婚姻必须建立在爱情之上的，我们也得开始恋爱是不是？爸妈说他挺好相处的，我起初也是这么认为的，然而要深入了解他，我得熟悉他的兴趣爱好，高数、线代、C 语言，每个都让我头疼。我原本充满热情的内心，渐渐被这些给晾凉了。电信这个人，实在是太高冷了。

就算我天天追着他，央求他看我一眼，理我一下，他也就只是淡淡地瞥我一眼，天知道他对我是怎么想的。看着原来妥协的婚契，我默默无言，只能黯然接受。

后来，我也不想总做那个讨好的人。我想起了我的男神建筑，想起了当初自己追求他的时候，内心如同滚滚黄河，爱慕之情源源不断，我愿意为他远赴德国，我愿意为他熬夜至凌晨。然而，这一切都成了幻影。我内心隐隐作痛，懊悔自己放弃了城乡——没准和建筑一样可能适合我的人。

最终，我居然和那个呆子定了亲。突然有一瞬间，我想潇洒地把婚契撕掉，让碎片在风中飞舞。这样，我就能摆脱那个无趣的呆子了。

有一天，呆子和我说："我带你出去。"我惊奇了好久，呆子居然也会浪漫？于是我出于好奇，便随他去了。

然后，我就到了实验室。

圆润的电阻上标有各色色环，或圆片或圆方的电容有着瓷质光泽，还有很多我辨识不清的小东西静静地躺在抽屉里。他拿起一块电路板，径直走到桌旁，抽出加热好的电焊，稍擦亮焊头，拿起焊锡丝将元件放置好，就开始了焊接。我抽出椅子，坐在一旁看着。焊锡在高温下融化，在焊盘上闪耀着银色光芒，幽幽地飘着几缕烟。我凑近去看，谁料他一句"离我远一点"又将我赶回了原处。

啊……这家伙。无话可说，我放弃了。婚契什么的，不要了。撕了算了，撕得粉碎才好。实在是可气，我来这里是感受他的冷漠！

我愤愤地离开，坐到离他最远的角落里。他无动于衷，依旧专心于手头的工作。焊好以后，拿起电路板，横看侧看，检查是不是完美的圆锥。轻抬头，幽幽地吐露了一句，"我是怕你吸入太多烟，致癌。"

哈?！我一挑眉，脸上唯有惊愕。

他又转过身，又重新操作，继续以平静的口气说道："我知道你不甚满意，但你不了解我，能不能不要轻易放弃呢？我不是那种直白的人，需要你有耐心一点点探索，我知道我性格有点恶劣，但我仍然希望你能继续我们的婚契。"

他低头静静地做着，我也在思索，自己虽然心累，但每遇瓶颈，自己总又能成长。困难总是有的，就算是建筑男神也未必真的适合自己，我不了解又有什么资本去评论，去放弃呢？

"呼——"轻轻地，他吹着手指。被烫了？大神也会被烫？

"你怎么烫到了啊？"

"还不是因为你，我没办法专心。"

……

你以为我会就这样妥协吗？

可笑！我还在生他气呢，之前那么折磨我是为什么！我还要继续和他做斗争！

不过，谁知道我以后会怎么想呢？

谁知道婚契还能持续多久呢？

以梦为马，不负韶华

生命学院　毋晓萌

斜阳倾泻，将红光下的影子拉得细长，风吹得两旁的树叶跟着飒飒作响，不时飘来几片在空中打了个转，终于落下。我就混迹在这两排白杨树间的人流中，熙熙攘攘的人群，步履匆匆，一个个时不我与、时不我待的样子，似乎要超过这斜阳，赶着去看前面的风景。突然间，在这堆流动的暗影中，我发现了自己的影子，驻足停看，讶异着它颓废的样子。

大学两年时光，似水如沙，我抓不住，也扬不起，跟着同学调侃奔三的年纪，如小时代的忧伤般感伤虚恍无为的青春，“韶华不为少年留，恨悠悠，几时休！”一副韶华倾覆又无所得的惆怅感。不过大学还是让我学到了很多，至少不会就此停在伤感的层次，就像此刻的现实主义，在曾经的理想浪漫在被岁月磨平了棱角之后，张开双眼，透过薄雾，我眼前的世界越发清晰。

我眼前的世界，五彩斑斓，形态各异，虚虚实实，层层叠叠，以前看书中的世界，去感悟别人的人生，喜乐悲欢总压抑着时代的流动。而今始知，我眼前的世界才是最丰富多彩的，形形色色的人群增加着游戏的趣味，我幸运地体味着许多人情的美好，也深知世态炎凉的正常；了解个人的微渺与无奈，也懂得群体的力量与温暖；故而能去珍惜去享受那些可贵的瞬间，也能平常对待阴暗的时光。而身处在这个社会中的我，更是幸运，就像史铁生《好运设计》的主角，生、死均为注定了的事，而我庆幸这个过程中的我既躲过了孤陋寡闻之虞，又避免了骄狂愚妄之险，九年寒窗得来入学府深造并博览群书的机缘，既可以独自闯荡，又能得良师指点。而这些设计中的先天良机，被我默然弃置，喧嚣之下，空洞滋生。

其实，我还是不懂，像风走了万里，不知所归。时间的轴无始无终，而我在一点点逝去，轴上我所留的印记，是我这转瞬即逝的韶华。我不知这一点的结尾，但我能决定的在这须臾之间。我相信，天地于我，既有所爱，必有所怀，而我能做的，不负韶华，不负我心，方能不负天地之厚爱。拙诗一首，与君共勉。

秋水长天两相映，斜阳残照寒山影。
江畔鸿雁展翅起，四顾茫茫无处去。
山高水阔云漫漫，雾霭迷蒙举步艰。
辗转抬起又徘徊，蹉跎虚度几时休。
着鞭跨步乘风去，且请余生多指教。
激流勇进翻飞浪，层云乍裂金光泄。
昂首信步踏烟波，彩霞万道迎风帆。
回看沧海隐沉浮，仰天长笑引高歌。
以梦为马勤为径，不负韶华与丹心。
砥砺前行沐风雨，天下何处不留君。

你们，我们

设计与艺术学院　黄秋也

“我……”小男孩艰难地吐出几个微小的音节，脸颊涨得通红。

“不着急，慢慢说，没关系的。”我抚着他瘦弱而僵硬的肩头，轻声鼓励着。

这是我第一次见到他们时的情景。

十天以后，我的怀里装满了红纸折成的千纸鹤、爱心和玫瑰。

一个月之后，几张洁白的信封上，尚且稚嫩的字体工整地书写着一个熟悉的校名。

洛阳市嵩县田湖镇高屯小学，坐落在一片玉米地旁，校门前一条土路伸向村庄各户。今年暑假，我和同行的十个同学以北理护航者协会支教队员的身份来到这里，抱着能为这所小学带来些许改变的想法走进了校门，随行而来的还有桂馨基金会寄赠的 1 200 本图书。校园内有座静立的假山，狭小的教室里桌椅齐整，墙壁四周的黑板上写满了乖巧方正的粉笔字。我用指尖抹了抹木桌上的一小挫粉笔灰，心里开始忐忑，不知他们是否识得我们从哪里来，又是来做什么的。

正式上课之前的第一次集体合作是搭建书屋。拆封、简单分类、码放、贴标签、盖章、电脑录入书单、摆放上架，每项程序都需要一丝不苟，以便完成图书借阅。在连续九小时左右的流水工作后，我们完成了书屋搭建。每一本图书的侧棱都贴上了编码，整齐地摆放在阅读室的书柜里，琳琅满目，饱含智慧的精华，想到它们即将被一双双稚嫩的小手摘取、抚触，书页上会留下他们专注的、惊奇的目光，心里便有了一种微妙的幸福感和成就感。

第二天，他们来了，面对我们这些全然陌生的面孔露出懵懂的神色，书包在他们瘦小的肩膀上晃动着。他们的脸庞因为干燥和日晒显得又黑又红，奔跑跳跃却格外活泼有劲。我是四年级的负责老师之一，在孩子们纷纷进入教室坐定后，第一次师生之间的交流对话开始了。在我们看来平常自如的自我介绍，于他们而言，却是极为生疏而艰难的。当被问及“爱好”“个性”等相关问题时，皆以沉默应答。我们意识到，在以灌输式教学为主的乡村小学，涉及表达自我观点的机会很少，“带领”“听从”“按要求”这样的字眼才是主流。另外，他们的自我意识尚未建立，对性格、自我潜能、自我与外界的关系等概念都不甚了解。于是，在表达自我观点上，他们极为羞涩，也正需要我们的体贴、示范和引导。

在接下来许多天的阅读课中，我们除了带着孩子们阅读图书和绘本，还准备了一些拓宽他们知识面的小课程。比如，我们为他们普及了洛阳市以及河南省的基本情况和历史，通过介绍一些河南本土的杰出文人和文化名胜来提升他们的家乡自豪感，通过介绍全国省市使他们开阔眼界。除此以外还融入了一些感性的文思引导，比如洛阳牡丹的美好“品性”。还记得他们听到新鲜事物时那新奇而欣喜的眼神，甚至还有惊叹声。我希望经过这些与他们切身相关的基本知识的普及，使他们对自己的生活环境有简单的认识，对外界世界有更多的了解和探索的欲望，渐渐树立提升自我、走出乡村的志向。

课间游戏是拉近距离的好机会。我们一起跑，一起笑。一天天过去，我看到他们主动对我微笑了，会主动跑过来和我说悄悄话，和我拍照，这些改变令我开心极了。

记得联欢会筹备节目，我教孩子们唱《小草》。这首歌是我小时常听的，它的歌词通俗易懂、温暖励志，寥寥几句便将对生活的热爱与感恩抒发出来。那时我轻轻地唱，他们静静地听。午后的阳光洒进窗口，照亮他们脸颊上薄薄的汗水。窗外的树叶沙沙作响，与他们清亮的嗓音为伴。联欢会结束后，我说，还有几天，我们的夏令营就要结束了，他们都微微低下头不说话。我们发给他们几张纸让他们写下通信地址，以便日后寄信。因为办公室的白纸用完了，所以只能发红色的纸，他们却抢着一人要了好多张。

不曾想那雀跃的日光偏移得如此快，最后一天，似乎是来得太快了。和前几天一样，早晨起来后我们纷纷换好衣服，校舍门口却突然涌进几个孩子，她们手上拈着一只只纸鹤、桃心、绑着棒棒糖的信封、用报纸交叠成的笔筒，我接得满手都是。而我也终于知道他们要红纸是为了做什么。最后照集体合照的时候，很多孩子哭了，眼泪怎么抹都抹不掉。

临走前一天的那个下午，我们包饺子，很多孩子跑来帮忙，砧板就放在操场中央的石坛上，记得一个小男孩一直在认真地擀面皮。直到天色暗下来，饺子熟了，我们借着昏黄的灯光，绕着石坛围了一圈，一起吃着热乎乎的饺子，有些还是面疙瘩，几口都咬不到馅，但很香很香。现在我们要走了，这个校园会回到原来的样子，静静地等到他们开学，又会热闹起来，二楼的书屋也是。最后一次对他们说“孩子们再见”时，我私心想多加一个动作，我说：“你们走出教室的时候和我击一下掌好不好”。他们走到门口时，没有像往常一样飞奔出去，奔向操场或者奔回家，而是一边走近我一边看着我。几个女孩子向我张开双臂，我紧紧地搂住了她们。另外几个男孩子则含蓄一些，只是拍了我的手后用力地握住，其中一个男孩平时很调皮，那一刻却小声地问我：“老师，我们还能再见面吗？”

十天时间而已，我不知道我们给他们带来了什么样的影响，影响有多大，也不知道我们会不会再见。我只知道这个小村庄，这个小操场，记录了一些我无法忘记的事。很多个白天和傍晚，我们在这里跳皮筋、打篮球，说不完也笑不完。

这次支教实践让我拥有了太多“第一次”的体验。第一次当老师，第一次有了宝贝学生，第一次讲课，第一次教唱歌和朗诵；第一次坐颠簸的小货车到镇上去采购教学物资，一路上大家畅快地高声笑谈；第一次备课接近凌晨，走出教室看到满天繁星……我希望他们能一直记得我，记得这段时光。我知道，初次支教的我们还很青涩，很多事情上缺乏经验，但我们绝不会吝惜来自我们心底的爱与包容——让他们感受到温暖是我们最幸福的事。我也知道，一次短期支教虽然无法改变太多，身处乡村，他们的客观条件、认知视野都十分有限，使得自身发展存在局限性，但我们能做的是影响，影响他们看待事情的角度，影响他们对待他人、对待外界环境和自己的态度。这或许便是这次支教带给他们、带给我们的最大收获。如果问我还会不会继续做支教，答案是肯定的，因为我感受到内心有一处角落在被一点点填充，似乎永远都不会满溢。

当我们的面包车即将驶出村庄时，一个女孩在路边等待，野草没及她的双膝。车经过她身边，她偏过头，微笑着说——“再见”。

愿更多的我们让他们灿烂微笑

生命学院　钟冰洁

我永远也不会忘记，2016 年的暑假，在江西婺源长溪村的那一个月的时光。

我忘不了在那一个月的开始，孩子们看到我到来时灿烂的笑脸；更忘不了在那一个月的结束，孩子们看到我离去时满面的泪水。

2016 年 8 月，我跟随学校的支教队来到江西婺源长溪村，一个位于山谷而夏日每天都有 40 度的地方，给这里长期没有父母陪伴身侧的孩子们上课。

一直以来，我只是从电视、报纸上接触到支教这样的公益活动，也看过人们的评价与想法，认为偏远山区的孩子们缺衣少食、生活艰苦。可是今天真正的来到这样的地方，却发现，自己以前对支教、支教地区的真实需要都认识得太过于浅薄了。

长溪村的小学占地面积很小，教室也只有七八间，都只有木桌子、木凳子，唯一有投影仪的教室在装修中，没有一个教室里有风扇。初来的我看到这样的条件，心里一边想着以前看过的新闻报道都是事实，一边为这里的孩子默默叫苦。

只是，孩子们的表现出乎我的意料。

如此简陋的校园环境其实并没有给孩子们带来什么影响。他们每天都愉快地在这样一个小小的操场里跑着、闹着，在教室的黑板上拿着粉笔认真地画着来上课老师的模样，或者坐在长木凳上折纸、写字。

不仅如此，他们见到我以后的反应也出乎我的意料。

第一天见孩子们，他们就像原本就认识我一样，到我身边和我说话，看我满头大汗帮我扇扇子。

起初，我以为是新鲜感作祟。

可是，随着时间推移，我逐渐发现，孩子们对我的热情不减反增，上课专注且认真，有什么问题知道要举手，下课过来黏着我，让我陪他们一起玩，哪怕只是石头剪刀布这样简单的游戏，他们也愿意一个班排着队一个一个来和我玩。看着他们每一个人微笑的脸庞，我实在不忍拒绝，便一次一次陪他们玩着各式各样的游戏。

随着教学的发展，我慢慢发现，其实这所看起来很小的学校里，有专门的图书室，里面有各种图书；也有体育器材室，各种球类还有其他体育用品一应俱全。虽然学校很小，没有城市里的那些先进设备，但是实际上，物资也并没有那么匮乏，至少基础的物资都是有的。

当时的我松了口气，为孩子们高兴。

只是，孩子们的表现又出乎我的意料。

在看书的时候，有的孩子看一本书不过几分钟，立刻又找我换一本，我观察后发现，他们只是盯着图画，并没有仔细看文字。而在体育用品的使用上，把篮球当足球踢，用跳绳来拔河，把羽毛球拍当成打斗工具……。

这个时候我才明白过来，孩子们其实并不会用这些东西。

图书有，但是孩子们不会看，于是我每次都要提问故事内容，孩子们慢慢学会认真看故事的文字，然后给我复述；体育用品有，但是孩子们不会用，于是我一个一个告诉他们这是什么东西，应该怎么玩，希望他们不要因为用错了而受伤或者破坏器材。

最后我终于懂得，孩子们缺的不是物资，而是教他们的用的那个人。

支教的时间一天天过去，孩子们每天都用灿烂的微笑来迎接我，甚至晚上都舍不得回家。我发现自己的到来能为他们带来这么多的欢乐，虽然出乎意料，但十分满足。

然而，我始终是要离开的。

在我上车的时候，我看到孩子们在下面抹着眼泪看着我。

我默默无语，只能拿起行李挥挥手，说“再见”。

在回家的火车上，我收到了一位家长的信息。

——老师，谢谢您，他很久都没有每天这么开心地回家来了。

一瞬间，坐在火车上的我泪流满面。

山区的他们真的缺少很多物资吗？真的需要的是人们不断地捐衣服、捐书、捐文具吗？

不是这样的。相比于一个巨大的图书馆、一堆崭新的文具、一套漂亮的衣服，孩子们更想要的，是一个能每天给他们认真上课，陪着他们玩的老师。常年父母在外，他们即使在家也没有谁能好好地聊天，上学，和老师一起玩能带给他们最大的充实与喜悦，这是他们消解孤独的最好方法。

学校里有再多的书，也需要有人教他们怎么看；学校里有再多的体育器材，也需要有人告诉他们应该怎么用。物资再多，若没有老师，对于孩子来说，那些崭新的东西也不过是摆设。

其实，山区的孩子们迫切需要的是人，不是物。

若有机会，我一定会再回到孩子们的身边。

愿有更多的人，可以到达孩子们的身边，与他们相伴，让他们每天都有阳光般的微笑。

志愿服务，爱与责任并行

管理与经济学院　郑方圆

微笑，是志愿者最好的名片，奥运会、世博会、园博会、APEC 等中国志愿者团体一次又一次地向世界展现最佳志愿风貌，传递奉献精神。每一次志愿服务，都是一次爱与责任的并肩旅行；每一张微笑名片，都是志愿者最好的宣传介绍。

志愿常与公益结伴而行，具体内涵包罗万象，可以是一次躬体力行的实践参与，可以是阔气出手的物质资助，还可以是温暖有力的精神鼓励，或是其他量力而行的任何合理方式。互联网甚至是移动互联网的迅速发展打破了原有的时空局限，借助一些专业志愿服务平台，有了更多的方式“授人玫瑰，手留余香”。

进入大学后，学生工作、学校组织、自主报名等让自己拥有更多的机会参与到不同形式的志愿服务中去，有了不同的切身体会与视听感受。

我曾担任学院本科生第二党支部书记一职，协同另一位支部书记以及两个支部委员会，带领党支部与北京市西城区什刹海街道社区结成互助对子，共筑七彩小屋，关爱农民工子女，先后进行了多次共建活动，并于暑期带领几位支部成员对该区域进行了详细调研，并将结果反馈于什刹海街道社区负责人。

整个活动中，我们都收获颇丰，感悟颇深，“在与小朋友的接触中，我们感受最深的一点是，授人以鱼，不如授之以渔，比起经济上的帮助，帮助他们掌握自我学习和自我调节的能力更为重要，在几次活动中自己也成长成熟了许多。”一年的对接活动接近尾声时，一名支部成员将自己获得的一批学习用品通过支部赠予七彩小屋的小朋友们，东西尽管不多，却包含着一份我们的爱心与祝福。

大一开始的连续三年的“温暖衣冬”活动，不仅自己参与，我还将其作为学院共学会与青协的跨组织合作项目，鼓励更多的人做志愿。一件冬衣承载着陌生人之间的爱，我们需要将这份爱传递。冬衣暖身，爱心暖人！

2013 年为期半年的北京（国际）园林博览会志愿服务更是难以忘怀。多次的志愿服务，60 个小时左右的志愿时长，不同志愿岗位的辛苦，“大黄鸭”岗位为诸多游客指路的烦琐，抑或是夜场志愿的别样美丽，不同高校同学之间的交流，不同学院、专业同学间的接触，都成为最美的记忆。

2014 年的北京 APEC 志愿服务让我感慨颇多：“其他人都在放假休息，而我们奋战在志愿岗位，深深感受到政治无小事，政治不仅仅是高层的事情，更是我们现在展现在外宾面前的举手投足，感谢 APEC 志愿服务让我有了这次从不同角度感受中国经济、政治如此强大的机会，感谢在志愿服务过程中收获的友谊与成长。”

信息时代的今天，“互联网+志愿”也面临着系列挑战，传统的单一线性公益支持方与公益受益方的运营模式已被打破，公益孵化器平台运营模式应运而生，也给了我们学生志愿群体一定的启发。作为中国志愿团体主力军的我们，可以走出校园，择优进行校企合作，这样不仅会及时了解最新公益运营模式，也弥补了校园与社会脱节部分的空白，有助于将校内志愿资源效率最大化；统一专业化志愿管理指导与不同社团组织之间专业化志愿服务，可以防止同种志愿职能重复与过度交叉造成同学在报名选择时无法及时找到对应平台。

志愿没有大小之别，爱心同等无价，志愿也不是只有专业的人才能做，全民皆可参与，多种途径、形式去践行，但要做就要以专业的态度去做！

每次被问到志愿服务带给自己最大的感受是什么——“每一次的志愿参与，都让自己有不同的回忆与收获，更可以让自己不忘本心，牢记始志，用更加善良的视角看待生活，对待生活中的每一个人，而且增强自身的社会责任感，学会知足而非满足。”

生命不息，奉献不止

徐特立学院 张婷

从未把奉献定义为任何崇高的词汇，一直把它作为个人与生俱来的一部分，它可以是举手之劳，可以是真诚的一丝微笑，贯穿整条生命长河，是血液，渗透进身体的每一个角落。因此我说，生命不息，奉献不止。

成长的路上，能够和许多陌生人分享喜悦甜蜜，以自己的绵薄之力为他人撒下一抹清凉，是一种莫大的幸福。当他人露出欣喜的笑容或是道一声诚挚感谢时，顿时懂得了人存在的价值：互相温暖。阡陌世界，因为有爱会更美。正式成为一名志愿者要追溯到大一下学期。第一次参加志愿活动是和学校的绿丰组织一起去社区服务。还记得那一天的宣传主题是节水。怀着激动又紧张的心情走上街头，小心翼翼地向社区居民们讲解我们的节水建议，开始还是三三两两的人群，不一会儿就吸引了大批社区成员，他们在我们的带动下分享着自家的节水技巧。人群中身着红色队服的我笔直地站立着，我骄傲我是一名普通的志愿者，我也发现，原来人与人之间的距离可以这么亲近，只要态度和善，彼此之间就可以坦诚相待。第二次志愿活动，我们走进了良乡镇的希望小学，和孩子们一同庆祝六一。孩子们天真的笑靥让我永远难忘，如此质朴的他们也许没有华丽的辞藻描绘内心的喜悦，他们毫不保留地把快乐写在脸上，对我们的热情洋溢在空中，拉着我们的手一直不放。当我们把香甜的冰糕发给他们，他们快乐地欢呼起来，漆黑的瞳仁在那一瞬间被点亮！他们的小手紧紧攥着冰糕，仿佛拥抱了整个世界。这里的每一个孩子都在茁壮地成长着，他们和所有的孩子一样渴望被爱，渴望知识，渴望自由，他们刻苦勤奋地学习，不会因为旁人的眼神而放弃了理想。因为出身贫穷，他们的衣服常常不合体，不知它上一个主人是谁，他们的脸上也常常带着土灰，也许父母忙于务工，无暇顾及他们的作息。他们像是倔强生长着的青草，在温暖的冬天开出美丽的花朵。

志愿一年多，涉猎的事物多，接触的各阶层的人也丰富起来。因此，大二下学期，我正式成为北京理工大学延河志愿者中的一员，可以拥有更多的机会奉献自己。2015 年的北京彩泥跑，我荣幸地成为一名志愿者，引导参赛者顺利进入终点。迎着鱼肚白起床，几个小时颠簸的车程，疲劳又饥饿的一上午，最后，都因为参赛者迎面而来的热情的拥抱瞬间化成一道彩虹。他们与我从未谋面，也不知道我的名字，奔向终点的那一刻，他们满身的汗水浸透着喜悦，激动地将我揽入怀中，这就是对志愿者最高的礼赞！那一刻，我突然感觉到一名志愿者的伟大。因为有了志愿者，人与人之间更容易架起信任的桥梁；因为有了志愿者，窘境之时拥有了一份希冀；因为有了志愿者，社会经历了许多微不足道的善变，世界变得更加美丽。

孩子和老人是这个社会上最需要关心的两个群体。上学期，我们多次走进了房山敬老院，为那些孤寡老人送去关怀温暖。志愿的过程中，我们坐在爷爷奶奶身旁，听他们讲过去的故事，然后陪着那些手脚灵便的老人做养生保健操。我们的到来使他们精神焕发。看着爷爷奶奶慈祥的面容，想起古人的“老吾老以及人之老”的训诫，明白今天的他们也将会是明天的我们。陪老人安度幸福的晚年，也是每一个年轻人的责任，责任与爱就像是一支火炬，在我们的手中传承着，我们一定要让这火光燃烧得更加明亮。

仍然在志愿的路上，志愿服务也早已成为我生活中的一部分。志愿者，也是一名传播爱与希望的使者，我会时刻保持着这份荣誉感和使命感，牢记我人生的奋斗目标：生命不息，奉献不止。

躬行社会实践，提升“获得感”

信息与电子学院 梁艺宝

说起社会实践，便想起赵长禄书记在《大学生社会实践要精准定位》一文中的表述：“如何促进青年学生在社会实践中实现有效的身体力行？‘知使命、懂责任’的育人关键是为社会实践设计‘获得感’。真理只有在实践中才能展示魅力，充分发挥实践育人的科学性，就必须将一份责任与使命的‘获得感’赠予青年人。”可以说，在切实提高当代大学生社会实践“获得感”上，我们学校是做足了功课，下足了功夫。

一、“走心”的实践项目着力提升“获得感”

青年的“获得感”源于自身价值的体现。曾经以为“奉献”这两个字离我们很遥远，参加社会实践活动后才发现，原来它离我们只有咫尺之遥，以“奉献、友爱、互助、进步”为主旨的大学生志愿者行动与各种社会实践活动都有着天然的契合之处。学校每年寒暑假推出的一系列品牌实践项目，如“寻访红色足迹”“关注留守儿童”“下乡支教”“灾区调研”“红色‘1+1’”等，都是备受青睐和最有人气的实践项目。这一系列实践活动，不但让我们有感，且有更多的“获得感”。因为同一个实践理想，来自不同学院、不同专业、互不相识的同学们走到了一起，一个个社会实践考察团应运而生。同学们以实地调查、问卷采访、视频记录等不同形式参与其中，把社会实践与专业学习、就业创业、社会观察有机结合起来，向实践学习，向人民群众学习，在实践中认识国情、体察民情，增长才干、培养品格，踊跃投身社会实践的大熔炉，用爱心温暖着身边需要帮助的人，用实际行动诠释着“社会主义核心价值观”的时代内涵。这些社会急需、群众欢迎、学生可为的实践活动，强化、提升了大学生选择信仰的能力。我们惊喜地看到：一个人的力量有些微不足道，但当每个人的“正能量”聚在一起，它便爆发出难以抵挡的巨大能量。也正如赵长禄书记所说：“在社会实践活动中，行动可能只是点滴，但‘获得感’却将什么是‘青年服务国家’的重大责任写进了青年的心中。”

二、“参与、分享”让“获得感”更实在更具体

回顾大学四年来参加的社会实践活动，在走出象牙塔看世界的过程中，每每都有不同的收获、感受和提升，或多或少的“获得感”让每一个瞬间和现场都成为永恒的记忆。

还记得读高中时，学校邀请威海市结核病防治所的邹昶红所长来校做结核防治知识讲座，当时的我参与了活动的策划和组织，与邹所长有了一面之缘。之后，我主动联系邹所长，争取到威海市结核病防治所的智力和资金支持，策划了第 16 个世界防治结核病日宣传实践活动，并参加了第二届全国中学生领导力大赛。这个项目在比赛中获“世界纪念日优秀项目奖”，并在参赛学校广泛推广。从此，我便收获了自己的公益理想。每年的 3 月 24 日，我就会有一种抑制不住的冲动，一种责任感涌上心头，力所能及地开展一些宣传实践活动；时间久了，才发现做志愿者已经成为一种习惯。

大二暑假，我又参加了“山东省百千万志愿者结核病防治知识传播行动”，与此同时，带动舍友们回到各自家乡开展“普及结核防治知识”公益宣传活动。我们分布在不同城市，通过电话、微信和 QQ 一起策划、沟通，设计问卷内容，制定活动方案，登录“肺结核贴吧”与结核病人在线交流，分别在威海、青岛、天津和福州等城市开展宣传和问卷调查活动。这次活动先后被《中国文明网》《山东防痨网》和《威海晚报》报道。山东省结核防治中心的王仕昌主任看到相关报道后，通过多种渠道联系到我们，邀请我们参加了由山东省卫生厅、教育厅、红十字会及省内 16 所高校共同举办的“深化构建无结核病和谐校园”可持续发展研讨会。会上，我们向与会代表展示、交流了多年来坚持做结核宣传志愿者的经历和收

获，播放了我们参与志愿活动的微电影。在满场响起的掌声中，我被感动得热泪盈眶。在这样一个特殊的场合，我又一次被自己收获的公益理想融化了……我们集体撰写的实践报告获第十一届“世纪杯”比赛二等奖，我个人荣获“山东省优秀志愿者”称号。

最难忘的是在当志愿者的日子里结识的那些康复的“核友”，听他们推心置腹地讲述与病魔抗争的故事，我们用坚强和乐观对话，一起分享着生活的幸福和美好。和这样一个特殊的群体打交道，可以无所顾忌地交谈，大家的心挨得特别近，自己的心灵也在不知不觉中得到了升华。做结核志愿者，在感动别人的同时也感动着自己……

记得大三暑假开展了“心牵以房养老 情系夕阳归处——住房养老社会实践调查活动”。因为同一个实践愿景，我们 5 位同学信心满满地“拴”在一起组成了一个“团”，聚在一起选题、凑在一起探讨。只要是在一起，即便是走在路上，还要交流下一步的行动计划，交换着彼此之间的意见和建议。我们拴在一起的每个瞬间都跟踪着忙碌的身影、闪烁着颇有见地的思考，每一次各抒己见的交流都凝聚着对社会的思考、对责任的担当……我们走进良乡宜春里居委会、农贸市场、人民广场等开展问卷调查：向不同群体说明调查意图，对不同养老模式进行解释，经过半个多月的磨砺，也不知重复了多少遍相同的解释，我们互相帮腔，相互补位……从策划到完成这次实践活动，我们完成了由学生到组织者的转变，也完成了由稚嫩到成熟的蜕变。在学院和学校组织的社会实践总结表彰大会上，我代表我的团分享交流了“获得感”，我们撰写的实践报告再次在“世纪杯”比赛中获奖。

可以自豪地说，每参加一次社会实践活动，“获得感”便增加一分。社会实践是青春的体验，更是青春的磨砺。世界那么大，让我们一起去看看，发出好声音，传播正能量，服务人民、回报社会，这正是我们当代大学生的责任与担当。

第三部分　宿舍那些事儿

睡在上铺的兄弟、邻床爱嗑瓜子的妹子、天天刷剧做梦都在喊“欧巴”的花痴、早出晚归混迹大小自习室图书馆的学霸……四个人的宿舍造就了大学校园里最小的一个生活圈子，朝夕相处总会有欢笑，难免有摩擦。

本篇收录了部分北理学子的宿舍那些事儿。

四个女孩，跨越了一个世纪

法学院 孙诗韵

当我说起我们这几个女孩的时候，其实我并没有简单地在谈她们。我在说过去，说那些早已沉进泥土的故事，说那些被吃黄焖鸡还是麻辣烫，化韩妆还是走日系，出国还是考研，看剧还是学习等零零碎碎的事所掩盖了的，离我们并不遥远的曾经。

历史巨变，沧海桑田，你把过去称为血泪，我把过去叫作峥嵘。别问我为何如此突兀地感慨，因为——

（一）

我们宿舍四个女孩子，阿江最美，一头长长的栗色卷发，用“肤若凝脂，眸若星辰”这样的词来形容她一点都不过分。她从小由姥姥姥爷带大，对姥姥姥爷比对父母亲。可有时，她也会和一向对她千依百顺的姥姥姥爷闹矛盾。在她小时候，家里其实并不缺钱，但也要穿缝缝补补的旧衣服、旧鞋子，这也就算了，毕竟年纪还小还肯听话。可长大后，姥爷不许她穿吊带裙，不许穿超短裤，整个夏天都要捂得严严实实，这让一向爱臭美的她难以接受。甚至一度扬言要离家出走，可终究她还是没那么做，不是因为她胆小，是因为她长大了，愿意理解那一辈人，理解经历过风霜的姥爷。

姥爷小时候家里很穷，打完土豪，分完田地，也没有因此富起来，没有鞋穿，凛冽的冬天也只能光着脚走在雪地上，回家后还要喂鸡、喂鸭、生火做饭，一年到头几乎没怎么吃饱过，还常常需要孤身一人翻山越岭地挑担子搬砖头。那时候的姥爷也不过十几岁的年纪呀，瘦瘦小小的身上就压下了无数重量。姥爷说他娶姥姥的时候拿不出钱来，就跑到对面的山头上唱了三天三夜的歌，唱累了，歇一会儿再接着唱。姥姥说她不是嫁过去的，而是被姥爷的歌声给逼过去的。大饥荒的年代，生的孩子养不了，足足饿死了三个，姥姥姥爷都不愿意提起。“文革”时，姥爷心疼姥姥干活手皲裂，不知道从哪里弄来护手霜给她，却被说成是走资派，为此吃了不少苦头。姥姥连长长的辫子也剪了，顶着一头齐耳短发，穿着灰蒙蒙的衣服，每天都要起早贪黑，只能靠干体力活一分一分地攒钱。

阿江说：“只是不穿吊带裙罢了，有什么大不了？我有那么多衣服可以穿。”接着她又照着她姥姥的样子剪了一头齐耳短发，自己搭配上深色的衣服裤子，竟然有股别样的中性美，走在街上回头率更高了。她自豪地向我们炫耀：“看见了吗？姐美，姐就是时尚。”和家里人通电话的时候，她说得最多的就是：“姥姥姥爷呢？姥姥姥爷你们在干吗呢？”

（二）

小河年纪最大，一个宿舍总会有个大姐大。也许小河不应该叫小河，应该叫大河。她豪爽又干练，朋友很多，最不喜欢和斤斤计较的人相处，心直口快，因此特别容易得罪人。我想这大概与她的家庭有关。她的父亲是白手起家的励志典型。由于 800 万知青的返城，小河父亲得到国家政策允许，成为第一批个体户，拉个小铺子开始卖烤鸡，生意火爆，同时积极结识了不少同道中人。但因家里压力，不得不先结婚娶了父母介绍的一个乡下远亲，两人生了三个孩子，但夫妻缺乏共同语言并不恩爱，整天大吵小吵。

紧接着的改革开放，市场经济发展，发财致富成为全民理想，20 世纪八九十年代，全国掀起了一股经商潮，但小河父亲并没有随潮流下海，而是带着自己的第一桶金，孤身前往大西北，靠着以前积累的人脉关系，开始打拼自己的事业。十多年间，小河父亲凭借自己毒辣精准的眼光、灵活理智的头脑，以及独特的手腕和魄力，成为那一带的“大佬”，餐饮、酒店、工厂……无一不涉及，还投资了全省最大的游乐场，并结识了小他十岁、参加过第一届高考的小河母亲。小河母亲身材娇小，玲珑精致，是那个时代公认的大美人，郎才女貌，天作之合，二人的结合被当地广传为一段佳话。除了同父异母的并不熟悉的两个姐姐一个哥哥，小河还有一个弟弟一个妹妹，小河作为老大，承担起了照顾弟弟妹妹的任务，她家虽然条件不错，但她并没有得到被捧在掌心里的待遇，父母亲对她采取放养式教育，并不干涉她的学习、生活，因此小河从小就特别有主见，穿什么衣服，去哪里上学，完全都由自己决定。

小河告诉我们，她爸爸宠她妈妈宠得不行，五十多岁的人了，还买玫瑰花、吃烛光晚餐呢。而她妈妈也很依赖她爸爸，做什么事都要先问他，每天坚持给他做早饭，有时也会去帮忙打理打理生意。我们都很羡慕小河的家庭，有那么多兄弟姐妹，不像我们这样的独生子，从小到大都只能自己和自己玩——但这也成了我们宿舍的未解之谜：在国家计划生育的政策下，小河是怎么得到兄弟姐妹的？反正小河说她是不会告诉我们的，我估计小河自己也不知道。小河父亲陪小河出去的时候都让她自己开车，别人家父母在一旁喊的都是“开慢点，再慢一点”，只有她爸爸不停地催她：“你就不能开快一点吗？”

（三）

小溪人最聪明，她从农村来，却比任何人都要努力，小小的脸上架着一副大大的眼镜，是我们宿舍的人工闹钟，也是老师点名时的救星。我们平时有什么不懂的问题都问她，说实话，比百度方便多了。小溪的男朋友是国防生，英俊挺拔，阳光帅气，我们都嫉妒得不得了啊，不是羡慕，是嫉妒是恨啊！全宿舍就她一个人谈了恋爱，一有时间就视频电话，一有假期就腻歪在一起。国防生和其他学生不同，他们管理更为严格，每天早上6:30就开始训练，一周只有一天完整的休息时间。但小溪男友却半点不觉得苦，每天都充满活力，斗志昂扬，在提高身体素质参加军事理论和实践课程培训的同时，也一直在小溪的帮助下提高本科文化课的成绩，和小溪一样刻苦又用功。我们总酸酸地问：“小溪，你男朋友以后是不是要当军官的呀？”小溪说：“这个我不知道，但他从小就有军人梦想，一直都很严格地按照军人标准要求自己。”我们开她玩笑：“哎呀，小溪，你以后是军婚了耶？军婚是受特别保护的呢。”小溪脸红红地撇开目光：“很烦呀！你们不要乱说。”小溪男友皮肤黝黑——那是长期在烈日下训练晒的，声音洪亮——是当排长喊口号练的，甚至无时无刻不挺胸抬头——他说，这是为了配得起一身军服。情人节那天，小溪男友给小溪写了一封长长的信，信里其中一部分写道：

亲爱的小溪，这是我们在一起的第888天，多么幸运我遇见了你，又多么庆幸我们能在一起。可能我不能像其他男朋友那样常常陪你去外面吃饭、逛街、看电影，我穿上了军装，这身军装代表着信任和使命。既然选择了当国防生，选择了走军人道路，就有义务承担一些并且放弃一些，这是我们的光荣，我会坚定地走下去，小溪，你愿意陪我吗？

小溪从没有怀疑过他们的感情，从来没有怀疑过对方的真诚与赤子之心。她说她会无条件地支持他，一直陪伴他，哪怕以后会面临分别，面临等待，面临许许多多现在还预料不到的未知。她崇拜她的国防生，她支持她的国防生，这个年代或许不需要在枪林弹雨中肉搏厮杀，但是，21世纪，需要这样热爱祖国的、渴望建功立业的、梦想成为一名合格军人的优秀人才。自从小溪学会了织毛线，她已经给男朋友打了两条围巾、一件毛衣了。

（四）

最后再说说我吧，我既不叫小湖也不叫小海，我叫小山泉，来自山清水秀的西南小城。我高考历史近现代史部分满分——信不信由你。或许未来的世界不会有人记得我的名字，但我所经历的每个日期，都将成为历史；我所经历的每个时刻，都会成就现在；我所经历的每一秒钟，都将和我一起走向未来。

不知你有没有发现，就我们宿舍四个女孩子，跨越了整整一个世纪。我们各自和周围的人紧紧联系，串联了一个世纪的斑斓画卷。从黑灰的苍老的过去，到明亮的鲜活的现在，我们用年轻的生命，见证了一段岁月的洗礼、一个国家的蜕变、一个时代的跨越和腾飞。

姥爷说：把饭吃完，别剩下了。

父亲说：靠自己，勇敢点，没有什么是做不成的。

他说：我会和你一起创造属于我们的未来。

于是，我认真地吃每一口饭，认真地做每一件事，认真地规划之后的每时每刻、每分每秒。

我珍惜我们的现在，也惦念我们的过去，更向往我们的未来。时光流转，人世变迁，漫漫长河留下的不仅是血泪，更是慷慨澎湃的峥嵘。

如何打造仙女云集的寝室

管理与经济学院 初金睿

到了大学寝室可能会出现两个极端现象，一种是极为严重的寝室抱团，一起吃饭、上课、自习、打游戏，睡觉时间也要日日卧谈；另一种是极为严重的寝室分离，吃饭各管各，上课隔十排，想让室友帮忙签到的愿望从来无法实现，到最后，睡觉都恨不得用一百层帘把他们拒于千里之外。

怎样的寝室状态才是最好的？作为一个在最合适的时间开始集体生活的小仙女，我将和大家分享自己的故事与思考。

1. 关于寝室硬规

大学集体生活和高中有所不同，大家不再有被规定的严格作息、被考察的寝室卫生，大限度的自由给了每个人选择的权利，也给如何最大限度地满足寝室每个人的生活需要出了一道难题。但国有国法，家有家规，社会和生活的正常进行都离不开规则的限制。规则既是在约束我们，也是在保护我们。在与其他人生活的时候，如果没有在一开始对很多问题达成共识，不爽就会随着时间一点点累积，到最后难以忍受而促成寝室大战。因此大家应该在问题没有演化为唇枪舌剑、拳脚相向的时候就把它们拿出来制定公约。我的一个朋友的寝室就约定好每晚 11 点就熄灯，需要休息的就休息，挑灯夜战的就继续在床下忙自己的事，四个人完全没有互相影响的问题。当然公约的制定不是只迁就一个人的，四个人应尽量达成共识，需要让步的时候大家各退一步，很多问题就迎刃而解了。总之，寝室的良好环境需要每个人的维护，或许当你迈出第一步的时候，你会发现原来大家也都在等待着一起改进。

2. 关于寝室软规

其实在我看来，寝室生活还有更多难以用规定解决的问题。一个寝室，四个来自天南海北的性格迥异的女孩因为姓氏的打头字母排序被分成了一家人，有的时候不得不说是一件很奇妙的事。

我到现在还记得第一天来到寝室，四个人都坐在自己的位置上，空气里凝结着小心翼翼的安静，或许，大家都在等一个时机吧，我对自己说。然后我转过去面对大家，笑着说："那咱们现在就介绍一下自己吧。"话音落下的那一刻，我看到她们都满怀期待地转过来，三张笑靥如花的面庞，腼腆中带着期待。"那就我先开始吧！"室友静静说。本来毫无瓜葛的四股生命力量被冥冥中捆在一起，就这样，我们四个人，以这样的开始，打开了宿舍新生活的大门。

入住寝室学会与室友相处是迈入社会的一把启蒙钥匙。用"相处"这个词可能把室友间的情谊说得太单薄，我们可能不以为意，但其实寝室生活对一个人的影响是非常大的。我的好朋友在和我分享寝室心得的时候说，一个学期结束放假回家和父母讲话时惊讶地发现说出了自己本不会讲但室友才会讲出来的话。可能有的同学会觉得只要自己足够坚定就不会被影响，但事实是，潜移默化的相互影响一直在悄无声息地进行着，如开朗型人格会潜在地带动大家趋向于外向，再比如我们寝室从两个守时使者加一个迟到大王变成现在的一个守时使者加两个迟到大王。因此无论是为了自己还是为了他人，我们都应该努力传递那些我们想要的并推崇的良好品行，这既是一个自我进步的过程，更是一个集体进步的过程。可能又有同学会讲，那为了避免寝室的影响我远离他们就好了。这样的想法很可能让你错失最后一个在最美好尚且纯真的时光里结交一帮亲密兄弟姐妹的机会。

随着年龄的增长，心智越来越成熟，我们越来越难以与他人吐露真情，也更难以与他人培养亲密关系。如果在大学的这四年，我们选择了脱离寝室，可能多年以后回头去看曾经的时光，那些与你同在一个屋檐下的兄弟姐妹现在只不过点头之交的现实会是一件令人遗憾的事，尽管那时你一定会有他人陪伴，但那与被岁月加固的同寝情谊有着本质区别。人生中能有几个四年，又有哪几个四年是恰好在最不需要想太多、得以尽情挥洒自己的年纪呢？在最美好的岁月，遇到几个或许没那么完美的人，为了各自的追求、各自的梦想，相互鼓励，共同前行，成为彼此生命里无可替代的宝贵财富，是一件多么幸福的事情。

因此，为了让我们不在日后回忆时只能一个人默默感怀，我们要学会珍惜眼前人，珍惜看到帅哥就忍不住加微信的“花痴”，珍惜一脸呆萌做什么事都慢吞吞的“小公举”，珍惜特别能吃的“女汉子”，珍惜爱养花、爱唱歌、爱追剧的“小傻子”。

有时我们无法左右那些违背我们自己道德取向的行为，但改变可以先从自己开始。学会好好说话，好好沟通，独立思考，胸襟广阔。室友是区别于家人的亲人一样的存在，在偌大的城市，彼此是相互拥抱可以取暖的最信赖的人，互助互爱，相互包容。但谁也没有义务处处考虑你，迁就你，你既要学会融入宿舍，又要学会自我成长，有时要宽容为大，有时要据理力争。我们会在一点一滴的生活里慢慢改变，但最好的事，是到最后，我们都在变得更好。

宿舍大概是个求同存异的地方，我们包容差异，发扬优点，终极目标是一起进步、一起发光。很多时候一个看起来难以解决的问题或许只是态度的问题。你想要的，要靠自己去营造；你排斥的，一定记住“己所不欲，勿施于人”。最后，感谢命运让我和我的室友遇到，让我们成为彼此陪伴四年的伙伴，外面有再多的小仙女，也不如你们美，未来的日子，一起努力吧！

胡巴和凉亭弹古筝的那个姑娘

生命学院　张德雨

本文是一篇原创的结局悲催的爱情小说，题材完全源自现实。本文以近似搞笑的口吻，生动地刻画了一个大学生恋爱、考研等真实写照，并以“我的宿舍”为切入点，展示了大学生在人生道路规划上的不同选择。文中以胡巴的悲剧收尾，在文尾描绘了一段喧闹中又有一点儿空灵的夜景，更能引发读者的共鸣和感悟。大学里，究竟要如何看待爱情呢?

（一）

不知道什么时候，凉亭里来了个弹古筝的姑娘。夕阳西下，天边一片金色，绵长的旋律随着晚霞散开，沁入随秋风凋零的叶子里。当然，路上有行人，不过行人匆匆，带起一阵旋风；已经歇息的落叶再一次飘到风里，却终究落下了。

胡巴跟我说：“姑娘清新，可这曲子悲凉。”

我说：“榔头砸板砖照样敲出调调，我就关注那个姑娘，长得漂亮就算去食堂卖卤蛋我都喜欢。”

胡巴丢了个白眼：“粗鄙!”

其实，说大学里达人大杂烩一点儿不为过：玩滑板的，练瑜伽的，半夜在宿舍楼下弹吉他的，男同学扮日本女仆的……可这些都是洋玩意儿；夕阳西下里抬出篆刻诗词的中国古典乐器，在黄昏里演奏一小段胭脂调，先别说曲子怎么样，就是这古香古韵的，也足够让人产生好感了。

胡巴说：“我要追这个姑娘!”

我丢下鼠标仰天大笑：“哈哈哈，你这就是二杆子阿 Q 举着拐棍抓黄毛，金三胖蹬着倒骑驴去打老美，矮矬穷武大郎拎着炊饼……哎，你别走啊，我还没说完呢！”

这文绉绉的家伙倒有十足的二杆子精神，每晚都准时去凉亭接受中国古典熏陶。我和柯少每晚宅在宿舍一边打 LOL，一边想今晚如何揶揄这不自量力的“二货”。就连最抠门的舍友保健也放出豪言：“你要是能追到姑娘，我请吃自助，包场的！”

没几天胡巴回来了，嚷着让保健请吃饭。

（二）

胡巴恋爱了，却不是跟那弹古筝的姑娘。虽然胡巴每晚静坐听曲，还经常跟人搭个讪什么的；可人家姑娘八成是被追的次数多了，产生了抗体，所以对此并不感冒。

要说胡巴这恋爱，那是粉丝之间趣味相投。正巧就有这么个喜欢古曲格律，又长得相当不错的姑娘。经胡巴这半桶水的文艺青年一忽悠，什么大调小调，A 调 B 调的，于是年少无知、天真烂漫的姑娘就轻易上钩了。

当然，这只是我个人的看法；姑娘确实漂亮，让人有挖墙脚的冲动。柯少买了五十斤的杠铃锻炼肌肉，保健也学起了诗词格律，还办了个私人电台，专读名家名著之类的。一股咄咄逼人、不挖墙脚不罢休的架势。

保健请吃自助，姑娘跟胡巴饭桌上商量着大家一起报艺术班，姑娘学古筝，胡巴学吉他，让我学架子鼓，保健学二胡。我跟保健一边往嘴里塞烤肉一边嗯啊的附和着，姑娘看我们这吃态忍俊不禁，胡巴看着我们俩直翻白眼、皱眉头。

胡巴的女朋友叫瑶瑶，如果说瑶瑶是个可爱的女生，胡巴是优雅的绅士，那我跟保健就是穷凶极恶的刁民。这饭局里我没法描写柯少，因为柯少看了二十期《非诚勿扰》之后便扔了我们这群铁杆儿朋友，自个儿追姑娘去了。

（三）

大三是充满转折的一年，刚来大学的新鲜劲过了，愣头青也熬成了老油条。我们沾沾自喜，心安理得地瘫在宿舍床上享受大学生活。可不经意间“毕业”俩大字就跳到我们眼前，二话不说“啪”就是一巴掌，把所有人打得猝不及防。

大学里的中期答辩，就是当着全班同学的面给辅导员讲一下自己大学前半段的收获和后半段的规划。而每当这个时候，同学们就会分成两拨。第一拨是“日照龙鳞金万点”的豪迈型，第二波是“雨打羊毛一片毡”的落汤鸡型。前者以柯少为典型，先把自己大学得的奖学金和证书那么一摆，添油加醋地炫耀一下善解人意的女朋友，接下来彷徨不定的自言自语：“保研……出国……其实在这人生的十字路口上，我也曾经不知所终……”

而落汤鸡型就比较惨了，这个以我和保健为代表：先是把自己挂过的科目列个表单，然后向辅导员保证自己毕业前一定考过，最后一把鼻涕一把泪地哭诉说这几年承蒙辅导员照顾，毕业后希望各位能给帮忙找口饭吃，别让我饿死在大街上云云。

至于胡巴的答辩嘛……哪种都说不上。因为这答辩根本就不是胡巴讲的。

胡巴的女朋友瑶瑶很热心地成了胡巴的代言人，胡巴站在一边，跟背景音乐似的时不时来一句：“对，这就是我女朋友……对，我们在一起一年了……”

我们的辅导员叫秦空悟，我们亲切地叫他“秦猴子”，猴子平时管理学生极为严格，对待大学生恋爱的态度也模棱两可。虽然猴子在同学间声望很高，每逢考前都亲自召集各路学霸组织“考前大串讲”。可猴子有一个最大的毛病，就是骂。你跷了课他要骂；你挂了科他要骂；你不去自习他还要骂。而且猴子骂人从不讲人生仕途、民族大义。上来就直入正题：“他娘的，你老子花钱让你上大学，你就这么做给你老子看？”

秦猴子本来就反对恋爱，他认为会耽误学习，胡巴便是此类典型。典型不说，竟还带来了个浓妆艳抹的女朋友。带来个女朋友不说，竟还把德育答辩搞成了爱情宣誓。所以打从胡巴带着女朋友上台以来，秦猴子就咬得签字笔咯咯作响，咬牙坚持着辅导员的风度。

“你大学前两年，除了恋爱之外还有什么收获吗？”

“这个嘛……挂的科我基本上都补过了。”

“……”

“你毕业之后有什么打算吗？”

“这个嘛……我听瑶瑶的。”

然后猴子，哦不对，是秦导，看着瑶瑶：“你跟胡巴毕业以后有什么打算呢？”

“这个嘛……我听胡巴的。”

“……”

整个教室的同学哄笑起来。秦导努力保持镇定，站起来，前倾身子，紧攥着签字笔，脸涨得通红，问：

“你……你们总得有个打算啊！”

四周一片寂静，我感到秦导的怒气一路飙升，杀气从四面八方汇聚到秦导的头顶。

就在这个时候，胡巴憋出一句：

“我们打算……毕了业就结婚。”

完了，秦导爆发了：

“你老子花钱让你上大学，你就这么做给你老子看？整个大学里狗屁没搞出来，就知道谈情说爱?！将来没有工作混吃等死，你以为坑的就是你自己吗？笨驴！蠢货！”

瑶瑶没见过这种场面。一起相互宣誓，海誓山盟，接受同学们的祝福和见证，这在小姑娘心里是相当浪漫的。前途、未来什么的其实都是小事。有爱情的力量，还怕什么艰难险阻吗？

可秦导就像天空抡下来的锤子一样砸破了五彩的梦想。瑶瑶梦想的泡泡散开，化成了眼泪。

瑶瑶哭起来，几个被真情打动的女生义愤填膺，站起来怒斥秦导不近人情、咄咄逼人，大有掐架的趋势。秦导一抱头：“得，我不跟你们吵，爱谁谁，老子不管总行了吧！”

不欢而散。

（四）

秦导是个不错的辅导员，虽说不欢而散，倒也没难为胡巴，还给胡巴推荐了几份实习。

可胡巴的简历实在是太简单了，全文共八字：

“大学本科（学位暂缓）”。

然后就没了。

我跟胡巴说：“你得胡扯，你网上下载过课件不？那就是掌握网络通信技术。你打过游戏不？那就是熟悉 Windows 系统。对，上次咱不是去西门子参观了吗？那你就完全可以写自己有外企实习经验啊！”

胡巴说：“我就给人展现真实的自己。”

我说：“好，你厉害。我们只能靠吹牛才能混。你就搁这儿装清高，然后等大罗仙来救你吧。”

胡巴安静地等着大罗仙。等到瑶瑶生日那天，胡巴请瑶瑶吃饭，还拖着“三副狗皮膏药”。

“咱们考研吧，还有一年，一定能考上的！”瑶瑶说。

“终于开窍了！”柯少机关枪似的吐出一串鸡骨头：“我那专业课的复习资料，你们拿去看吧……唉，真倒霉……准备得好好的，这突然收到份保研通知，买的考研资料都用不上了，真是可惜……”

瑶瑶一脸期待地看着胡巴：“咱们明天一起去自习。”

胡巴不吱声，盯着蛋糕上的蜡烛发愣。

“那就这么定了！”我们四个一拍即合。

当然在这个民主投票制的小团体里，胡巴是不能反对的。

胡巴在瑶瑶的威逼利诱下，还是拿起了书本。早上瑶瑶在宿舍楼下等他；晚上图书馆闭馆后胡巴骑自行车载瑶瑶回宿舍。胡巴状态不怎么好，但柯少打了包票说用了他的资料肯定逢考比过。为了帮助胡巴顺利考研，我们在宿舍里贴满了政治时事热点和英文单词。即将出国的土豪保健也顺便报了个托福强化班。我面试了几家公司，跟人事部的胡喝海侃，竟收到了华为的入职通知。

原来饱受鄙视的上课特困宿舍，一个月内摇身一变，成了同学争相效仿的模范。

考研的前一天，我们带着瑶瑶给胡巴求了签，连着三个都是上上签。

秦导站在考场外对胡巴说："好好考，等你俩都考上研了，我请你们吃饭！"

瑶瑶带了一群闺蜜在考场外给她助威，临进考场前她悄悄地跟我和保健说：

"都是单身的。"

嫂子做到这份儿上，我能做的也只有默默为他俩加油了。

（五）

考完研的胡巴一身轻松，拉着瑶瑶把北京城又转了个遍。这次我们几个没凑热闹——考完这么开心，那录取肯定是板上钉钉的事了，胡巴考上了研，那可能就是整个宿舍最大且最艰难的成就了。

十几天后，瑶瑶兴奋地打电话给胡巴，说出成绩了。

胡巴把准考证丢给我，说："你帮我查"。

我把准考证丢给保健："你给他查。"

保健把准考证丢给柯少。柯少说："得，不是有电话查分吗？咱别争了，开着免提。是过是挂，结果咱一块知道，谁也别跑。"

一阵悠扬的歌声后，扬声器里传来美妙的女声："对不起，您的成绩……"

胡巴说："挂了。"我说："嗯，我听到了。"

瑶瑶跑到我们宿舍楼下喊："喂！萝卜精，我考过了，你过了没有啊！"

胡巴跟我说："你去告诉瑶瑶。"

我跟柯少说：“你去告诉瑶瑶。”

柯少说：“咱写个字条，丢下去。”

胡巴发了条短信，躺到床上，跟我们说：“关了灯，行吗？我想静静。”

楼下消停了，不一会儿瑶瑶的闺蜜琳（后来成了我女朋友），发微信给我说：“你们把瑶瑶怎么了？”

我说：“不知道，你问胡巴。”

“不问他，我就问你，告诉我，我请你吃肯德基。”琳说。

我说胡巴考研没过。

不一会儿，琳打电话让我去火锅店，瑶瑶请客。

火锅咕嘟咕嘟沸腾起来，大盘肉尖上泛着油花，剔透的宽粉上坐着整齐的几颗鹌鹑蛋。可一群人都在那儿看着，谁都不敢下筷子吃饭。

瑶瑶说：“你们快下菜啊，火锅都开了。”

我们把宽粉和青菜塞进锅里，又是一阵沉默。

火锅热气腾腾地冒起来，瑶瑶给胡巴夹了一大盘肉，问：

“你们毕业有什么打算吗？”

保健说：“我要出国镀个金，将来要是混出名堂来，绝对拉兄弟一把。”

柯少说：“唉，家里没钱，保研是唯一的出路了。”

我说：“我下个月入职，要是日后混上经理，绝对提点兄弟。”

琳说：“我读研，你们这些工作的得经常来看我啊。”

瑶瑶说：“我也读研，我在学校里等着胡巴。”

众人看着胡巴。

胡巴说：“瑶瑶，我配不上你。”

瑶瑶说：“别灰心，我等你就是。”

胡巴说：“瑶瑶咱们分手吧，我累了，想回家。”

瑶瑶无言，却泪如雨下。

（六）

胡巴走了，回家，再也不回来了。

我相信爱情有三重境界：第一层叫喜欢，是卿卿我我的甜蜜。第二层叫恋，是辗转反侧的情愫。第三层叫情，是青年平淡如水的相许，中年恬静如初的相守，又是生死间撕心裂肺的别离。肖邦与乔治·桑相恋十年，终因理想各异而烟消云散。我们眼里所谓海枯石烂、惊天动地的爱情，仅第一层而已。

时隔一年，也就是我们毕业的那个秋天，凉亭里又响起古琴的声音。

瑶瑶拨动琴弦。夕阳西下，天边一片辉红，绵长的旋律随着晚霞散开，沁入随秋风凋零的黄叶。我站在草坪里目送胡巴在夕阳下拉着箱子匆匆赶路。胡巴的脚步急，带起一阵旋风，即将落下的叶子在风中划过唯美的弧线，却终究混入满地的枯朽之中。

萧索秋风里，朝气蓬勃的学生从我身边走过。

一个说："姑娘清新，可这曲子悲凉。"

另一个说："榔头砸板砖照样敲出调调，我就关注那个姑娘，长得漂亮就算食堂卖卤蛋我都喜欢。"

（七）

我从这光怪陆离的回忆里醒来。一曲终，晚霞散去。月影随着街边的排档泛起霓虹。煎鱿鱼的嗞嗞声混着食客们的吆喝，酒杯里映着的是整个城市的金碧辉煌。遥远处传来一阵微弱又空远的火车汽笛，却被淹没在这混着酒精的空气里。而那些好的坏的、纯真的烂漫的故事，穿过一片烟熏火燎后终究散去远方，成为回忆。

我们的故事还没讲完

机械与车辆学院　房林林

一个晴朗的中午，小 Q 在宿舍一边吃着猪蹄，一边看剧。小 R、小 S 和小 T 也都在宿舍午休。

小 Q：“这次的猪蹄真好吃!”

小 S：“吃什么补什么哟!”

小 R：“吃什么补什么哟!”

小 T：“吃什么补什么哟!”

小 Q：“你们这群猪！我以后要出一本书，名字就叫《我的室友和猪》。”

小 R：“乍一听这话好像没什么问题，可仔细一想，小 Q，那猪是你自己喽!”

小 R、小 S 和小 T 都笑了起来。

小 Q 急忙说道：“不不不，是叫《我的室友是猪》。”

小 R：“小 Q 啊，你以后要是出名了，苟富贵，勿相忘!”

小 Q：“狗什么狗！刚刚不是还说我是猪吗，怎么这会儿又变成狗了?”

这时，宿舍里传来了四人哈哈的笑声。

这不是一个笑话，也不是一个段子，是我们宿舍真实的日常生活。我们互开玩笑，互损彼此，约架是我们宿舍最频繁的约会形式，但每天都特别开心，同时我们的友谊也在与日俱增。

我们的宿舍是一个混合宿舍，四个人分别来自一个学院的三个不同专业。四个人各有特点，小 Q 反应常常慢半拍，但人非常有爱心；小 R 喜欢八卦新闻，又特别聪慧和温柔；小 S 总是丢东西，但特别乐于助人；小 T

总是很呆萌，主要是很呆，但为人特别善良。此外，四个人有许多共同的特点，首先从外表上来看，小 Q 174 cm，小 R 166 cm，小 S 168 cm，小 T 170 cm，宿舍平均身高 169. 5 cm，简单一个字来描述就是高，用两个字则是瘦高，四人体重均在 55 kg 以下。然后，从性格上来讲，四个人作为工科女，都有着大大咧咧的性格，心思宽广，不喜计较，但同时特别善解人意，互相体谅和理解，也正因此，我们宿舍从未发生过一次哪怕是很小的不愉快或是矛盾。相反，要是有人在外面受到了委屈或欺负，其他人则一定会加以安慰，逗她开心并想办法为之解忧，宿舍一直是我们温暖而幸福的家。

我们的宿舍也是一个充满奋斗的宿舍，作为女生，学习工科本身就不占优势，但我们都很努力。我们曾在考前互相提问需要记忆的内容，在学习繁忙时相互减压，也曾一起为完成作业而彻夜不休。还记得在大三学期末，我们一边应付考试一边做课程设计大作业，那时我们每个人都很忙，四个人都是早出晚归，等最后交完作业之后，一起感叹道："感觉我们像是好久没见面了，甚是想念呀！"随后，你一言，我一语，宿舍又开始了约架的生活……

时光匆匆，尤其快乐的时光更令人觉得短暂，很快我们也到了毕业季。毕业之后，小 Q 选择了德国留学，并拿到了全额奖学金；小 S 被保研至本校王牌专业继续深造，她是本专业那年保研的唯一一个女生；小 T 保研至本校霸气专业继续学习，并同时拿到了双学士学位证书；小 R 以排名第二的佳绩成功考入本校的霸气专业，攻读研究生学位。

我们是一个快乐、幸福又充满奋斗的集体。我们每天都十分快乐地度过，毕业之时，我们都收获了各自满意的结果。

但是，毕业并不是我们的结束，读研之后，小 R、小 S 和小 T 还继续在一个学院的不同实验室里学习，还能继续一起学习、聊天、吃饭和约架，平时小 Q 也会通过视频一起参与其中。假期，小 Q 会从德国回来，四个人便又聚到了一起，虽然好久不见，却还是那么亲切熟悉。

"小 Q 啊，《我的室友和猪》啥时候能出版呀？我们等得花儿都谢了！”

“哈哈哈！”

我们又开始了互损彼此和约架的日子！

虽已毕业，但我们的故事还没讲完……

一个叫322的小窝

人文与社会科学学院　江海霞

原来以为会在大学寝室遇到五湖四海的舍友。没曾想，未遇到南方的温婉淑女，却相识北方的美少女。刚刚碰面，自然少不了“盘问”，这一问就问出了地域情结——三个西北地区的妹子，一个东北的妹子。四年，我们一起走过，捕获了属于我们的青春。且听我们的故事。

四个性格迥异的少女，是四道别样的风景。她是我们30连的雷排，她每踢出的一步正步都昭示着她日后一定可以进国旗队，事实上她真的加入了国旗队，在我的印象中从没有缺席过训练。你也可以看到她恬静的一面，劈叉、民族舞……只有你想不到的，没有她做不到的。假如你和她熟悉之后，会被她的率真感动。另一个她，总爱尝试，说什么做什么，想打篮球就去，想进记者团先找团长，想要……她是个很大胆的一个女孩子。她们俩都来自美丽的新疆。还有一个她，一进门就说着朝鲜语，虽然听不懂，但她纯美的笑容深深感染着我们。她看韩剧从不用字幕，因为她是延边朝鲜族的姑娘，她还写得一手好字。至于我嘛，也许在她们看来嗜书如命，却也看一些美剧消遣，自认为很随和。

厉害了我的322——忙碌有之，激情有之，开心亦有之。

吃是联系感情的秘诀之一，巧的是四个吃货聚在一起，于是吃遍北京便成为我们的终极梦想。角色的划分也是很重要的，毕竟四年的生活需要一定的磨合。那么有个摄影师热衷于拍摄，她有一双发现美的眼睛，不出意外你会在322看到各种姿势的摆拍和存留在网盘的无数张照片，“黑照”也好，“趣照”也罢，最重要的是美照也不少。只要有微积分的课，摄影大师一出马，第一排就会有四个疲惫的小人物。说不感动那是假的。

更有时尚大咖，你无法想象她对于化妆的热爱，技术堪称一流，比如某次我要当主持，被她练手，感觉还是不错的，自我形象大大提升。记得一句话："佛靠金装，人靠衣装，三分长相，七分打扮。"在她的化妆盒里有一个如她般靓丽的女子。

还有一个朝鲜语讲师，322 每日朝鲜语课程开课啦，想想以后看韩剧不用字幕，也是蛮兴奋的。

爱美的我们自是少不了御用造型师，一言不合就编头发，说的就是我。

这就是百味的 322 小窝，在异乡，有着那么多温暖与感动。

小窝里也会有点矛盾。可是矛盾就是对立和统一，更何况家丑不可外扬，一家人何必说两家话。对于我们来说，322 的小窝就是家。

早安励志，晚安温情。这是 322 从不变的问候。

生日惊喜，聚餐有礼。这是 322 从不变的祝福。

不嫌弃，且行且珍惜。这是 322 从不变的承诺。

不学习就是玩，约北湖，约聚餐，约自习，何处不约呢？322 的小窝，322 的家，说不出的感觉，给一个眼神，每个人都能懂。四年，漫长却也短暂，那么许小窝一世芳华，许我们一世安暖。

人生若只如初见，又不止于初见

法学院　黎小航

我们在夏末秋初相遇，从陌生到熟悉，从互夸到互怼，从冷漠到互敞心扉。感谢上苍，让我在人生最美好的四年里遇见你们。三年转瞬即逝，回想起初次相遇的你们，是多么美好。

北理是个男女比例异乎寻常的学校。但作为一名文科生在北理，班上的女生还是占较多数的。暑期建的班群，完美诠释了什么叫女生一条街，群里甚是热闹。

在院群里认识了我的室友，组建了一个博雅 117 宿舍群，互发了照片。还记得当时比较聊得来的是北京室友。她说她很羡慕我可以留中分，我说中分很难留，你要慢慢地、有耐心地留，一听我就是一个知心大姐姐。互相夸赞了一番之后（其实不好看也要说好看），发觉广东那位室友异常冷漠，只发了背影也不言语，心想肯定是个高冷又不好看的妹子。

好了，废话结束，正题开始，各位旅客朋友们请系好安全带，我们要开车了。

2014 年 9 月 3 日，初次见到我的三个室友，好难过没有一个是女神。

来到宿舍，第一个见到的室友是来某，初见时觉得这个留着平刘海的妹子很萌，很可爱。

来某别名来大妈，平时称她为哥，每次在朋友圈里说“今天跟哥去了……”别人都以为是我男朋友。我大三时剪了个民国时期短发，她说我像她二姑，所以又称其为北京大侄女，可是我觉得我比她二姑好看。

第二个进到宿舍的是扛着麻袋带着乡土气息的李某。哦，麻袋里装的是被子，从家里寄来的，大概是她恋家又恋被子。

初见时的印象是萌萌的、胖胖的短发妹子。

她是一个兼具多重槽点、让你又爱又恨的一朵人前可爱的白莲花。在光棍节出生，“苟活”二十多年，终于遇到了美丽善良温柔的我们，她兼具了“泰式眼瞎”（假装看不到）、“泰式耳聋”（假装听不到）两大特质，资深泰剧迷懂我。每一次——

“到你扫地了。”假装听不到，假装看不到有垃圾。

“你吃水果吗？”这次百分百听到了，蹦跶蹦跶她的小短腿就过来了。

再者每次令人抓狂的就是：“你去吃早餐吗？”

“去啊。”

“能帮我带份早餐吗？”

“那我不吃早餐了。”

作为一个一回宿舍就打开电脑打游戏的发烧粉，回到宿舍——

“你开了电脑后，能让我连一下你的 WiFi 吗？”

“那我不开电脑了。”为了让她打上游戏我还是不连她 WiFi 了。

最后挎着个包、拖着行李箱，狂甩着一头大红发；涂着大红唇的黄某风风火火走了进来。“我的个妈呀，我妈、我爸回去了吧，不能让他们担心我啊。”这一头美丽的红发在军训的时候被教官严厉批评：

“教官，我可以把头发塞进帽子里吗？”

“不行，去染黑了。”中秋放假半天众人跟着导航陪她到镇上染了头发。其实重点是去吃砂锅粥。

她最喜欢吃的就是全麦面包，各种牌子，各种类型。

上帝证明，看人不能只看外表，这位喜爱涂大红唇的女子是一朵真正的白莲花，外表性感、内心单纯。当然，这位奇女子自称自己为香港小姐，我们能同意吗？不能。擅自给她改了个名：东莞地铁小姐，其名源于东莞建好的地铁需要她这样热心又美丽的礼仪小姐。

而在每晚的深夜卧谈中，我知晓了众人对我的初见印象是又作又矫情的什么都不懂的小女生。又因我酷爱螺蛳粉而被称为广西螺蛳粉小姐。

忙碌的生活渐渐到来，深夜卧谈想必在岁月的流逝下已经不再积极，大家每天早出晚归，晚上回到宿舍还得陪着“手机宠物”。但是，我们宿舍画风独特清奇，那位自诩为爱情大师的来某甚是激情地每天晚上给我们灌一些“爱情砒霜”，强迫我们喝下“心灵鸭汤”，不喝不让睡觉。

在无限的宇宙中，在亿万万的星球里，我们生在同一个星球；在上百个国家与地区中，我们身处同一个国家；在中国如此大的土地上，我们来到了同一个城市；千千万万的人，唯独我们四个相聚同一个寝室。那句话怎么说来着，

前世五百次的回眸，换来今世的一次擦肩而过。

前世五百次的擦肩而过，换来今世的一次相遇。

前世五百次的相遇，换来今世的一次相识。

我想我大概是扭断了脖子回眸才遇到你们！或许大家性格迥异，或许我们很奇葩。纵使我们不那么完美，智商堪忧，长相略着急，但是在我们心里彼此都是小仙女。

最喜欢的还是我们每天一起约自习，在洒满阳光的图书馆角落里一起写论文；在南三的餐厅里吃着半价烤鸭；百度云里存在彼此的“黑照”；把宿舍当作深秋的舞台……

不是没有争吵，而是在不断的磨合中平衡了各方。

在徐特立图书馆的我合上电脑，回到宿舍。宿舍，还是如此安宁。李某已经睡了，睡姿依旧是那么潇洒，震耳欲聋的呼噜声仿佛惊天雷。来某也已沉沉地睡去，发出小猫般的哼唧声。东莞小姐埋头在被子里，传出了不太押韵的鼻音与磨牙声。各种声音，此起彼伏，演奏着动听的音乐。

只有我静静地伫立在宿舍的一角。夜，此时添了些许的温馨，感觉并不漫长。漂泊在外的心灵渴望着家的关怀，异地求学的我们离不开宿舍的温暖。

又回到最初相遇的时间——你好，请问你的名字是……

人生若只如初见，岁月静好，你还是最初的白莲花。但却不止于初见，我们的故事还在继续。

匆匆那年

信息与电子学院　卢文斐

现在是2016年，我们大四，距离我们四个姑娘分离已有一年多了，我在中关村，二床在英国，还有两个，作为老学姐混迹于满是小鲜肉的良乡校区。不知道此刻，她们都在干什么，而我望了一眼窗外浓重雾霾裹挟下北京昏黄的天空，开始回忆着，匆匆那年。

如同很多青春电影的开头，故事开始于一个炎炎夏日，那是2013年，“复旦投毒案”事件刚过去没多久，我即将展开人生中第一次住校生涯，有些期待，但更多的是忐忑。

四个姑娘，两南两北，开始在彼此的生命中留下一道印记。

二床是个讨人喜欢的漂亮姑娘，虽然不爱学习但是爱美，虽然懒得起床但是刷起淘宝精力充沛。因为瓜分那些追她的男孩子们送的零食、巧克力、糖炒栗子什么的，我的体重一度攀升。虾虾是个四川学霸妹子，心灵手巧，她喜欢自己做各种手工，现在我还留着她送我的钥匙链和银戒指。灰灰是安徽学霸妹子，喜欢读书，心思细腻，看人看事都有独到的想法，也是个生气了用个肉夹馍就能哄好的小孩子。

大一数学专业的基础课令人头疼，还好宿舍里有两个学霸，在期末凛冽或温暖的早晨，学霸室友总会在六点半准时起床，留下我和二床在床上挣扎，然后她们会早早地去图书馆，占领一整张桌子，四个人的位置。每次当我找到她们时，她们早已聚精会神于课本中了。而每次考试前夜，宿舍就成了小小的答疑教室，学霸室友倾囊相助，她们非常耐心地有逻辑地讲解着习题，这令头脑中一片混乱的我钦佩不已。而在她们的帮助下，我们宿舍四个人也都拿到了奖学金。

生活中的我们其实更加契合，二床是个善于组织的外交人才，她总是能计划好我们宿舍的各种假期，还记得我们一起去颐和园，一起去赏樱花，一起去逛街。在颐和园的时候，我们看到有个制作纪念品的地方，于是我们把每个人的姓氏都画到了画中，直到现在还挂在宿舍的墙上。还记得我们四个人一起去天津玩耍，我们晚上买了啤酒、白酒和猪手拿回酒店一起喝酒聊天。本来以为二床酒量惊人，毕竟她有着对瓶吹的传奇故事，结果四川的学霸室友和她平分了半斤白酒后，她抱着马桶耍酒疯，头都快塞到马桶里了，另一个学霸室友一直扶着她免得她把头泡到马桶里，而四川室友，淡定地坐在床上说只是有点晕。哦，那时的我喝了几瓶啤酒以后在床上大声唱歌，情不自已。

由于我转专业，二床参加海外双学位项目，我们大二暑假就要分离，记得我和二床收拾好行李以后，宿舍显得有些空空荡荡的。我们四个分别前又一起吃了一顿，四个人都喝了酒，就像毕业似的，彼此抱着哭。很难相信，我会遇到性格如此契合的她们，我们不仅是室友，更是彼此的朋友。两年的时光匆匆而过了，记忆中有许多零星的片段，语言都显得有些苍白，无法还原当时的情绪。但还好有她们，我相信我们总会有再见那天。

一入宿舍深似海

信息与电子学院　池亚妮

大学对于我来说，或许和影视作品中的大学有着不小的出入。并没有高中老师口中的解放或是轻松。高中和大学，是两场马拉松，我们在高考的第一场马拉松中坚持到底，赢得了鲜花和掌声，而大学这场马拉松更像是广阔平原的自由赛跑，终点有很多，我们都能找到自己的路。

但我必须承认，住宿的生活或许是在家中当够乖乖女的我最期待的事情了。来自五湖四海的我们有缘相聚在这同一屋檐下，透过她们的言语，我仿佛能更好地体味异域的文化的美丽动人之处。

宿舍有位美丽的湖南学姐，有位来自湖北的可爱妹子，有位自称来自江南水乡的温婉女子（我们很怀疑），还有我，河北人，唯一习惯雾霾的人。

一群陌生人在刚刚开学后的几个小时内就能迅速熟络起来，像多年未见的旧友一样是不可能的。但这确实发生在我们身上。从高考话题的热烈交流到现在晚上熄灯后最爱聊的八卦、美剧、自己的偶像，我们相互了解的速度极快。

没有嬉笑打闹、没有梗的宿舍，不是一个合格的大学宿舍！

从一开始我们争先恐后想为宿舍做出贡献，想要帮忙关灯、扫地、打水，到后来的争先恐后地为了逃避最后一个关灯而上床，互相吐槽对方太乱。仿佛我们都把开学时那温婉的淑女形象丢到了九霄云外。记得有一次篮球比赛，由于女生也要参赛，而三号床的妹子是体委，不由分说地把我和湖北妹子推上了战场，结果可想而知，我们两个人一个球都没进，然而班里却获得了第一名的好成绩，而我们两个人也因此蹭上了一块金灿灿的奖牌，一回到宿舍我们就开始疯狂地自拍，发朋友圈，到最后甚至把宿舍想象成里约奥运会后台采访的演播间，进行了一番相互采访。体委问我："我们都知道您是一位十分优秀的篮球运动员，今天在奥运会的赛场上取得了胜利，那么请问您最想感谢谁呢?"我严肃地答道："我最想感谢的是我的体委，要不是她让我们上了这场比赛，我们篮球队可能会赢得更漂亮……"

我相信女生都有一个共同的理想，减肥！无论多瘦，减肥永远挂在嘴边。湖北妹子在自我介绍时竟然说道："我最大的爱好就是减肥"。然而我们却都难以拒绝美食的诱惑，所以我们想出了一个好办法，把自己的零食拿给别人吃。记得有一次，体委买了许多零食，称完体重后想要把这些零食送给我们，我们婉拒了她："俗话说得好嘛，吃别人的嘴会短，拿别人的手会软。何况我要减肥!!"但我却听见了一声河东狮吼："吃!"我手中的笔一抖，掉在了地上。难道我不是带着微笑地说："No. Thanks."吗!?

日子像流水一样过着，渐渐地我们有了各自的外号，然而我的外号却成为"大姐"。究其原因，并不是我年龄是最大的，竟是因为南方人没有见过我这么高的女孩。几番劝阻无效，只能随她们去，反正只在宿舍里叫叫嘛，也就忍了!

然而，在一节清晨的高数课上，正当我在教室半睡半醒时却听见了"大姐，你的作业"，这声音就像是晴空霹雳，我迅速和周公道了别，像是刚刚完成了冰桶挑战一样，快速大声地说出了两个人的名字，然后用我还算冷静地声音说："在外面不要叫我大姐!!!"

冰与火之歌

信息与电子学院　罗壹允

上大学之前，从杂志上、从电影里、从邻居哥哥的嘴中，我总是感觉大学男生四人寝的组成就是一个胖子和三个瘦竿。万万没想到，刚入学军训时连队拔河，教官吼了一嗓子“180 斤以上的出来”，两个舍友就出列了，教官再扯一声“165 斤以上的也出来”，舍友们就这样都弃我而去了。就这样，山东壮汉、昌平胖汉和驻马店大汉，加上我这个比较瘦还天天叨叨要吃牛肉面的兰州人就热热闹闹地拉开了四年大学生活的帷幕。

说到疏桐 C，“306 网吧”的名头十分响亮。刚入学，课业还很轻松，大家的脑瓜里还都抱着“解放了”的思想，每天晚上宿舍都塞满了各地而来的“战士”，一推开门，四张桌子上、地上摊平的行李箱上都放着电脑，还有人佛爷似的端坐在床上抱着电脑，就一张桌子那么大点地方有时候也满满当当地挤着两个人，有时候迟来的人连地上坐的份儿都没有。“厉害了！”“哎，怎么就挂了”“这儿竟然有人！”“这个 AI 这么赞！”“把我当恐怖分子”……兴奋的叫喊声一波接着一波。闷热的夏夜，敞开的门窗，和着阳台上滑溜溜的月光，混着对面厕所 84 消毒液若有若无的味道，一个个花白的膀子，200 MB 不到的 CS1.6 让人恍惚看到了电影里才有的场景。

轻松快活的日子多了，让人觉得不拿笔反而不自在。当我们口口声声还要再战一局时，却总是情不自禁地“本色出演”。有天晚上做高数作业，趴在教室里百思不得其解的我耷拉着脑袋回到宿舍，一凡和胜书在搓炉石，永航正跷着二郎腿嗑着瓜子刷剧。我把书包重重地摔在桌上，“咚”一声响，就看他们仨“卜棱”一下转过来问我怎么了。“题做不出来好烦啊！”我摆着头，胜书放下手机走近了，“哪道题啊？我来帮你看看。”一凡“呲溜呲溜”滑着他的转椅靠了过来，永航扔下零食袋，拍拍手跳将过来：“快让爸爸看看，so～easy。”“哼，明摆着占我们便宜，咱三个先合伙把永航‘揍’一顿！”不一会儿，草稿纸和“刷刷刷”的笔声便成了主旋律，激烈的讨论拥抱了完美的解答。“我去印试卷了，给你们也印一份吧。”“今天上课又睡着了，哎，今天讲了啥来着？”“这个是重点！”“嗯，这个应该这么做。”……不管是考试前的交流大爆发，还是对日常学习问题的探讨，每当这个时候，我总会庆幸自己在这里，在大学，正青春。

总有朋友抱怨大学寝室冷冰冰，大家各行其是，不免冷清。在306，我却从未感到过孤单，寝室里总是透着一股儿暖意。考完试全舍会聚餐，平日里也会一起撸串。永航买了水果总会洗好了分给大家吃，胜书和一凡两个人一唱一和地打游戏。四个奇葩总是上演着智商不在线上的大戏。有阵子我突然迷上了诗歌，捧着诗集在宿舍里踱步，高声诵读“魏武挥鞭，东临碣石有遗篇”，胜书在一旁一板一眼地纠正我的读音，可自从永航用他那一口纯正的河南话读了首词之后，我就再也没有这个习惯了。每天晚上熄灯，一凡总会凑过去确认开关是否开着，免得所有人第二天早上被被子封印，也总是他，立下“我明天，不，今天一定要早起，我要去清真吃牛肉包子”的誓言，引得我们哈哈大笑，仿佛是听见了世界上最好笑的笑话，终究这豪言一次都没有实现过。

宿舍的卧谈是最让人捧腹的时刻。十二点熄灯，每个人的注意力都还在电脑上，可一旦过了半点，气氛立马活跃起来。“历史的车轮，碾过来了！”伸个懒腰，胜书便开启了传教士模式，和我们吐槽他半个月还未解决战斗的《文明6》，再科普一下时政新闻；躺在黑暗里搓音乐游戏的祁一凡也不忘补刀和搅浑水；永航躺在床上高呼“要亲亲，要抱抱，要举高高”。我们拿着手机开始当“暗黑麦霸”，闹个鸡飞狗跳，要是有臭鸡蛋和烂菜叶子，我们每个人都挂彩好几回了。

每天学习、生活在一起，免不了有个人习惯上的摩擦。一凡用起电脑来简直是键盘的噩梦，薄膜键盘也能被他敲出黑轴机械键盘的声音来，恰好我是一个睡觉比较浅的人，总是被他“嗒、嗒”的敲击声折磨得难以入眠。那天中午，我在床上辗转反侧，满耳朵都是键盘“啪啪”的声响，拿被子裹头没用，静音耳塞也没用。和一凡商量能不能麻烦他下手轻点儿。“若有人在我酣战时提点我，我也会不舒服。”短暂的清静之后又是疾风骤雨似的“噼啪”，胜书也好心提醒他，我没有作声，然而丝毫感受不到他的诚意。我实在忍受不了，耐着性子又大声提醒了一凡一下，宿舍的气氛瞬间变得凝固，大战打响前死一般的寂静，我长长地舒了一口气。不料这莫尔斯电码般的声音又“啪嗒”起来，我要暴走了，这样下去下午的实验课肯定要泡汤了，我已经在脑海中预演接下来战斗的细节了：我把水杯泼在电脑上，然后我俩厮打在一起，胜书和永航赶忙来拉架……我一下子掀开被子直起身，重重踹了床一脚，“还让不让人睡了！”空气中的火药味很浓，只有起伏的浓重的鼻息声。

接下来的一两天，我总觉宿舍变得有些微妙了，要比平日安静些。没几天就是我的生日。“看来聚餐的惯例要破产，算了算了。”我在心里这么想，回到宿舍，还是和往常一样。正在我要爬上床的时刻，一凡放下电脑摘下耳机说：“生日快乐！”“快说快说，明天我们去哪儿吃？”“胜书你这次可不能躺尸啊”……一股暖流不禁洋溢在心头。

我们的“疏 C306”，四个不同鲜明的个体，碰撞、摩擦、汇聚，奏响了一曲冰与火之歌！

矫情的话说“十年修得同寝住，百年修得上下铺”，难道不正是这样吗？我们从祖国的四面八方赶来，因为同一个梦想相聚在北理工，因为缘分成为室友、成为彼此这四年中最坚实的后盾和最强大的支撑。我们总是在低谷中想起曾经帮助过自己的同学和师友，感谢他们危机时刻施以援手，却忽略了此时此刻在身边陪伴着我们学习和生活的室友，忽略了他们的唠叨和叮嘱，忽略了他们陪你一起笑和闹，忽略了他们扶醉酒的你上床，忽略了他们在你生病时带回来的药、饭菜和笔记，忽略了他们和你一起挑灯夜战、鏖战这青春的时时刻刻。与其在若干年后缅怀今日的风华正茂、感叹青春韶华不再，何不今朝一同跃马挥鞭，在北理工这片热土上，在我们的黄金时代，轰轰烈烈地前行，争做时代的弄潮儿！

第四部分　不只是看客

一部部剧情跌宕起伏、演员阵容豪华的电影，足以给我们带来视觉的盛宴；一本本立意深刻、情节紧凑的小说，足以让我们大呼过瘾。可是在观影、看书的娱乐之余，我们是否认真地思考过作品本身以及作品所蕴含的意义呢？也许我们会辩驳说，根本没有必要去解释一个我们认为其主要功能就是娱乐的东西，更不要说费心去评论了——如果这样想的话，你就大错特错了。

本篇收录了部分北理工学子对影视、文学作品的独特见解，他们不只是看客。

择一事，终一生

机械与车辆学院　蒋未诺

一个纪录片爱好者，吃饭的时候看《小海鲜》，缺爱的时候看《超萌动物》，没时间旅游的时候看《未发现的中国》，学习的时候看……

“学习的时候不可以看电影啦!”

“再看十分钟！就十分钟!”室友谄媚地挤出了一个大大的笑脸，装出来的无辜多得快要从眼睛里漫出来。

可惜我对她的撒娇完全免疫，翻了一个大大的白眼，抢回了自己的手机。

我默默点开了下一集。

“就看十分钟哦!”没错，我有抵抗室友的铜墙铁壁，可是对精彩的纪录片，我束手就擒。

画面里，王津师傅戴上了眼镜，皱着眉拨弄着齿条。一瞬间，整个屏幕被“拜见男神”的弹幕覆盖了。我和室友蹦了起来。

“王津师傅超帅!”

王津，故宫博物院文保组的钟表修复师。上半辈子一直默默无闻地修理着故宫无数的华丽钟表，从学徒到师傅，一晃几十年，没有意外将要继续默默无闻地度过自己的下半生。

可现在，他是“新晋男神”，每次出现都能收获一群年轻人的呐喊。

只因为一个独具慧眼的摄制组和一部令人热泪盈眶的纪录片。

《我在故宫修文物》——b 站播放量 151.8 万，15.2 万收藏，4.6 万条弹幕。

导演萧寒和摄制组历经四个月的跟拍、四个月的制作，最终完成的三集纪录片在央视首播，并没有引起如同《舌尖上的中国》播出时一般巨大的反响。

自然而然，就算是喜爱纪录片的我，也没有听闻一点声响。

直到一天，《我在故宫修文物》被大家不遗余力的赞美顶上了 b 站首页。封面图是恢宏的太和殿，在半开的红色宫门的掩映下，露出在夕阳下闪烁着光芒的琉璃瓦。

我想起自己第一次去故宫的时候。

吵闹的游客彼此推搡着，母亲费尽了力气拨开人群让我站在太和殿的门口向里面探看，护栏止住了热情游客的脚步，而大殿内也没有灯光，远远可以在微弱的光线下看见正前方的龙椅，不是闪烁的金色，而是陈旧金属的晦暗。偶尔有闪光灯照亮了大殿的某一角，却揭不开阴森和寒冷的幕布。历史仿佛定格了，太和殿被护栏阻隔在新的时光之外，不恢宏，也不雄壮，只有历史的冰冷残存。

我钻出了仍在不断向前拥挤的人群，失望透顶。

而纪录片画面里，水法钟旋转着，报时装置清脆地鸣响，天鹅扑打着翅膀，果树上的宝石光芒熠熠。

我和室友决定再去一次故宫。

周三的故宫依然是游客云集，来来去去的大多是外国面孔。我们避开了中轴线，沿着无名的小房间和长廊一路向前，直奔钟表馆。

昏暗的房间里，一座座钟表在射灯下闪耀着温柔的光芒。我从展窗前走过，看着精美的钟表，脑海里却浮现出王津师傅专注的目光。他静静拨弄着一个齿条，皱着眉头，摘下眼镜叹口气。

“钟表真是精巧啊。”

百年前，打造钟表的工匠一定也这样感叹过。我默默猜想修复师如何一点一点恢复机械的结构。王津师傅也在猜想当年的工匠是怎样精巧地设计钟表。

瞬间，我感到历史向我呼啸而来。

百年前，有工匠专注地设计、安装每一个细小的齿条。十年前，修复师专注地恢复着齿轮的传动。而现在，我站在展台前，专注地想象齿轮悄悄转动，从发条到部件，设计传动的技巧在今日看来依然精妙。

多年前，我所生活的小城还充满着各行各业的手工匠人。我的太爷爷是口碑极好的鞋匠，爷爷是远近闻名的木匠，都吃了一辈子好手艺的饭。电视里报道的“大国工匠”，有的为弹药修型，有的为潜艇焊接钢缝，做的都是危险重要的事。那修表匠呢？裱画匠呢？鞋匠呢？木匠呢？他们做的事未必危险重要，可他们一样专注和热爱。人们习惯用高难的工作称赞一个工匠的成就，但更多的匠人如同故宫里的修复师，师徒相传，默默无闻，倘若无人发觉，就在一门手艺上耗尽心血，结束一生。

“择一事，终一生。”

我所生活的小城市，人们还相信着“一招鲜，吃遍天”的道理。有一门手艺，比哪里得来的财富都要靠得住。姥爷当了一辈子司机，也有一手修车的好手艺，怎样应急，哪里损坏要用什么办法，他比学习机械专业的我清楚得多。年轻时开着加长的卡车跑遍了全中国，没出过一次事故，出门总被别人尊称一声“师傅”。而我也改不了习惯，总把一声“师傅”当作对手艺人的最大尊敬，时常被周围的人取笑。

我是家里的第一个大学生，在课堂里学着知识，却更热衷于和姥爷做做手工的活计。长辈们都是不爱夸耀，却手艺精巧的人，再新奇的玩意，只要是他们的手艺活，不用多描述总能做出合人心意的好东西。父亲和爷爷打的木家具，太爷爷做的棉拖，那都是极妙的东西；电器坏了不用拿出门，陪着父亲鼓捣一阵自然就恢复如常。

来到学校才发现，没有受过专业教育的长辈们，早已熟练地使用我所学习的知识。他们为一个学习机械的孩子而骄傲，我的内心却充满了对长辈们的憧憬。他们是手艺人，是工匠，却与匠气无关。

哪一个做着工程师梦的人，没有一颗匠人的心？

如今，中央美院、北大美院，学习各个专业的年轻人走进故宫工作，成为新一辈的“手艺人”，在多年对“知识”的狂热追求之后，人们如今重拾了对“工匠精神”的崇敬。毕竟，一切知识最终要落到实处。

在纪录片里认识这样一群人，用镜头记录这样一群人，一群默默无闻的手艺人，却在专注的工作中闪耀着光芒。细致、专注、坚定、淡泊的匠人们，吸引了百万名的年轻人，吸引了百万名将会拥有这样美丽精神的新一代“匠人”们。

年轻人们的热情，让《我在故宫修文物》的电影众筹快速达到了目标，点映场一片沸腾。面对着这些伟大而平凡的人们，我感激有人发现和记录他们的美，更感激和我同一辈的年轻人们，对这样的精神充满敬意。

向故宫博物院致敬，向文保工作者致敬，向大国工匠们致敬，向工匠精神致敬。

铭记集结号

机械与车辆学院　吴迪声

相信每个男人的心中都有一个战争片的情结。这种情结不同于喜剧的捧腹大笑，不同于青春文艺片散发的氤氲香气，也不同于恐怖片的惊险刺激。喜欢战争片，在于它的真实、热血，不矫揉、不做作。它像是一双无形的手，在营造波澜壮阔的战争场面的同时，触摸着观影者灵魂的最深处。在一个平常的冬日下午，我重温了《集结号》这部电影。生活中，需要一些感动、一点温暖和正能量。回味之后，心里久久不能平静。身处和平年代的我们要铭记，每一个牺牲都永垂不朽。

《集结号》这部电影是冯小刚导演拍摄的。该片以一个小人物为视角，以“集结号”为线索，讲述了连长谷子地率领九连 47 名战士在汶河岸执行掩护大部队撤退的任务，团长刘泽水下令，“不管几点钟，以集结号为令，随时准备撤退。听不见号声，就算你是打剩的最后一个人，也得给我接着打下去。”惨烈的战争中，九连的战士死伤惨重，几乎所有人都说自己听见了集结号，唯独谷子地自己没有听见，他决定死守阵地。九连打退了敌人的三次进攻，炸毁两辆坦克，歼敌无数。最终，除连长谷子地外的 46 人全部阵亡。这场战争改变了谷子地的人生。由于部队改了编号，谷子地找不到组织，九连牺牲的烈士们也被认定为失踪。谷子地开始了艰难的寻找，为九连的兄弟们讨个说法，也为了探明当年集结号的真相。影片的基调是哀伤却又壮烈的，“牺牲”二字贯穿始终。看完之后，我想用几个“最”来描述一下我的感受。

最平凡——平凡人所焕发出的熠熠光辉。就像在影片最后写道的，“谷子地，就是长谷子的庄稼地。”这是谷子地的名字由来。连长谷子地，就是从庄稼地里捡来的。还有片中的排长——焦大鹏，上次庆功时吃烙饼差点给噎死。战场上，为了给自己找块表，差点丢了性命。看似平常的情节背后，引起了我的深思。理想中的军人是多么高大的形象。但实际上，军人也和我们一样，有如沧海之一粟。《集结号》正是将镜头对准了这样一些人。按革命战士的标准，连长谷子地绝对算不上英雄，甚至他可以为了个人利益，不惜牺牲一切。在他眼里，手下士兵的生命高于完成任务，战利品他都让自己弟兄留着不愿上交，带头去扒俘虏身上的衣服，没收他们的财物，不接受缴械，甚至义愤填膺，枪毙俘虏，最后受到了处分。但是反过来想想，他们同样是平凡的人，也有自己的家人。军人们不仅要为国家奋斗，更要想着如何在战争中生存，战争不是淡定的。《英雄儿女》中的“为了胜利，向我开炮”，喊得那么坚定，那么毫不迟疑，没有丝毫的恐惧，只有对敌人满腔的怒火汹涌澎湃似狂潮。《狼牙山五壮士》毁掉枪支，宁死不屈，义无反顾地纵身跳下数十丈深的悬崖。如此威武壮烈是英雄典型形象的塑造手法。真正能触及灵魂的电影，恰恰是取材平凡却留有深意的。在《集结号》中，我看到的是平凡人所焕发出的熠熠光辉。

最真实——活着比什么都好。死去的人的背后，刻画出一个大时代下孤独而绝望的卷入者，仿佛是为战争中的一切卑微的受难者招魂。经历战争的人们，无时无刻不想活着。在他们的心中，集结号的意义已经超越了放弃和失败，它是一个解脱，是仅有的一点能够让他脱离战争、获得一线生机的微光。在他们身上我们看不到战争的胜利，看到的更多的是有血有肉的军人在疯狂战争中的渺小、脆弱、癫狂，甚至恐惧、退缩、懦弱、崩溃。借用电影中的一段话，“头顶上飞枪子，裤裆里跑手榴弹，要是神仙也得尿了……”。真实的战争不需要过多的描述。战争不是书本里写的那样气贯长虹，战争不是抗日神剧中手劈鬼子、石头砸飞机，战争中的军人不是一个符号，不是一个象征，他们同样有血有肉。就拿这部电影的历史背景淮海战役来说，资料记载，解放军伤亡 13 万，国军伤亡数字不详，相信还会高于这个数字。在短短的几十天里，几十万年轻的生命灰飞烟灭，可想当时的战场是怎样的人间地狱啊，将淮海战役称为一台“绞肉机”毫不为过。理想与现实的迷惘与挣扎、国仇与亲人的纠结与徘徊，时刻提醒着我们这才是战争。面对身边时刻逝去的生命，肩章上的那一颗星星真的有这么重要吗？面对此起彼伏的枪炮声，胸前的荣誉勋章真的有用吗？电影只不过是一个手段，一个最容易使公众投以关注、产生共鸣的手段。作为一部战争片，一个导演用自己的内心刻画出战争年代的激情燃烧的岁月。而作为和平时期社会的一分子，我们可曾切实感受到了战争的残酷和不可预知呢？答案是否定的。珍惜现在，活着才能实现价值，活着比什么都好。

最感动——兄弟情、爱国情。这部电影中，同样不缺少感动。感动于指导员被炸得血肉模糊，躺在谷子地的怀里，谷子地对他说“下辈子在一起吃饺子”；感动于他们面对坦克的冲击，用光了炸药，排长焦大鹏举起燃烧瓶点燃自己，用牺牲证明自己没放弃；感动于影片的结尾，谷子地回到当年发生血战的旧窑场，发疯似的挖掘如山的煤矿，无论如何也要证明他们存在过。“我的弟兄们就埋在这煤堆底下，我给他们证明，我给他们证明。一个一个都好好地在里面躺着，你们怎么就看不着。”“下辈子还要做兄弟。”看到这里，我的精神受到强烈的震撼。试想一下，还有什么能比死亡更恐惧，还有什么能比倒下更有力。岁月锋利，子弹无情，没有躲避，只因为他们曾经是兄弟。他们用自己的牺牲，证明自己为了国家的胜利永不放弃。

最英雄——小人物中也有大英雄。每个人都想做英雄。看惯了美国大片中，蜘蛛侠、蝙蝠侠，这些拥有超能力的超级英雄；看惯了诸葛亮的草船借箭、空城计，逍遥于三国战场；看惯了粟裕、刘伯承的运筹帷幄、决胜千里。何曾想过一将功成万骨枯呢？我们从来看见的都是的“一将”，而他身后的“万骨”却被埋在厚厚的历史尘埃中，慢慢腐烂变质。解放战争中，上百万人的死亡，化作了历史尘埃，消散在漫漫历史之中，可谁又记得他们的名字？影片中，当谷子地走到满是木桩的烈士陵园里，镜头对着一根木桩给了一个特写，上面写着“无名”二字，无数英勇将士变成了老谷叹息里那一排排刻着“无名”的树桩。英雄本不该无名，英雄应当被人们铭记。

北京理工大学这样一所从抗日战争时期的延安一路走来的学校，无数“无名”的仁人志士为了它的建立，献出了自己宝贵的生命。作为它的一分子，我们身上更需要无畏的爱国精神。在此，我要对谷子地深深敬礼，因为他是一个真正的英雄，是一个勇敢而执着的老兵！我更要对建设我们学校的烈士敬礼，没有他们就没有我们今天的这所学校。

2007 年 12 月，集结号第一次吹响，吹响在全中国的大江南北。如今，集结号再次吹响，吹响在我赤诚、火热的心中。

一个人的坚持

信息与电子学院　高迪

有人说过，好的电影能赋予人一种力量。而《血战钢锯岭》给我带来的更像是一种触动，一种心灵的启迪，让我突然意识到，原来强大可以被体现得这么深刻，原来一个人的坚持，最后可以让世界为之动容。

战争·人性

故事发生在“二战”时期，主人公戴斯蒙德·多斯作为唯一一名获得荣誉勋章的拒服兵役者而被后人所知。1941 年日本偷袭珍珠港，太平洋战争爆发，满腔热血的美国青年踊跃应征入伍，谁不想像个英雄一样在战场上浴血奋战，保卫自己的国家，守护心爱的人。在戴斯蒙德·多斯所在的堪萨斯小镇上，甚至有人因为体检不合格无法从军而自杀。多斯同样满腔热血，一心报效祖国，但他的主角光环却恰恰体现在他不肯碰枪。

这在任何一个正常人看来都是一件不可思议的事情——战争是什么，在我们这个和平年代怎么描述都不如现实来得残忍。那是人与人之间，用尽一切可能的手段夺取对方生命的过程，人最宝贵的东西是生命，而人性中最丑陋不堪的一面，在战场上都会展露到淋漓尽致。多斯当然知道这一点，父亲的几个挚友都在盛年战死沙场，他感同身受；但他也因此更看重人的生命，因为他知道，无论是战友还是敌人，多一个生命的逝去就意味着多一个家庭的破碎，多一个世界的坍塌。他知道自己无法阻止战争，但他选择了一种自己认为最值得的方式，作为一名军医，从战场前线救回一个个生命，通过自己特别的努力把这个正要土崩瓦解、支离破碎的世界尝试着一点一点拼凑完整。

在军营中不肯碰枪的多斯受尽了嘲笑与排挤，甚至被告上法庭要求接受军事审判，但他坚决不肯碰枪，甚至愿意承受一切后果。多斯的信仰在战争年代格格不入，但从某种程度上来说，正是战争的残暴孕育了他对人性的怜悯、对和平的信仰。小时候的他目睹着“一战”带给父亲和整个家庭的创伤，父亲整日酗酒和母亲吵架。一次父亲酗酒后险些枪击母亲，多斯夺下手枪却差点冲动杀死父亲。从此以后他对武力和暴力极端厌恶，发誓此生不再碰枪，决不杀人。但战友的担心也不全无道理，一个连枪都不会用的人又如何能指望他在战场上救你呢？但多斯却用他的行为告诉世人，不是只有手持钢枪骁勇善战，才能配得上“英雄”二字。

信仰·执着

“如果我连信仰都没有了，我真不知道我要怎么活下去，我还是不是我自己。”多斯在狱中和未婚妻的深情独白深深地触动了我的心灵。就伸手拿一下枪，哪怕是做个样子，就可以摆脱牢狱之灾，还能有机会实现自己的理想，这是一件在常人看来多么划算的事情。但他是多斯，他知道自己与其他人不同，因为这份不同他会被人嘲笑是懦夫，会受尽排挤与打压，被一次又一次地践踏着尊严。但他选择接受自己的与众不同，承受这份不同带来的伤害，坚持心中的信仰，做真实的自己，与自己讲和。

还好命运还算仁慈，多斯凭着那份执着成功以医疗兵的身份上了战场，一个真实的、充满硝烟的战场。当子弹从你的脸颊擦过，你感受到它的热力与强劲，那是赤裸裸的对死亡的威胁。在很多人倒下，或被炸弹击中成为碎片时，甚至已经有人因为恐惧无法控制双腿的挪动时，那个曾经被称为懦夫、胆小鬼的多斯却永远都冲在最前方，他穿梭在枪林弹雨中，甚至在无人掩护的情况下炸掉了距离几米远的日军碉堡。他用自己的实际行动证明，他是勇敢的英雄多斯，他不怕死，甚至愿意为祖国立刻献出自己的生命，但他决不杀人，这是他的信仰，他的原则，他的底线。在一次轰炸之后，美军死伤无数，在日军持续扫荡的危急情况下，多斯坚持回去救人。即使双手被绳结磨到血肉模糊，即使体力已经透支，双腿不住地颤抖，他还是不肯放弃。“主啊，让我再救一个，再救一个吧。”那虔诚而又满是坚定的目光像是漫漫黑夜里一道明亮的光，这是一种远胜于仇恨的笃信，让所有人为之动容。通过自己的努力，多斯就这么一个一个把 75 个鲜活的生命从死亡线上拉了回来。当他满身鲜血从战场上下来，迎接他的目光里，分明写满了敬佩，那是看向一个伟大英雄的目光。即使所有人还是不明白他的信仰到底是什么，但人们都已经知道他对他的信仰有多坚定，因为有了他，士兵们开始相信，奇迹真的会出现。

而反观现实生活中的人们，身处错综复杂的名利场里，很容易就迷失了自己，随波逐流。因为他们没有勇气，去承受与众不同带来的压迫，所以选择了逃避，难免变得泯然众人。做你自己，这是一件听起来多么简单的事情。听从内心的声音，你就是你，如果你变得跟所有人都一样了，你还是原来的自己吗？如果你的一生都在假装自己和别人没什么不同，为的是换取一份合群的安稳，那么你的存在又有何意义？请不要被眼前暂时的眼花缭乱迷失了心智，如果你因为眼前暂时的舒适放弃自己的原则、自己的信仰，那么你失去的，将会是整个人生。

现实的生活怎么可能一马平川，但生命的力量就在于不顺从。也许我们无法像多斯一样因为自己对信仰的虔诚不移成为电影银屏上的超级英雄，但请相信即便是对心中小小执念的不懈坚持，也是在做一个最真实的自己。愿我们都能找到自己的信仰，用自己独特的天真、倔强、实力，加上一份头破血流的勇气，在阻力横生的成人世界里不按常理出牌，奔赴自己的梦想。

飞花逐流水，梦系一扁舟

人文与社会科学学院　薛梦恬

张爱玲曾语：“有人曾言人生有三大恨事，‘一恨鲥鱼多刺，二恨海棠无香’，第三件记不得了，因为我下意识地觉得应当是‘红楼未完’。”读毕红楼，正如乘一叶扁舟看过一场飞花流水的悲剧，惘然而又不禁慨叹，为了书中的人物，也为了当下的我们。

艳骨生尘，香魂逐雾，巫山梦断黄泉路。初识《红楼梦》，是在初中。彼时年少，泛泛浅读，终是不解其意。只是一边为家族的兴衰而感慨万千，一边又为纷繁的人事变迁牵动心性。那时，还读不懂黛玉的珉泪、宝玉的痴情，一味嗔怪疑惑黛玉的心性敏感。而今，再识黛玉，已大不相同。她不似宝钗一般圆滑通融，不似迎春一般碌碌平庸。曹公笔下的黛玉，是一个心性渐渐成长的少女，从最初的玩闹、敏感，同宝玉因细碎的事物争闹啼哭，到后来的心思细腻的、稳重的、娉娉袅袅的美好。一蹴而就的完美总是会带给人以惊艳与歆羡，正如宝钗，在世人眼中温婉大方，美丽贤淑，殊不知，一点一滴成长积累的变化才是最珍贵、最美好的。

喜欢黛玉，亦是因为她的才思。古人形容男子“逸群之才，神情亦佳”。而我认为，以此形容黛玉也不为过。摒弃身份地位，黛玉必先是一位诗人。黛玉诗思敏捷，别人作诗冥想苦思，黛玉作诗一挥而就。她曾对宝玉说：“你能一目十行，我就不能过目成诵?”可知黛玉的才情秉性。香菱学诗之时，宝钗讥她“得陇望蜀”，黛玉却愿为其师，借珍本与香菱并阅其习作，可谓诲人不倦，冰心玉壶。

最钟情于黛玉“偷来梨蕊三分白，借得梅花一缕魂”的咏白海棠之诗。不由联想起卢梅坡“梅须逊雪三分白，雪却输梅一段香”以及曹公祖父曹寅的“轻含豆蔻三分露，微露莲花一线香”。异曲同工，巧妙别致，平分秋色。她的“满纸自怜题素怨，片言谁解诉秋心”更是将一种怨艾愁心诉说得令人心痛。

欣赏黛玉，最是因为其心性。有人追求“不凌驾他人意志，也不努力讨好和取悦，更不轻易投身于第三人制定的评价体系，自由的孤独、温柔的叛逆，然后获得自我的饱满、丰饶、深沉和慈悲”的处世态度和精神境界。在我的认知中，这与黛玉颇为相似。有人说黛玉的才情在当时是孤寂的，除却宝玉，无人真正欣赏、了解她。我则不以为然。黛玉的诗、黛玉的情、黛玉的态度从来都不是去求得他人欣赏、赞美的，这一切是其心性使然，一份恬淡的心境、一份诗意的生活，不需要获得他人的认可。潇湘馆的竹影斑驳，苔痕点点均是其一种生活情趣，无关他人，无关言语。黛玉学不会也不会去学那些为人处事的圆滑玲珑，她永远是最真实的自己，不一味地去趋炎附势地赞美，去成为随波逐流之辈中的一员。

飞花如雨过红楼，前世消磨今世休。未化愚顽人笑我，一僧一道一石头。最初我不甚理解宝玉对每个女孩的爱护与对黛玉的情谊。“博爱”与“爱情”的形容表述令我厘清思路，认识了一个与以往认知观念不同的宝玉。他用心怜惜爱护身边的每一个女孩，用纯净的心灵去欣赏她们，然而他的能力却给不了每一个女孩完整的庇护。能够这样去呵护身边每个人的个性，包容每个人的任性骄纵。撕扇子作“千金一笑”的晴雯，自是被他宠坏的丫头，袭人、麝月、四儿……甚至是平儿受委屈时，宝玉都会宽心安慰。“万艳同悲，千红一哭”的结局是宝玉无能为力的，毕竟一人的力量是多么渺小，他的身躯和精神承担不起这么多人命运的悲喜。“所谓悲剧，就是把美好的东西毁灭给人看。”有时会想，宝玉身边的每个女孩，在这样一个时代中，能有这样一段被人真心看重、平等对待的时光也算是幸运至极。甚至连宝玉身边的贾环、薛蟠，即使是一度伤害宝玉，言语粗俗，宝玉也一并接纳。如今，我们评价一个人，多是站在自己的角度，一切从自身出发。自己所能接受的阳春白雪即是“雅”，所睥睨摒弃的下里巴人文化即是“俗”。记得电影《私人定制》中对于雅俗的探讨没有明确的标准，过程又极为冗杂，最后只落得一个无果唏嘘的结局。现今想来，相比这样，宝玉的不排斥的宽容反倒是一种很好的态度。不刻意去区分一部作品、一个人、一个阶级，能欣赏、懂得其中的好，包容其中的瑕，也有些像是淡然无为的境界了。曾经听人谈起，在北京的巷子里曾遇到一位服装店的店员，身份普通，却是用心地欣赏每一件衣服，为每一位客人搭配每一身装束。忽然就好羡慕这般的经历，感觉仿若宝玉的一面在纷繁现世中浮现，似璞玉一般珍贵。

王蒙先生曾说："《红楼梦》就是人生。"在这部浩浩巨著中，在看到宝黛之情、原应叹息之悲的同时，只言片语中也似看到了自己的影子。很多时候我们正是现实中的宝钗，为获得认可努力取悦每一个人，甚至忘记了原本的自我；有时候我们是黛玉，在生活的重担下也会任性地不在乎命运的安排；更多的时候，我希望我们可以是宝玉，拥有一颗博爱之心，在光阴的月台中，纯粹地去爱护、怜惜身边的每一个人，无论归人，或是过客。

遇见更好的自己

信息与电子学院　王曼

《28 岁未成年》故事主线很简单，女主角凉夏 28 岁与男主角茅亮恋爱 10 年，为了和其在一起她放弃了自己热爱的画画，也放弃了去法国的梦想，她每天照顾茅亮的起居，做茅亮喜欢的事情，等待着嫁给他。但是茅亮却开始厌倦这样的她，嫌她不想出去工作。意外之下，凉夏得到可以返回 17 岁的魔法巧克力，回到 17 岁找回了那个热爱画画的自己，认清自己，开始在自己的世界里发光，而茅亮也重新燃起对她的兴趣。

看完影片我脑海里面出现的第一句话就是“大学四年，除了爱一个人，什么事都没有做成”。他喜欢玫瑰，明明是国色牡丹的你却开始拼命长出短刺；他喜欢昙花，明明是美好百合的你却选择择日而现。

虽然你在用尽所有爱一个人，但是你却丢失了自己，忘了去遇见更好的自己。为了自己喜欢的人，放弃自己的喜好和理想，选择去牺牲自己，或许是委曲求全的一种方法，但是一旦用出“牺牲”这个词，就意味着这段感情已经不平衡了。并不是说我们应该自私，而是我们应该知道，最好的爱情，不应该有牺牲感。

如果遇见的是对的人，那么我想他一定不会反对你去遇见更好的自己。他会支持你，支持你去成为更好的自己，看见你开始在自己的世界里发光时，他会露出骄傲的笑容，以你为骄傲。这是爱情很好的一个状态，彼此欣赏，互相鼓励对方去遇见更好的自己。

一位获徐特立奖学金的学姐，她的男朋友是清华的专业第一，曾说过：“站在你身边，我也能和你一样优秀。”即使两个人约好出去玩被比赛耽搁，她的男朋友也表示支持她去比赛。在男朋友的鼓励和支持下，学姐从北理工商保送到了清华公管。举出这个例子，并不是鼓励每个人都去找个大学霸，当然也不是每个人都能做到这么优秀。只是想说明，你应该学会去遇见更好的自己，而不是迷失自己，过分依赖对方，把你的人生强行捆绑给对方，没有了自我。

放弃自己的爱好，丢失自己，其实这时你已经不是原来被爱的那个你。男主角喜欢的本来就是那个画画时会发着光的女神，可是女主角却放弃了画画，甚至连画笔都不敢拿了，以为自己的牺牲能换来美好的婚姻生活，但是却被男主角厌倦。当她回到 17 岁，开始找回那个随身带着画笔和画本的自己，画画时有着独特魅力的自己，男主角又开始追求她了。故事发展到这里，很俗套，和大多数故事一样，但是道理却不俗。女孩子应该学会去遇见更好的自己，爱自己才会活得漂亮，才有属于自己的光芒。

幸福不是用“牺牲”换来的，要先找到自己的定位，遇见更好的自己，让属于你的幸福走向你。

大学四年，不要在终点回望时发现自己什么都没有做，然后开始后悔。希望你能在大学里找准自己的定位，用宝贵的时间大胆尝试自己热爱的事物，努力学好每一科，变得更加优秀，遇见更好的自己。

从《人山人海》中探寻公正之路

人文与社会科学学院　薛梦恬

安德烈·塔可夫斯基曾说："让一个人置身于变幻无穷的环境中，让他与数不尽或远或近的人物错身而过，让他与整个世界发生关系：这就是电影的意义。"而蔡尚君导演指导下的《人山人海》正是这样一部在变换中探索人性、揭示社会波澜的电影。

电影取材于真实的新闻事件——2007 年贵州六盘水一起凶杀案之后兄长为弟弟千里追凶。在了解该电影的取材背景后，悬疑、刑侦、公路片几个概念不由得浮现在脑海中，自然而然让我对影片许以美国西部风格、故事性讲述的期望：主人公在一望无际的公路上开车飞驰，追寻逃犯的踪迹，遇到一个又一个人，发生一段段故事。而真正观看影片时，却发现导演以一种极简主义风格进行了讲述。没有恢弘的背景风光，没有繁复的叙事风格，故事就这样在贵州山区缓缓铺展。

"人人都有命，老二死了这是他的命，为他报仇，这是我的命。"主人公老铁的一段自白，成为电影故事的开端。老铁的弟弟老二是大山中的一位摩的司机，刚刚出狱不久的惯犯萧强搭乘了老二的车，临时起意杀死老二并驾车潜逃。警察调查过后，未能抓捕到逃跑的萧强，只是再三叮嘱老铁不要闹事，耐心等待。原本打工归来想要在大山之中安定下来的老铁，生活再一次被打乱，多次到萧强家中蹲守等待无果后，毅然决定千里追凶。毫无头绪的老铁回到了自己曾经打工的重庆，恳请兄弟帮忙寻凶却未曾想被拉入毒品的旋涡，兄弟伙同警察骗走了老铁所有积蓄。走投无路的老铁找到了自己曾经的女友，过多的感情纠缠最终让他决定离开重庆。靠着花钱买来的线索，老铁一路来到了内蒙古，之后得知萧强可能在山西某煤矿，老铁一路风尘仆仆地赶到，终于见到了自己一直以来追寻的犯人。

黑煤矿进来容易出去难，老铁身陷囹圄。自己要寻找的犯人就在眼前，老铁却什么都做不了。一次意外萧强幸运地逃离了黑煤矿，坏人在外面的世界逍遥，老铁却在煤矿中继续过着暗无天日的日子。陷入绝望的老铁，最终以一场赌以生命的爆炸引起了社会对黑煤矿的关注，解救了众多矿友，同时也得知萧强被抓。

“杀人偿命”似乎是普通百姓毋庸置疑的民间法则。警察办案的不利让老铁决定以自己的方式追捕凶手，这个决定赋予了老铁这个人物一种个人英雄主义式的悲凉。之所以喜欢与推荐这部电影，很大一部分原因在于写实主义。老铁被赋予英雄色彩的同时，也毫不避讳地展示了他人性中的弱点：面对债主的讨债一言不发的懦弱，追凶过程中遇到威胁低眉顺眼的迁就，见到工友吸毒沉默的应对……影片中的老铁一贯的沉默，只有在需要工友帮忙寻凶的时候说出了几句别扭的客套话。老铁的本质是平凡和普通的。而一系列的社会疮痍随着老铁的追凶之路缓缓展开，深刻但并不突兀。

由电影为起点，让我对于“公正”的含义产生了进一步的思考。公正即“公平、正义”，即亚里士多德口中“赏罚分明者的美德”。对于公正的追求，是每个人的基本诉求。影片中的老铁面对自己的兄弟被杀，无人为其主持公正之时，毅然决然地选择了千里追凶。警察无法给予凶手一个公正的审判，无奈之下主人公只得选择一种最为原始的方法维护自己内心的信念。这不由让我想到了 Tim Vicary 的短篇小说。他在小说《Justice》的开篇中曾说：“恐怖分子不在乎杀害谁或作害谁，对别人是否公正他们并不感兴趣。他们感兴趣的只是枪支、炸弹、杀人，然后如何逃脱法律责任。但是在有警察、法律和监狱以前，人们用一种更古老的方式来讨回公道，那就是以眼还眼，以牙还牙，以命抵命……”书中的 Jane Cole 最终选择在警察和法律面前用最原始的方法维护公正，为受伤的父亲复仇。在某些程度上，Jane 的经历与《人山人海》中的老铁有着某种相似，他们本能地依赖警察，依赖法律，在依赖无望之际不得已地用自己的力量与这个社会的阴暗面做斗争，他们都是单枪匹马却又一往无前。身处绝境却还要为公正进行抉择与挣扎，公正于他们而言应当是最起码的尊重需求，正如马斯洛的需求层次理论对于自我尊重的阐释，尊重的满足让人体会到活着的价值。然而在我们自认为法律健全、公正清明的世界中，却还存在一部分人不得不为了公正用最原始的方式去抗争，他们的经历不由让人唏嘘、感慨。

金基德说："我的人生经验告诉我，非正常的阶级关系，没有同情心的人与人之间的关系就是现实。"老铁的一路经历，不只是非正常阶级关系，就连一样出身"草根"的兄弟都给了这个困境中的男人重重的一击，与警察合伙骗走老铁所有的积蓄。同一阶级之间的不同情，让老铁再一次体会到了"不公正"的存在。而煤矿老板高高在上的压榨与索取，无疑是不同阶级之间"不公正"的体现。Tim 在《象人》一书中塑造的因身体畸形被称作象人的约翰·梅力与老铁相似，因面貌问题遭受种种正常人不公正的对待。同阶级的人将他当作马戏团的表演丑角，名门显贵、达官贵人也纷纷从象人身上获得对自己有利的东西。即使从英国医生特维拉处获得的温情，归根到底也是源于想将他作用于自己的医学研究。既无法生以获得寻常人的尊重与公正，象人最终选择了像正常人一样的死亡来对不公正的世界进行无声的呐喊。老铁亦是历经种种，作为一个传统意义上的"好人"经受一次又一次的磨难，幸运的是最终凶手绳之以法。这让我不禁畅想，又有多少在争取公正道路上前行的人，经年累月的苦痛过后却不曾换来这份幸运？有多少义无反顾的勇者最终只能像象人一样湮没在万千世界？

英格玛·伯格曼曾说："我的电影从来无意写实，它们是镜子，是现实的片段，几乎跟梦一样。"老铁的追凶故事，也正是这样由现实的片段反射出社会的苍凉。古人形容杜甫"世上疮痍，诗中圣哲；民间疾苦，笔底波澜"。现下用来形容《人山人海》这部电影，也不为过。德里克贾曼说："我留下脚印，让后人来追寻。"希望这样一部不叫座却可圈可点的好电影在商业化的今天给予人们以启迪，启迪在公正之路上无畏前行的勇者，启迪处庙堂之高者秉守"平出于公，公出于道"的基本理念。

草莽英雄

法学院　王伊若

定风波

莫听穿林打叶声，何妨吟啸且徐行。竹杖芒鞋轻胜马，谁怕？一蓑烟雨任平生。

料峭春风吹酒醒，微冷，山头斜照却相迎。回首向来萧瑟处，归去，也无风雨也无晴。

——苏轼

长辈们常说，有些人，你和他总是只能共患难，不能共富贵，这样的人，他们的能力会随眼界变高，要是忘不了草莽的朋友、糟糠的伙伴，他们便永远得不到荣华富贵，永远不得成心中所想。

例子呢？

当然有，不忍说出来。

常言“士为知己者死，女为悦己者容”，其实，历史的另一面是，有才的名士很容易恃才傲物，有容的女人很容易趋炎附势。

我以为，草莽之处最英雄，艰难未名真我容。

曾经，被誉为中国近代第一人的晚清名臣曾国藩去世以后，一向喜欢给别人写挽联的他，也终于到了别人给他写挽联的地步了。我细细察看了当年的那些挽联，同在官场的左公、李公给他题的联，官气太重、太硬，曾经故交的歌功颂德，势利太浓，缺心，倒是有一副，着实抓了我的眼球。不记得那副联到底怎么写的了，只依稀记得最后点点几字——“风雨深潭四十年”。

得思深处，慷慨悲凉，如鲠在喉，不能自已。那些血雨腥风，那些金戈铁马，在脑中轰然响起，那些大梦初醒，那些前朝往事，在耳边如歌似泣——曾文正公与太平天国的浴血厮杀，他和他的军队的数次溃败，他与清王朝的纠葛如麻，他和同治中兴名臣们的恩怨，他也落魄过，他也失意过，他年轻时也曾经失败后想自杀，他年老时也曾被自己的徒弟步步倒逼，他贫贱时也曾羞耻于自己的出身，他富贵时费尽心思也不过大清的一枚棋子，一幕幕，如西山暗雨，如凭空炸雷，如画面临立于身边，如场景再现于眼前，令人浮想联翩，令人心神摇曳，好一个“风雨深潭”！

当我回过神来，追根溯源，看看是谁的神来之笔之时，却发现，原来是曾国藩的一个忘年交，落魄老书生何绍基给他写的。

毛泽东曾经评价曹操的诗“有大男子的气魄，慷慨悲凉”。我想，用在这里也是恰当的，这是真正的名句啊，慷慨悲凉！

这让我想起了我的初衷，当初来北京，多多少少也是受那句话影响——“燕赵多慷慨悲歌之士”。

其实，话说回来，除了燕赵，中华何处曾缺少英雄？田横和他的五百壮士，岂是刘邦的大惊失色就能表达的豪气干云？荆轲和他的义无反顾，岂是秦皇的席卷天下就能呵退的顶天立地？这才是真正的豪杰之士啊，知其不可为而为之，当今世界，敢戮其锋，能出其右者，能有几人？

记得以前学苏轼的一篇文章——《文与可画筼筜谷偃竹记》，其中提到曹操与桥玄的往事。说曹操年轻时，不被人看重，唯独有一个叫桥玄的老头子很赏识他，并对他说过这样一句话：“所安民者，其在君乎？”可谓评价之高。这个老头死后，有一次，曹操路过他的坟，献上祭文，感慨之下，心酸腹苦，想起了当年两人之间的玩笑，即“车过三步，肚痛勿怨”——要是我死后，你经过我的坟墓，不给我笑纳斗酒只鹅，那你的马车走过以后，要是肚子痛，可不要怪我啊！

被贬的失意老文人苏东坡，写到此处，想起已死之友文与可，也不禁情难心伤，号啕大哭，老泪满面。

原来如此吗？

如此而已吗？

常听人说“悲观者比乐观者看问题更加犀利”，现在看来，倒希望言者只是信口开河而已。

竟无缘无故想起那个“时无英雄，使竖子成名”的刘邦。

《史记》里有一段话：“高祖还归，悉召故人父老子弟纵酒，发沛中儿得百二十人，教之歌。酒酣，高祖击筑，自为歌诗曰：‘大风起兮云飞扬，威加海内兮归故乡，安得猛士兮守四方！’令儿皆和习之。高祖乃起舞，慷慨伤怀，泣数行下。”

人人皆言刘邦小儿，但在这段话里，刘邦倒是像一个落寞无聊失意不堪的老人。

一个大男子，经历世事沧桑，世态炎凉，这么多岁月过去了，那么多心事熬住了，终于有机会回到自己的家乡，见到曾经的父老乡亲，见到熟悉的草莽生平。于是，一曲大风歌横空出世，铿锵奏出，可谁知道，弹的岂非高祖的心事，伤的又何尝不是大汉的情怀！

于是，曲罢，泣泪数行。

努力的意义，努力后才知道

外国语学院　郭海涵

2016 年的 5 月，距离高考还有一个月的时间，血红的倒计时如同沾染了鲜血的利剑刺痛我的双眼。当时的我颓废又孤独，每日被各种负面情绪笼罩，看不到未来，看不到希望，一边昏天黑地地背着笔记、背着教材，一边暗无天日地质问自己这一切的意义。

这个时候，《垫底辣妹》闯入了我的生活。

成绩垫底的女生经过努力逆袭考入顶尖大学的故事俗套得可怜，却在那个夏日与我会心一击，让那个堕落的、痛苦的、无力的我一次又一次热泪盈眶。

从全国的后 2% 成为全国的前 2%，这期间沙耶加付出了多少努力，如何从泥泞和血泪中一步一步爬出来，如何在深夜的泪眼中挣扎着拾起笔，如何在夜雨中号啕大哭却又展露笑容，我们很难想象。没有努力过的人永远都不会懂得努力的意义！

我不会忘记沙耶加在床上抱着布偶呆呆地发愣了很久又抖起精神坐到书桌前拿起笔时的背影，不会忘记她在模考成绩全部是 E 之后在街上乱转时绝望的眼神，不会忘记与朋友约会后她边骑自行车边大声背单词时夕阳下娇俏的身影，不会忘记她为了打消玩的念头而把自己变成土得掉渣的样子，最重要的是，我永远不会忘记最后大声喊出“我考上了”时沙耶加的泪光，那一刻，世界从未如此美好。

这是一部只要高考努力过的人就一定会被触动的电影。我一次又一次地看见了自己的影子。我想起了高一时那个不断触碰学校的底线，渐渐从排名的末尾开始找自己的名字，一次又一次地让父母发怒，把自己的人生拉入烂泥的堕落的我；想起了高三时向老师申请一个人坐在班级最后面的我，在课间嘈杂的人声中捂着耳朵背着课文，在吃饭、走路时不停背着笔记的我，为填满练习册用光了一支又一支笔的我；想起了在深夜看着心爱大学的照片哭得泣不成声的我。

那个时候支撑着无数次想要放弃的我的是沙耶加坚持梦想的样子，为了目标而在一次次的打击中站起来的沙耶加成为我高三最后一个月中不可取代的光。她为备考画得满满的书，贴满走廊和房间的单词，崩溃时在本子上写下的“想睡觉”“想哭”“好累”“明明已经那么努力了”，都把在谷底的我重新拉到了追逐梦想的道路上。她和千千万万拼命保护自己梦想的我们一样，笨拙而固执，但那拼命努力的样子格外动人。怀疑自己、想要放弃，才是我们高中时代最真实的写照。我在日记中写道：“过去的那一个个拼命的我，一个个在深夜中哭泣的我，为了一次次月考付出了那么多的我，都是为了23天后的高考，我不能对不起她们，背不下去就做题，做不下去题就看书。”这样拼了命地为自己鼓气，逼着自己上路，竟也走到了最后。

沙耶加说：“为了能成为比原来更好的人，就算再苦再累也会努力。”彷徨恐慌时，我就不停地总结一次次考试的知识点，拿着试卷不停地跑到办公室问问题。我渐渐懂得，面对挫折最好的方法就是直面挫折，打败它，击溃它。真正让我成长的是这些与困难战斗的时刻。当我也能擦干眼泪重新提笔战斗时，我明白结果已经不重要了，我已经成为那个更好的人。

沙耶加是幸运的，她遇到了最好的坪田老师，能够想出各种方法鼓励她，永远相信她；她有一个伟大的妈妈，为了她补课的费用日夜不停地打工，为了女儿的快乐付出了一切；她有一群可爱的朋友，虽然不在一起努力却真心希望沙耶加成功。就如坪田老师在信中所说：“你曾说，我改变了你的人生，我觉得正是你奋斗的样子，改变了许多人的人生。”沙耶加的努力，有一部分也是为了不辜负大家的期望。人人都在为别人的人生努力着，彼此成为生命当中的支撑，这是这部电影又一可贵的地方。现实中的我们往往没有这么幸运，通往梦想的道路上总是只有一个人的背影，但是，这种孤独以另一种形式让我成长，我越来越懂得学会一个人独处有多么珍贵。

电影的最后，沙耶加坐上了去往庆应大学的新干线，坪田老师用力地向她挥手，喊道："有志者，事竟成。"这大概就是这部电影的内核所在吧，为了心中的目标，无论谁都可以实现奇迹。曾经无数次彷徨，无数次想要放弃，但最终会选择坚持，这才是我们的青春。终有一天，我们都会喜欢上那个不顾一切、全力拼搏的自己。

最熟悉的陌生人

生命学院 张梦南

“可是你没有认出我来”，我沿着这一句话蔓延的感情脉络看完了整部电影。徐静蕾饰演的女人，正如那一束临别的白玫瑰，妩媚孤傲，却又难免凋零得凄惨卑微。这部电影于炎炎夏日的夜晚看完，心里阵阵凄凉，感慨爱情果真是杀人武器，颇有一番消暑的意味。看罢，念念不忘，如今又在凛冽的冬夜回响，却被这样勇敢的爱带来甜蜜氤氲的幸福感伤。

《一个陌生女人的来信》是奥地利作家茨威格创作的中篇小说，徐静蕾将其改编成电影。她将这个故事搬到了 20 世纪三四十年代的天津、北京、河北和四川。电影以倒叙的手法，配合着精致的摄影，暧昧的光线，温暖、举重若轻的音乐，以一个女子的视角娓娓道来，平静地讲完了一个激烈的故事。

爱情没有谁对谁错，对于这个女人来说，只能说她爱得太投入，以至于失去了理智，竟然连表达爱的勇气都没有。男的呢，不是负心的，不是错，而是可怜的。物质和精神世界之间的相互关系总是此消彼长的，物质生活过于丰富，就会把他的感情逼到一个贫瘠的境地。尽管他一生荣华富贵，风情万种，他却没能认出那个倾尽一生真正为他而活的女人。

我突然想到了一句话：“我爱你，跟你没有关系。”在看这篇小说以前，我对这种非主流的毫无意义的话总是不以为然。我以为，这只是青少年在荷尔蒙过度分泌的驱使下为赋新词强说愁。以十开头的年纪，可能还不懂爱，又有什么样的深沉来谈爱呢？但是，今天看完了这个女人纠缠的独白，我被一种无助、无奈、悲哀相互交织的感受猛烈地袭击了。“我爱你，跟你没有关系。”有的时候，你想爱，但得不到。但是人贱性不改，得不到的永远在骚动，被偏爱的却有恃无恐，越是得不到越想要。你默默地关注他，关注他的一举一动，关注他的周遭，你甚至对他所有的细节了如指掌，但是他却不闻你姓名，不见你模样。他对于你来说，只是一个最熟悉的陌生人，仅此而已。于是，这样单方面得不到满足的爱的枝丫就越发疯狂地滋长，毫无节制，把整颗心都爬满了、拴牢了，最后把一个人锁住了，锁在了一个臆想的空间，直到把她锁死了。有一段三行情书写得很好：

基围虾在剥我的壳，

练习册在写我，

漫天飞舞的我落在枫叶上、雪花上，

而你想到了我。

有时候，即使世界翻转，在爱的那个人也只是一厢情愿。就算你颠覆了整个世界去摆正他的倒影，但他并不回头看你。你所谓的爱，不过是一场臆想。

但是，去单恋还是去相爱是有选择的，我们对于爱拥有选择权，“在这个世界上，再也没有比置身于人群之中，却又得自己一个人生活更可怕的事情了。”我明白，一个人不孤单，想一个人、爱一个人才会让孤单掺半。如果没有两个人在一起的对比，一个人生活并不会那样艰难。在这个比想象瘦得多的现实里，我们有理由让自己过得快乐些，每个人都有为自己抉择的权利。生活不是作诗，不需要用一副凄美感伤的姿态独自前行。你并不是一定要被一个毫不相干的陌生人和一种无尽付出却不见回报的感情牵着鼻子走。作为一个自爱、持重、感性、睿智的人，我们要为自己选择一条看起来有光亮的路来走。那一片漆黑的未知，你有没有想过，也许并没有惊喜等着我们去探索发现。我们要在对的时刻，爱上对的人，做对的坚持，才会有幸福可言，毕竟没有什么比取悦自己更重要的事了。

“贫穷”是这部电影的另一个线索。她说：“我知道，在这个世界上，穷人总是遭人践踏，受人凌辱，总是牺牲品。”为了不让一丝贫穷的成分混入儿子的生活，最后，贫穷成了逼她放下尊严和肉体的尖刀。我认为，人生来平等，不一样的只是早就注定的身世。如果你有谈爱的勇气，就要有谈爱的资本，不要低头，不能放低姿态。有一种美，叫作自信。如果惧怕贫穷，就要自强，不要让这成为你爱途中的障碍。很多人生在普通甚至更加拮据的家庭，但是他们用理想的力量改变了自己，让自己有能力、有资本去爱自己想爱的人。

所以，抛开文学，抛开影视作品，来到现实，我们应该活得真实些、努力些。对爱的人，一定要大声说出来。闭上双眼凭默契认出是不是与你不离不弃、生死相依的那一人。“愿得一人心，白首不相离。”人生的朝阳与晚霞，希望陪你的人，始终如一。

有些人，相见不如怀念，你不能指望所有的暗恋都能实现。最熟悉的陌生人，就让他相忘于人海吧。放掉心里那个遥不可及的想念，在对的时刻去邂逅一个对的人。两情相悦简单，相守到老比说得难。该怎么坚持，怎么陪伴，怎么幸福，爱情本就该是两个人的故事，而不是一个人的独白。

愿爱让女人这朵白玫瑰永不凋零。

谨以此文献给爱过或者正在爱的人。

纵风吹雨打，自傲立江头

机械与车辆工程　王郝

自改革开放以来，我国各行各业都展现了从无到有、有而更胜的巨大生命力，无论是国民经济发展还是人民生活水平都有着长足的进步，古老东方雄狮的崛起在国内外激起了一波波或惊叹，或羡慕，或担忧的舆论潮流。然而，在物质文明繁荣发展的华丽貂裘下，大众整体精神境界上的落后却如同败絮般让整个社会隐隐有股华而不实的气氛。

当我们打开一个主流媒体开设的新闻网页，充斥在头条的不是关系到民生的国家方针，不是直达民众内心的揭露报道，而是是来自社会阴暗面，充斥着“三俗”的狗血报道。从娱乐“明星”争名夺利的丑态，到娱乐记者无孔不入的“实时追踪”，以娱乐圈为代表的极度娱乐性的新闻霸占了屏幕。我不禁疑问，在大众读过这样一篇篇充满名利场的尔虞我诈和奢靡无度的拜金主义的流水文章后，能从中汲取到什么思想营养。而这些所谓“精品”文章就像弱酸性的腐水一点点侵蚀人们由于物欲的满足而懈怠的精神防线。诚然，娱乐新闻亦是新闻，但是我希望媒体——社会主旋律的引领者，不要把这些低俗无趣的东西放在最显眼的位置，不要让那一桩桩值得社会关注的事件畏缩在不起眼的角落里。

国庆期间上映的《湄公河行动》，是由公安部批准，良心导演与演员团队精心打造的主旋律电影，最初在同档期的电影中排片率竟然是最低的。当我们想瞻仰下位列榜首的是何等佳作时，那部充斥着“五毛钱”特效和乏味套路剧情的“电影”让我满怀期待的内心很是受伤。不过，观众不是傻子，自上映日起，《湄公河行动》在良好口碑的推动下，票房节节攀升。我们在感叹主旋律电影的荡气回肠时，为什么不反省一下当初对它的不公正对待？难道为了迎合某些大众的低趣味就可以丧失从业者的基本操守，一边高举着明知是“烂片”的电影宣传单，一边张大口袋拼命捞钱？

这样的现象不觉中渗透到我们生活的方方面面，潜移默化地让我们认为这一切的堕落都是理所当然。所以，在看似繁华的夜景中，我总能感受到一个个贫瘠的灵魂在城市的大街小巷里踉跄。媒体对穷奢极欲、纸醉金迷的人、事的大肆报道让我们与平凡朴实的现实生活脱轨。我们为什么而活？我们为什么不能像网络小说的主角那样“潇洒”？我们曾经的梦想错了吧？混沌的大脑无法回答。于是，迷茫的人们都在这社会涌起的滚滚浊流中上下翻滚。“喷子”“键盘侠”等平日里蜷缩在黑暗里的人伺机而动，借助网络这具有极强传播性的平台大行其道，尽情宣泄着自己的垃圾思想，吹嘘着完全不切实际的见解。每一个社会事件总能引起一阵叫骂，声音中交织着“喷子”不可理喻的叫嚣、反对“喷子”者的说教、吃瓜群众的冷嘲热讽。我不明白，这样的口水仗能改善问题吗？难道每一个发言者不该在发出自己声音时再多一次的斟酌吗？

抛开网络的虚拟，真实的大社会又是怎样的呢？

城管小摊的战斗、医患关系的紧张、开发商与钉子户的纠葛等矛盾冲突……纵使这些话题一谈再谈，问题依旧在那里，在社会舆论这片沃土上凶猛成长。我承认，我可怜小摊贩生活之艰辛，同情患者家属难掩的悲伤，但是当我看到城管为了整个城市的整洁文明做出的牺牲，看到医生在手术台上的挥汗如雨，不禁犹豫自己站在哪一方才是公道的。人心实难测也！真如鲁迅先生所说：“可怜之人必有可恨之处！”那么，当人情扯不断、理还乱的情况下，法律在哪里？如果那些革命前辈们在共和国建立之初精心编纂的法律得到一丝不苟的执行，面对法规又有谁有资格、有勇气去声嘶力竭地混淆是非？若此种种乱象，我思来想去其根本还在于精神文化的缺失，缺失又源于经济过快的发展。正如广大国人所自豪的，我们用几十年的时间走完了资本主义世界几百年的路，但是我们大步奔跑时却忽略了被甩在身后渐渐远离的灵魂。

时代的大背景下，我们这群身在象牙塔的大学生们，的确位卑言轻，仅凭眼下能力改变世界更是难如登天，但改变自己总该绰绰有余。平心而论，党的种种思想路线自是很好，国家的领导者也希望为大众思想的提升指明一条道路。习总书记更是多次告诫大学生珍惜大学时光，尽可能地多看书、多思考、多实践。真乃经验之谈！与其每日沉醉在碎片化的庞杂网络信息中，倒不如拾起那本冷落许久的书，与同学进行一次精神的碰撞，抑或来一场大汗淋漓的运动。

闲暇时，我会对自己的所为进行梳理总结。故每每感叹，生命可贵，青春年华易逝，花开堪折直须折。今天的我们，有父母的支撑，师长的教诲，学校的纪律等外在的羁绊，但这些终归不能抵挡我们对纷繁社会好奇的窥探，不能打断社会人情百态对我们的呼唤，更不是总先知先觉、让我们化险为夷的锦囊妙计。古人说："修身，齐家，治国，平天下。"既然创造历史的舞台暂时被遮挡在大学这道幕布前，那么为梦想彩排的我们有什么借口拒绝修身这一不变的处世真理？

禅语云："风动罢，旗动罢，止心动耳。"

我只愿化身那株绿树，纵风吹雨打，在滚滚浊流的洗刷中傲立江头！

从一本书中找寻前途与希望

信息与电子学院　王栋

“一九七五年二三月间，一个平平常常的日子，细蒙蒙的雨丝夹着一星半点的雪花，正纷纷淋淋地向大地飘洒着……黄土高原严寒而漫长的冬天看来就要过去，但那真正温暖的春天还远远没有到来。”

为了这“温暖的春天”，有数不尽的平凡人在这平凡的世界上演绎着不平凡的人生。

《平凡的世界》真不愧为“青少年必读之书目”。重温此书，我又仿佛看到了那个年代现实的严酷。政治的黑暗、思想的禁锢、文化的贫乏以及人的精神的缺失……读罢无不令人心塞。

知道路遥的人都明白，《平凡的世界》是他用生命写就的。书中的每一个人物都称得上是当时那个年代一类人的真实写照，每一个故事的背后都是一部又一部现实中《平凡的世界》。无法想象他数年来到底耗费了怎样的心力，这在《早晨从中午开始》中似乎也得不到我想要的答案，却使我明白了，为何该书完稿之时路遥的生命也走到了尽头。他像是在用鲜血供奉着它，用一条生命的结束来开启一份使命的征程以及一代人的觉醒。

回想书中的形象与感触，有三处对我影响最大。一是以孙少安为代表的敢于并善于突破陈旧思想与政治束缚而能毫无畏惧地发出自己声音的新时代青年；二是以田福军为代表的思想先进、善良正直、体恤民情、作风朴实的人民公仆；三是以孙少平为代表的勤奋懂事、吃苦耐劳、不甘平庸、不向命运低头的热血男儿。我只能说自己才疏学浅，这些词语完全不足以表达这三个人物在我心中形象的伟大。很多人无法理解，对于一个同样满怀报国激情的年轻人而言，这样的震撼与冲击会在他心底掀起怎样汹涌的波澜。

“连自己的老婆孩子都养活不了，庄稼人活得还有什么脸面呢？生活是如此无情，它使一个劳动者连起码的尊严都不能保持！

“按说，他年轻力壮，一年四季在山里拼命劳动，从来也没有亏过土地，可到头来却常常是两手空空。他家现在尽管有三个好劳动力，但一家人仍然穷得叮当响。当然，村里的其他人家，除过少数几户，大部分也都不比他们的光景强多少。农民的日子难道就要永远这样穷下去？这世道难道就不能有个改变？

“作为一个整天和土地打交道并以此为生的人，孙少安知道，这一切不幸都是一村人在一个锅里搅稠稀造成的。说句反动话，如果让他单干种庄稼，他孙少安就不相信一家人连饭都吃不饱！”

这就是孙少安，一个善于思考并敢于思考的青年。再看看当时各级领导面对孙少安带领生产队分田单干的反应：

村书记田福堂“就像耳朵边响了一声炸雷，都懵了”。

公社主任白明川、徐治功“也惊呆了”。

原西县革命委员会要求“立即制止，狠狠批判，严厉打击”。

地区革命委员会主任苗凯指示“坚决制止”。

这就是那个社会的政治，这就是那时思想的麻木。从各级领导的反应不难看出孙少安拥有这样一个想法并把它付诸行动是多么难能可贵。我只知道，一切政策都是以现实情况为前提，以造福人民为目的，可怕的是，现实明明就摆在那儿，我们却束手无策。在如今，借助方便、高效的通信手段，中央政策越来越透明，谁都可以对时事政治评判，我们不再需要像四十年前那样对国家政策小心翼翼地揣度和尝试，我们不再担心一心一意忠于党的干部们仍像四十年前那般死板不知变通。但我们仍需要孙少安那种善于思考、敢于突破的精神，把它应用到社会的各个亟须改进的方面。

“冯世宽发完言后，李登云和马国雄接着发言，坚决支持冯主任的意见。但副主任田福军提出，县革委会能不能心平气静地研究一下这个新情况呢？……

“好！尽管我们都是些普通人，无法改变我们国家的局面，但我们应该有一双分辨黑白的眼睛，有一个能严肃思考我们国家命运的头脑……你感觉到的问题，任何一个有头脑、有良心的中国人都会感觉到的。这不是我们几个人的忧虑，而是全中国人民的忧虑……

“我晚上常和老婆说这些事，两个人有时一晚上都合不住眼……唉，按说咱现在有职有位，有吃有喝，可是国家搞成这个样子，个人满嘴砂糖嚼起来都是苦的！新中国成立二十几年了，群众还吃不饱饭！我看见工地上穿得烂囊囊的农民，心里就感到难受和羞愧！”

我们不是生活在那个人民公社化的时代，应该说，相对于孙少安的精神，田福军与张有智的觉悟更能引起当下千百万群众的共鸣：锐意革新、造福于民，为民请命，鞠躬尽瘁。

我有一个从政的梦想。我会始终牢记党是诞生于人民、强大于人民、胜利于人民的。

相比而言，我对少安的精神和勇气非常佩服，但并不是很有感触，倒是对少平的爱情与拼搏感触颇深，因为我是一名实实在在的大学生。

爱情，这个只要有人就存在的无形的东西，也是个只要有人就无法避免的话题。东方有“孟姜女哭长城”“梁山伯与祝英台”的传说，西方有“泰坦尼克号”“罗密欧与朱丽叶”的罗曼蒂克。每个人的爱情观是不同的，有的人就是享受一生暗恋，有的人却缺少一夜情就无法存活。

对，我无权评价和干涉，只想表达一下自己对少平与晓霞那种纯洁的、潜移默化的、轰轰烈烈的爱情的向往。写到这儿感觉真的才疏学浅，找不到几个完全合适的词语来修饰它，来表达我内心的所思所想。即便是铁骨铮铮的汉子，也渴望童话般的爱情，只不过有些人，需要等。对，到了这个年纪，或许从某种程度上来说，生活的确就成了——变优秀和等你。或许在某个为活出价值而专注打拼的午后，我们所渴望的爱情便会在不经意间撞到自己的怀里。就在奋斗中期待，在期待中奋斗吧！

之所以为孙少平的精神与毅力而深深感动，是因为一方面我也极其渴望通过自己的努力打拼出一条属于自己的道路，并不是看不起农民，只为了不再让操劳了大半辈子的父母在汗水与不安中度过晚年，也为了自己的后代有更好的生活境遇！我们想要改变自己、改变社会，除了奋斗别无选择。

另一方面，是感动于孙少平身上有别于当今千百万大学生的劲头。

四十年前，青年人是民族的脊梁，如今依然是。四十年前，孙少平不甘心服从于命运的安排，十几岁便挑起家庭的重担，孤身一人闯荡大江南北。背过石块，下过煤矿，受过羞辱，遇过欺骗，到最后虽没有什么大的造诣，却收获了生命的真谛以及所有人的赞赏与钦佩。四十年后，在享用着国家高等教育资源的大学生中，有些人生活不能自理，二十多的小伙子离不开父母半步；有些人游戏玩到痴迷，父母不敢离开半步。他们一觉睡到自然醒，上不上课看心情，哪还有当年秉烛夜读、艰苦奋斗的精神？四十年前，田晓霞为了一个年幼的姑娘毫不犹豫地献出了自己宝贵的生命。四十年后，看到摔倒在地的老人，会玩高科技的年轻人随手拍下，发到微博，一走了之，还在微博上愤慨地谴责这个社会的冷漠。四十年前，痴情的少平面对晓霞的死讯，选择的是为他们年少轻狂时立下的豪情壮志而更加拼命地奋斗。四十年后，一句简简单单的“分手”就带走了一批又一批脆弱不堪的灵魂。四十年前，一位年过古稀的老农民也有讲不完的年轻故事。四十年后，我们还拿什么话说当年?!

在传说中的大学过活了半年，有件小事最令我感动。每天清晨起床，总能看到清洁阿姨从一楼到顶楼把楼梯、楼道不厌其烦地拖了一遍又一遍，时不时地，有人迫不得已从刚被打扫过的楼梯上上下下，阿姨便回头再拖。每次大雪过后，也总能看到清洁阿姨在第一时间把同学们上课的必经之路扫得干干净净，扫不动就动用木锨，总之仔细得不能再仔细，生怕祖国的花朵受到一丁点不必要的伤害。我想，这在中学的时候，不都应该是我们自己的活吗？我不知道有没有人像我一样用心发现过、感动过。

叔叔阿姨的尽职尽责和对我们的关心呵护暂且不言，透过这些小事我看到的是祖国对我们这些年打拼后脱颖而出的负责，是祖国让我们不拘小节、去做对国家更有意义的事的信任与期待。因为我们有这样的能力。我们不能让阿姨们任劳任怨的侍候白费！祖国像对待宝贝一样对我们百般呵护，我们难道还要用一天更比一天的颓废与随波逐流去报答吗？

答案留给所有人，请用行动告诉我们的母亲吧！

时间才是主角

计算机学院　李文煜

这是一部豆瓣评分8.5的电影，自然比不上《肖申克的救赎》《教父》这样的经典，但也算是一个相当高的分数。当然，以豆瓣评分作为电影的评判标准未免有些片面了，不妨让我们以更加片面的角度来看待这部电影。

2014年是一个佳作井喷的年代，是的“井喷”，只有这个词才能表现那一年的佳作产出率。大获全胜的《鸟人》自然不必说，《万物理论》《爆裂鼓手》《依然爱丽丝》《模仿游戏》《超能陆战队》，片片都是佳作，它们塑造出许多非常经典的人物形象，留下了很多值得思考的内容。那为什么我不去评论《鸟人》，难道是他的长镜头意义不够深刻？为什么我不去评价《爆裂鼓手》，难道是它所追求的极致还不够疯狂？为什么我不去评价《超能陆战队》，难道是漫威的剧本已经成为一种套路？都不是。我不否认上述每一部电影的优秀，这其中不乏我二刷三刷的电影，但是，物欲纵横的时代里，我们需要一部电影让人平静，去思考一些非物质的内里。大约正是这个原因，我选择了《少年时代》。

《少年时代》讲述了一个男孩从6岁到18岁的成长历程。这个男孩有什么神奇之处吗？他有什么超能力吗？他是什么大明星吗？都不是。那么导演理查德·林克莱特花了12年时间来完成这部作品是为了什么？

《少年时代》仔细描画了孩子的成长过程，及其父母各个方面的变化，可以让观众细致入微地体会岁月流逝的痕迹。就观影感受而言，坦白地说，我不愿再看一遍这部长达三小时的电影。虽不乏味但也并不愉悦，它好像浓缩版家庭录像，年年岁岁的家长里短无缝衔接着两个孩子的慢慢长大，你并不知道，当然可能也并不期待接下来会发生什么。它讲述的是一个美国少年的成长故事，会有疏离感，也会有代入感。

故事的主角，其实是时间，不是吗？

正如前文所言，让我们以更加片面的角度来看待这部电影。

时间的角度。

影片的开头，是小男孩梅森躺在草坪上，蹙着眉头看着天空，《yellow》的配乐恰到好处。

我在沉闷的暑假里点开这部电影，一句“look how they shine for you”让我安静了下来，开始窥探他的人生，开始回忆自己的人生。冗长的剧情无非就是搬家，上学，结婚，离婚，复刻现实生活的平淡。孩子们在长大，大人们也在变老，梅森考上大学要离开家里那天，帕特丽夏扮演的妈妈突然伤心地吵闹起来：“给我马上走！你们接着都一个样，考试、分手、换女友、工作、结婚、生孩子、离婚……”电影到这里好像所有的碎碎念都一下子有了腔调，变成了导演费尽心力的预设，所有蝇营狗苟的生活，都指向了明确的主题：时间的流逝。

18岁的梅森开车去大学报到，一望无际的公路，蓝天上白云飘荡。一曲《Hero》响起，好像一下子就看到了小时候的自己，不想成为一个英雄，不想成为一个大人物，只想和其他人一起奋斗、一起生活。

关于电影的主角，有人说是梅森，有人说是梅森的妈妈。十二年的生活微缩进三小时里，我认为，时间才是主角。

梅森的妈妈，是现实生活中很多人生活的戏剧化版本——一面幻想脱轨，一面拼命把生活拉回正轨。在这样的拉拉扯扯循环往复中，过着柴米油盐酱醋茶的生活。其实这大概是大多数人对时间最无奈的抵抗，想让自己的人生再精彩一些，再长一些，再长一些。

同年春晚，王铮亮的一首《时间都去哪儿了》有异曲同工之妙。看电影的同时，我也在问自己：我的时间都去哪儿了？我的少年时代是怎样度过的？

《少年时代》当然是部好电影，对于受众来说，它会让你既怀念逝去的少年时代，又反思正在经历的生活，它唯一让人产生观影障碍的是，看完电影，你分不清你感触的是影片故事，还只是在喟叹时间本身，又或许二者兼而有之。

为了表现时间的流逝、生活的变更，林克莱特可谓是“心机重重”：那个年代最受欢迎的《哈利·波特》、披头士，手机从翻盖到全民苹果，这样的元素在电影中随处可见。这些曾经的流行、如今的经典，无时无刻不再提醒着观影者，时间就像一颗子弹，快得让你做不出反应，你只能眼睁睁地看着它把青春年少一枪击穿又呼啸而过，甚至来不及悲伤或是难过。

我们心有戚戚，盼着时间慢一点再慢一点，我们高喊“向天再借五百年”，我们总说要抓住时间，抓住青春的尾巴。

嗨，得了吧，哪有这回事儿，从来都是这一刻抓住了我们。是的，就连你高喊着“我要珍惜时光”的这一刻，也恰巧成为时光记住的一部分，并不可回头。

在物理学上，时间是第四维，遥不可及虚无缥缈的第四维。我们生活在三维世界里，感慨着第四维的无情。木心说：“岁月不饶人，我亦未饶过岁月。”所以啊，你不如用三个小时的时间去看《少年时代》。

你的姑娘，我的善良

信息与电子学院 李文宇

Have courage and be kind。

坚强而勇敢，仁慈而善良。

——题记

兵荒马乱的高三，看到《灰姑娘》电影上映的时候却依然任性地抛下一切去观看。带着那份对童年时光单纯与懵懂的期待和没有写完作业的紧张，我走进了灰姑娘的世界，那个简单又美好的世界。

影片在一片被阳光照耀的灿烂的麦田的场景中开始，埃拉在那个充满阳光与欢笑的地方成长。她与花草一起随风舞动，与各种小动物一起嬉戏，与父亲一起在阳光下跳舞，这样的幸福直到母亲离世。母亲在离世之前告诉匍匐在身前的埃拉，“无论何时，你都要记住：坚强而勇敢，仁慈而善良。仙女瑞拉会一直在你身边。”

埃拉谨记母亲的遗言，她秉承着那份善良的品质，她相信善良会让仙女陪伴左右。她善良而又真诚地对待身边的每一个人，她友好地欢迎继母和她的两个女儿。但是在父亲不幸过世后，埃拉并没有得到继母一家人的关怀，反而被迫去做饭，洗衣服，打扫卫生，甚至只能居住在一个冷冰冰的阁楼里。她们丝毫不尊重埃拉，不让埃拉与她们同桌吃饭，给埃拉取外号为灰姑娘——Cinderella。终于，灰姑娘因为承受不了这份屈辱而骑马跑进一片树林，在这里她从打猎的王子手下拯救了一匹马。王子被灰姑娘的善良打动，并在交谈中被她那份坚强与善良的人性魅力所吸引，并认定自己未来的妻子是灰姑娘。但是王子因为政治原因必须要联姻，王子在和父亲与大臣的斗争中做出最大让步，可以联姻但是要求全城的姑娘都可以参加他的舞会，并且自己去选择心仪的公主陪伴他走过后半生。灰姑娘知道这个消息后欢喜地告诉继母并请求参加舞会。继母以灰姑娘没有漂亮的晚礼服为由拒绝她参加舞会，并将她亲手缝制的连衣裙撕破。灰姑娘绝望地目送继母和两个姐姐奔赴舞会，她哭着跑到井边，“妈妈，我再也不相信你了。坚强而勇敢，善良而仁慈。我这样做了，可是仙女不在身边。”

电影看到这里的时候，内心和灰姑娘一样绝望。想冲进电影里把恶毒的继母的裙子扯下来，想给灰姑娘一个温暖的拥抱，想召唤仙女快点出现去解救善良的灰姑娘。同时也在思考，她坚持的那份善良与坚强在真正的困难来临之际到底可以帮助她多少呢？我们每个人心里都住着一个灰姑娘，我们以善良之心对待生命中的每一次出现的奇迹，相信上天安排我们相遇是为了让彼此变得更好。可是，在经历过种种失败之后，在困苦中绝望，在绝望中破灭，你是否还能坚持初心？

童话里的仙女终于出现了，她向灰姑娘讨要一杯水，灰姑娘把水递过去后，通过了仙女的考验，因为那份坚持，坚持善良地对待世界，坚持无论遇到何种不公，无论处境有多么艰难，都始终不改初心。一袭深蓝色的纯净的晚礼服，一双水晶鞋，一个由南瓜变成的黄金马车，几匹由小老鼠化身的骏马，两个由蜥蜴变身的仆人不期而至。灰姑娘变成了一位真正的公主，坐上马车，去赴那场盛世之约。

十二点的钟声依然会准时响起，仙女的提醒依然会在耳边萦绕，一切依然会变成了原来的模样。可是，那又如何呢？王子找到灰姑娘的时候问道：

“你是我的公主吗？”

“不是，我是那个善良而又坚强的爱着你的普通女孩。”

无论是华贵或者简朴，端庄或者调皮，有没有水晶鞋，魔法会不会消失，都不重要。“只要你的心不变，你永远是我心中的真正的公主，那个坚强而又勇敢、仁慈而又善良的姑娘。”

仙女说：“灰姑娘和王子最后过上了幸福的生活，因为是我亲眼见证了他们的幸福。”

电影到这里就落下了帷幕，但是那份幸福的感染却依旧未停。所有的故事都会有一个结局，所有的结局未必如最初所愿。从单纯到复杂，从懵懂无知到成熟睿智，我们的人生是一个不断放下、不断捡起的过程。每一片银杏叶都会以最美的姿态飘向不同的方向，每一种人生的选择都可以决定我们人生的轨迹。在这段旅程中，有人因拿不起而绝望，有人因放不下而负重前行，直至累垮自己。有人住高楼，有人在深沟，有人光芒万丈，有人一身锈。因为选择不同，放弃的东西不同，最后的结果也不同。

我们都是这个世界的探索者，从第一缕阳光照耀到我们的身上，从发出的第一声啼哭，从第一次真诚地善待身边的每一个人开始我们一直坚信坚强可以战胜一切，勇气可以抵御所有，仁慈可以带来希望，善良可以洗涤灵魂。

不要因为走得太远而忘记了为什么出发，不要因为那一次次的伤心失落而放弃希望和信仰，不要因为惧怕而不敢发声。上天不会做出无缘无故的决定，它让你放弃和等待，是为了给你更好的。

愿你终日以笑对待世间的百般形态，愿你不忘初心始终相信善良，愿你心中仍有柔软的地方去疼惜，愿你被这世界温柔相待，愿时光虽久却终可随愿。

愿你以善之心活出自己想要的模样。

未生

宇航学院　俞点

“既然已经进来了，就努力坚持下去吧，这里需要的就是坚持。坚持，就是无论如何都要完生的意思……你们现在还都是未生啊。”这是吴科长对新人张格莱说的一句话，站在天台上，面对着余晖和川流不息的车马。这也是我最喜欢的一句话，没有什么特别的原因，只是单纯地觉得喜欢“未生”这个词。

什么是未生？围棋中它就是那最后一枚棋子，可能起死回生，也可能满盘皆输。它的命运无法预估，能存活吗？要放弃吗？一切全看棋手的选择。而在电视剧《未生》中，主人公张格莱就是一名棋手，围棋场上的棋手，也是自己生活的棋手。

26 岁的他，本来是个完全沿着社会边缘行走的人，沉浸在自己的围棋世界里，与周围的世界打着擦边球。可是社会怎么会让任何一个人脱节呢？家里面并不乐观的现状一次次地敲打着他，做着零星的兼职已经无法养家糊口了，怎么办？只有高中文凭的张格莱最终还是凭着母亲为他托了远得不能再远的关系找到了这份在综合贸易商社实习的工作。从这里不难感受到压抑扑面而来的真实感。是的，生活中哪里有什么钩心斗角踩人上位或者“傻白甜”摔一跤成为总裁助理的狗血桥段，现实中的我们很有可能就是踩着父母的肩膀才能触到社会的门槛，编剧就是要把我们拉入这部剧里，让每个人都能看到角色中自己的影子。所以，这也是《未生》最能打动人的地方，细腻，不造作，直勾人心。

刚进入公司的张格莱，意料中地成为众矢之的。没有高学历，又是空降兵，几乎一无是处，走到哪里都碰一鼻子灰。同僚轻视、排挤他，故意在他干完脏活离开时不通知他聚餐，上级冷眼旁观他，直言不讳地让他要有自知之明，主动退出。偌大的一个公司，一个让他立足可以安心做事的地方都没有。

哈，这才是正常的样子啊，就像剧中吴科长冷冰冰的那句台词“机会也是需要资格的”。在这里，有的只是一群普通的上班族为了生活拼命而努力的样子，大家凭本事吃饭，凭能力赚钱。竞争，无处不在。你如果身无长处，没有人会奢侈地给予你一次选择的机会。物竞天择，适者生存，这才是一个社会的常态。

那么，遇到像张格莱这样委屈而又尴尬的处境，是不是意味着一个人的一生就这样完蛋了呢？怎么会？要知道你虽然没有了选择机会的权利，但还是有选择坚持的权利啊。在这场棋局一样的人生中，不能选择完美的棋子可能是你的实力尚且如此，但不去自暴自弃成为一枚弃子，坚持到最后一步未生，这过程中依然存在着无限种可能啊。

吴科长说得没错，大家都在追求完生，但我们，都还是未生。

因为未生，所以拿着那枚关键棋子的手总是会摇摆不定，因为未生，所以心里总是会产生莫名的失落和自卑，因为未生，所以前进一段路程后总会对自己的未来迟疑不决。必生则死，必死则生，究竟是死还是生？每当产生疑问，每当停下脚步，那就是一次选择的来临，不到最后我们谁都不知道结局，因为这就是未生啊。

那么我们究竟应该怎么做才能将未生引向完生呢？善良的编剧不会只把现实的残酷展现给观众的，那就让吴科长把答案告诉所有人吧：坚持，我们需要的就是坚持。无论如何，这都是要活下去的人生，这都是值得一活的世界。所以，至少要干到底！

没错，未生是过程，完生是结局，人活一辈子，经常在于明知结果的时候选择如何开始，开始了又要如何才能走到结局。这只关乎我们的态度和信念，如果整个人都是浑浑噩噩的没有自信的样子，那他就会一直低头垂眼，看不清前面的路，就会一直在原地徘徊，就会轻易放弃。但如果我们能像剧里的张格莱一样，不仅一直明白自己心里究竟需要的是什么，还会不停地为这个达不到、放不下的目标做出一点一滴的努力，水滴石穿，坚持也就不会显得那么痛苦和煎熬了。有了方向，有了动力，有了信心，有了坚持，未生也就只是关于时间的函数了。

其实每个人无论是现在还是将来都会经历从家里进入学校，再从学校步入社会的过程，说不定哪一天我们就会从自己身上发现了张格莱的影子。到那个时候再想起《未生》这部剧，我们大概应该庆幸，还好我没有放弃，还好我和张格莱一样都在努力奔跑！

保护心中的异想少女

设计与艺术学院　上官玉洁

1973年9月3日，18点28分32秒，一只属于丽蝇科，每分钟能振翅14 670下的蓝苍蝇停在了蒙马特圣文森特的路面上……

对于期待平常生活中会有惊喜发生的，时刻怀揣着法式浪漫的文青们来说，电影《天使艾米丽》在他们心中绝对榜上有名。这部为导演、编剧、摄影师等带来多项荣誉的法国电影夸张又活泼。艾米丽幼年丧母，父亲也因母亲的意外去世而患了自闭症。因为和父亲接触时会感到紧张，小小的艾米丽被作为医生的父亲误诊为患有心脏病，也因此失去了和同龄人接触的机会。然而通过贯穿全篇的跳跃切换的镜头、大胆运用的广角、夸张鲜明的构图，尤其是滤镜般的红黄蓝主色调可以看出，这部电影的主基调绝对不是阴暗而忧伤的。就像是小小的孤独的艾米丽依旧鬼灵精怪一样：她会一脸严肃地给想象中的小鳄鱼听诊，还会伺机报复糊弄她的邻居，看到在邻居看球赛时，嘟囔着嘴的小艾米丽屡次在关键时刻拔掉电视线，引得邻居大叔捶胸顿足、气急败坏而又无计可施的时候真的是感到前所未有的痛快啊！有着鬼点子的艾米丽也没有丧失和别人交往的渴望。机缘巧合之下，艾米丽发现了一个藏着小男孩心爱之物的锡盒，并决定把这个“小宝贝”物归原主，因此一步一步走进了别人的生活，最终爱上了同样与众不同的有着收集废弃照片癖好的怪男孩尼诺——一切都是这么完美，温煦的阳光轻抚着肌肤，空气沁人心脾，城市寂静了往日的喧嚣、欢乐，从骑着单车的艾米丽和尼诺身上，蔓延至街道、天地。

影片陷于普通人悠闲安乐的生活与不期而至的小惊喜中，就像是《天使艾米丽》的一句著名影评：“比明信片更加明媚”。每个角色都那么平凡、常见而又充满乐趣：喜欢像触碰珍贵宝贝一样小心把玩莴苣的吕西安，每周必做烤鸡然后从盆骨上那块肉开始吃（屡次把我惹得极馋）的布雷图多，收集有趣的笑声、水泥地上的脚印、废弃照片的尼诺，当然还有爱收集石子打水漂、喜欢用小勺敲碎焦糖布丁脆皮的艾米丽……为了寻找锡盒主人而大胆走出的第一步让艾米丽接触到了这个世界的美好。诡异的魅力、丰富的想象、梦幻色的幽默让人感觉这一刻有一种情怀从心底涌出。生活对于每个人来说，如此简单透彻，一股爱的冲动如同帮助全人类的渴望，瞬间将每一个观众淹没。艾米丽，总在提醒每一个女生都要保护好心中那个纯真调皮的异想少女。

影片《天使艾米丽》的出现，基于导演让·皮埃尔·热内在完成好莱坞电影《异形4》之后很长一段时间的反顾与积累。热内为这部电影做了充分的前期工作，尤其非常注重片中一些微小不起眼但极具感染力的细节的处理。外景拍摄时，热内和他的工作队都会把整个场地清理得干干净净，不留下任何碎片或者垃圾，从而使得影片更加干净澄澈，充满幻想的韵味。可想而知，在大型火车站拍摄的过程中，这项工作会变得多么艰巨。与此同时，影片的主色调，是从巴西画家华雷斯·马查多的油画中得到的启示；艾米丽房间里的艺术品和她想象的朋友——那条小鳄鱼，是画家米歇尔·索瓦创作的；令人惊艳的配乐则是用钢琴、小提琴、手风琴、鼓声、口琴共同搭建的，出自法国新生代人气配乐才子杨·提尔森之手的“精神巴黎”……

热内倾尽了他的全部耐心，考虑了所有细节，将这份少女的悸动和憧憬展现得淋漓尽致，像是白色马克杯中的浓郁咖啡，又像是一本装帧精致、需要小心捧着的画册。获得奥斯卡终身成就奖的奥尔特曼曾经说过：“有些电影就像是在沙滩上建筑起沙粒的城堡。你邀请你的朋友和你在岸边一起坐下，你说你要建立起这个美丽的结构，你们一圈人，看着潮水涌了进来，一起喝着酒，潮水继续上涨，然后大海就把沙粒的城堡卷走了。这个城堡只留在你的心里。”《天使艾米丽》，纵使画面渐渐消散于眼前，纵使情节渐渐模糊于脑海，每个观众的心里仍会为她留着一个干净的地方，在这里留着一个完美、极致的梦。

今天是1997年9月28日，现在是早上11点整，在宝座游乐场里，鬼屋旁边，棉花糖机正在揉棉花糖……

给世界使眼色

计算机学院　王昕

明亮的推拿室，昏暗的宿舍，潮红的发廊。

电影《推拿》的故事正是围绕着这三个小地方渐渐展开的。各种布满生活气息的色彩交织在一起，勾勒出一幅寻常朴实的市井生活图景。这种生活，对于看得到明黄的太阳、清澈的溪水的常人来说，近在咫尺。然而，有些人，他们只能听到这样的生活，他们是盲人，这些对于他们来说遥不可及。

喜欢《推拿》，大概是被每一帧画面里的人物散发出来的不卑不亢的气质所吸引。主人公在面对这个虚无缥缈的社会，面对冷言嘲讽、世道不公时，没有灵动的眼眸，他们却依旧会勇敢反抗，给这个世界使眼色。情节没有过多的跌宕起伏，而是缓缓有序地发展下去，一步步完整地映射出一群残障者丰富的内心情怀与现实社会的人情冷暖。

又忆起之前读《南柯子》时常常把玩的一句诗，“无使名过实，长教实若虚”。细细想来，恰如诗中所言，我们看见的，就一定是真实的吗？《推拿》之中，穹顶之下，即使我们在明处，他们在暗处，即使相对于目光敏锐的我们来说，盲人只能暴露在这个偌大的世界中，他们却不显得苍白无力，大抵因为他们依旧有要寻找和守护的东西，像是小马的爱情、王大夫的尊严以及沙老板对于美的概念。

影片自始至终贯穿着三大主题。第一个便是正常人也看不清、道不明的情感。我们看着爱人说爱情是一株玫瑰，泰和挽着金嫣说爱情是一盘红烧肉。有些人会认为两者之间相差太大，可是我却想说，这两者又有什么区别呢？

拥有光明与否，都阻挡不了一个人对这个世界产生看法，你有你的观念，我有我的认知。他们的爱与正常人是一样的，对于爱情而言，若玫瑰是颜色对了，那么红烧肉就是味道也对了。为光明所抛弃，便多出一份抛弃一切，只为心之所向的勇气。小孔离开家跟着同样失明的王大夫私奔。有时，越是在黑暗彷徨中做出的选择，越是弥足珍贵。

“每个人的眼泪不一样，但想哭的念头都是一样的，所以我不哭。”最漂亮的推拿师都红的这么一句话，让我思量良久。就是这么一句话，牵出了影片中第二个主题：独立与尊严。

推拿店里的推拿师们都很少哭，因为他们认为没有哭的必要，像心怀梦想的都红、向往爱情的小马、追寻美的沙老板……王大夫在弟弟的债主面前划破自己的胸膛，虽然说这种方式在大多数人眼中显得懦弱，但是王大夫最终凭借自己的血肉承担了作为哥哥的一份责任，弥补了弟弟欠下的债，这是个体的身份和尊严。

盲人也会对这个世界使眼色，就如王大夫在债主面前拿刀时所言：“你见过在大街上讨饭的瞎子吗？讨饭，我也会，但我不能，我们也有一张脸，我们得拿自己当人看。”或许，行走在黑暗中的人，更有勇气面对黑暗，眼上没有光明，心间却永驻一团火。电影的第三个主题，便是对于黑暗和光明的理解。

“一半在尘土里安详，一半在风里飞扬，非常沉默，从不依靠。”人们总认为，三毛的小诗中，世界是别样的美好，我却觉得，把这些诗句用在盲人身上，一样贴切自然。《推拿》中，展现的正是这样一群站得和正常人一样笔直，率性而又执着的盲人。

溺于黑暗，却从未停止过寻找光明；再无可失，所以，敢于对这个世界使眼色。

瘟疫

宇航学院　徐体超

树倒，鸦飞。

实心铅丸在地上犁出深深的沟壑，混杂着义军的头巾和肢体。“闯”旗前进的姿势为之一阻，也仅仅是一阻，随后是震耳欲聋的咆哮声，武装的农民们无畏地呐喊着冲向面前的古都。

旗破，人哭。

佛郎机发射所产生的呛人硝烟让老兵忍不住咳嗽，而城垛下，新兵正蹲着抱头痛哭。开封城头，明军在义军的蚁附攻城下苦苦支撑，昔日锦绣的“明”字大旗残破不堪。

崇祯十五年，李自成再围开封。同时，崇祯重启孙传庭，驰援开封。而这就是电影《大明劫》的背景。

我看《大明劫》，已经是三年前的事了，现在记忆有点模糊，故只能凭印象写下这篇影评。电影有两个主人公，一个是历经磨难、临危受命的陕西督师孙传庭，一个是医者仁心却因官场黑暗而辞官回家的太医吴又可。两个人，两条线，在电影中，因为明末的天灾人祸，交织在了一起。

就从两个主人公入手吧。先看他们的任务，或者说，使命。崇祯十五年，离朱由检在北京煤山上吊只有两年，这个时候的“流贼”今非昔比：李自成在遭受一系列围剿后，没有被消灭，反而声势更加浩大，此时兵陈中原，大有夺鼎之势。这时，孙传庭终于被皇帝想起，天牢囚徒再次穿上了督师战袍。皇帝对孙督师的期盼很高，孙传庭也担保擒杀李自成。万众瞩目中，他上马出征。与此同时，中原一个废弃的小村庄里，游医吴又可看着四处的尸体，联想到最近患病者十有九死的情况，意识到，有一种新的疾病正在这个古老的王朝蔓延，而且这种疾病按过去的医学观根本解决不了。怀着沉重的心情，他走向了发病率最高的地方——开封。

显然，前者是为了救国，后者是为了救民。再看他们遇到了什么。电影里面有两个片段我印象比较深刻。一个是孙传庭在开封向当地大户募饷的时候，督师宴请当地富豪，表达了自己为军队募饷的意愿。这时，出现了极其讽刺的一幕，富豪们为了给督师面子，掏出了百十两银票充作饷银，督师拿着银票颤抖着走到门口，看到的是富豪们给他的堆积如山的礼物。督师的怒骂我依然记得，他指着礼物："这是你们给我孙传庭的，而这些，是你们给大明朝的，可是大明朝要是灭了，你们给我孙传庭的又有什么用?!"现在想起来，更像是哀号。另外一个片段是吴又可向以前的老师阐述自己的看法的时候，他根据自己的经历和实践，提出瘟疫的说法，指出目前军中流行的疾病不是伤寒，而是危害更大的瘟疫。然而他的主张却遭到老师的坚决反对，"祖宗之法不可乱!"面对抱守《伤寒论》的老师，我想，当时的吴又可肯定感到莫大的悲哀。

"瘟疫"，电影的关键。它由死亡而造成，并带来更多死亡。但是，电影里的"瘟疫"，不只是病魔。孙传庭想募饷，地主们阻挠他；吴又可想治病，《伤寒论》阻挠他。两人都想做点事情来扶国于将倾，救民于水火。但是他们却做不到，为什么？有人阻挠。谁在阻挠？既得利益团体。

他们才是最大、最深、最难根除的瘟疫!

地主豪强们为了贿赂孙传庭可以大掏腰包，但是却舍不得为了前线的战事而出一分钱。因为贿赂可以给他们带来利益，而出饷，这种事在他们看来无异于割肉。老医师目睹一个个被瘟疫感染的士兵死去，却死活不采用吴又可的瘟疫论。因为"伤寒"是他毕生研究的对象，改变只会让他丢掉饭碗。两个妄图改变王朝与天下的人，在黑暗中相伴而行，却找不到一丝光明。

我记得电影里面有一句非常深刻的话。吴又可对走投无路的孙传庭说："重症用猛药，铤而走险方有一线生机。"第二天，孙督师杀光了地主富豪，军队多了十万饷银。但是猛药治不了久病，大明朝病了，并且是病入膏肓。孙传庭能治得了开封城的豪强，但他治不了全天下的"既得利益体”。所以，他只获得几场小胜，最终战败而亡。孙传庭有一很悲愤的演说，非常精彩，不得不全文引用，他说：“天下糜烂，百姓从贼，皆因饥饿。百姓饥饿，皆因无地可耕。得人心者得天下。你们知道什么是人心吗？人心，就是粮食，就是源源不断的后备兵源。这就是为什么他李自成可以输个十回八回，而我孙传庭连一回都输不起!”他最终没有抗争过“瘟疫”。传庭死，而明始亡。

电影将至结尾，同行者死了，吴又可成了真正孤独的旅客。不过我们还能看到一丝希望，吴又可没有像孙传庭那样殉国，但是他用自己的方式和“瘟疫”展开了斗争——退而著书，立《瘟疫论》，遗福万世。或许，九泉之下，孙督师看到老朋友的成功，能欣慰地闭上眼。

明朝末年，瘟疫肆虐，但有忧者，踽踽独行。

真实而残酷的战争

信息与电子学院　吴昱

硝烟弥漫，到处都是血和残尸，受伤者的哀号充斥耳间，各种炮弹手榴弹在身边爆炸，震耳欲聋的爆炸声让你听不清哪怕是近在身边的战友的吼声，无数子弹擦着你的头皮嗖嗖飞过，身边不断有人中弹倒下，也许前一天晚上还与你相枕为眠、前一秒还与你并肩作战的兄弟，下一秒就被大口径机枪的子弹击中头颅，整个头颅像熟透的西瓜一样整个爆开，无数魔鬼一般悍不畏死的敌人高喊着“天皇万岁”红着眼潮水般向你涌来，即便断了腿也要拉开手榴弹引信号叫着扑向你……置身这样的场景，你会是什么反应？我想我大概会瘫软在地失去所有勇气和信心哭喊着祈祷活下来。这不是恐怖片，虽然我承认这样的场景真的比所谓的恐怖片鬼片更加可怕，但这确实不是恐怖片，而是梅尔吉布森导演在最新上映的战争片《血战钢锯岭》中为我们真实还原的“二战”冲绳岛战役的场景。

影片一开始为我们讲述了主人公戴斯蒙德的童年、家庭和爱情故事。小时候他和哥哥在山间嬉戏打闹，失手差点将哥哥打死而心灵受到震撼，勇救车祸受伤大腿动脉破裂的路人，在医院偶遇令自己一见钟情的护士多萝西……最后不顾父亲的反对抛下未婚妻像哥哥一样毅然穿上军装奔赴军营。而童年和家庭的影响，也让他不愿拿起步枪去收割生命。之后军营里的生活，导演用寥寥几个场景便成功塑造了一大群有血有肉、性格饱满的新兵。而拒绝拿起武器一心想成为医疗兵的戴斯蒙德也被人认为是懦夫，被欺负、被处处刁难，甚至被战友殴打，被取消休假，最后被起诉违抗命令送上军事法庭接受审判。幸而老父亲的奔走努力成功地让法官做出戴斯蒙德可以不携带武器作为医疗兵留在部队的决定。这点又看出，老父亲虽然酗酒打骂兄弟俩，但对自己的儿子有深厚的父爱。天下所有的父亲，都是这样沉默而深刻地爱着自己孩子的吧。与爱人短暂相聚后，戴斯蒙德与战友们一起奔赴冲绳岛。行军途中数辆卡车拉着无数血肉模糊、惨不忍睹的尸体撤退下来，车厢里坐着十几名带着各种伤的神情麻木的士兵。旁边有人说道："96 连，就剩这么点人了。我们要做的就是接替他们。"没上过战场的新兵们全都震撼了。这时他们才有点体会到了真实战场的残酷。登上悬崖，进入硝烟弥漫死寂无比的战场，大兵们缓缓推进。而交火就在猝不及防间爆发。前一秒活蹦乱跳的人，下一秒就被呼啸而来的子弹穿出无数血洞变成惨不忍睹的尸体。有人被炮弹炸断双腿，有人肠子流了一地……有的人连枪都不能再拿稳，只能畏缩在战壕里哭喊。而被视为懦夫的戴斯蒙德却勇敢地冒着纷飞炮火和枪林弹雨救下一条又一条生命。一天血战后总算拿下了阵地。然而第二天刚破晓，无数日军就突然出现在美军面前潮水般涌来。措手不及间美军只能撤退，放弃了阵地。而戴斯蒙德却留了下来。他仿佛听到了那些伤员痛苦的呻吟，毅然决然走回了炮火肆虐的战场。数次与遭遇的日军周旋，穿行于地道和死人堆中，滴水未进，彻夜未眠，用自己孱弱的身躯扛着一个又一个伤员到悬崖边再用自己身体当轴把伤员送下去。于是麻绳在他手中不断移动，磨出触目惊心的满手血迹。他的精神和肉体都到了极限，可他还是喃喃地说着"再救一个再救一个"，然后拖着身体继续寻找伤员。突然就想到了汶川大地震时一名累到极点的搜救官兵不顾周围人的反对哭喊着"再让我救一个，我还能行，求求你们"，我热泪盈眶。这样无私奉献的人才是最无畏、最伟大的英雄。后续部队抵达后将戴斯蒙德救下，此时他已经凭借一己之力救下 75 名士兵。他获得了所有人的尊敬。之后他受伤被撤下前线，而冲绳岛也终于被美军攻下。影片在最后放的是真实的历史录像，戴斯蒙德被授予荣誉勋章，成为第一个获此荣誉的拒服兵役者。他说，当救下的伤员露出笑容时，他觉得那是对他最好的回报。是啊，这就是他的真实所想，朴实而伟大。

这部影片的成功之处就在于，它为我们真实地展现了残酷的战争。它没有美化自己，没有丑化敌人，没有不顾常识，没有避讳血浆。它告诉我们，战争并不好玩，并不是每天到处乱晃，有空杀几个敌人玩玩，身边还有各种漂亮女生投送怀抱，相反，它是一件肮脏、残酷、血腥的事情，你要无比努力、无比幸运才能活下来。片里也不只有战争，同样给我们展现了戴斯蒙德的爱情、亲情。英雄并不是那么遥远，也许他就长着一张像邻家大男孩一样普普通通、有点雀斑、始终带着温和笑容的脸，像普通人一样有父母、兄弟、爱人，有信仰，会哭、会笑、会流泪、会受伤、会害怕。两兄弟之间的玩耍、多萝西送别戴斯蒙德、父母对戴斯蒙德的牵挂，这些都是每个人所拥有的，平凡而伟大。

如今是和平年代，也许世界某些角落还在战火纷飞，但我们的祖国繁荣昌盛，每一天都在变得强大，它为我们遮挡了外面世界的阴影，让我们这些普通人能不必担心死亡的威胁快乐地生活。而看完这部影片我也更加珍惜如今来之不易的和平，也更加明白祖国维护和平的初衷。中华民族热爱和平，但绝不畏惧战争。“若是那豺狼来了，迎接他的有猎枪！”

远走的乌托邦

材料学院 姚皓薰

影视剧日新月异的发展让人眼花缭乱，作品良莠不齐，靠演员的颜值或是狗血剧情支撑起来的影视剧不在少数。然而在这样的境况下，涌出一股清泉，它便是《请回答 1988》。这是一部不依靠演员的颜值、名气，不会有光怪陆离的情节，更没有加特技的电视剧。在这个视关注度为市场经济的时代，它究竟是靠什么吸引广大观众的注意力，多次霸占新浪微博头条的呢?

在正式介绍这部剧之前，先抛出几个数据。“请回答”系列是韩国电视剧的一个系列，目前出了三部，《请回答 1988》便是第三部，这三部都分别在豆瓣上排进了韩剧评分前十，而《请回答 1988》更是拿到了 9. 4 的高分，排在所有韩剧第二的位置，超过了许多我们耳熟能详的“都教授”“梅长苏”等，还平了《权力的游戏第六季》的成绩。在韩国的收视率在当时也是接连创历史新高。电视平均收视率 13%，网络收视率超过 80%，这跟中国的新闻联播有得一拼。下面我就来介绍一下这部剧。

动人的细节

上高中之后我们就要求写议论文，记叙文中能打动我们的细节渐渐从我们的笔下流逝。而这部剧就抓住了我们生活中未曾留意的细节。故事的背景从 1988 年开始讲述，也许那是一个我们未曾想象过的时代，但剧组的神还原硬是能把我们从点开播放的那一刻就拽入那里。泛黄的墙壁，当时流行的服装、漫画、电影，房间里所有的物品无一不是 1988 年的复古风格。而仅仅这些是不够的，编剧拿捏细节的能力堪称一绝。母亲没有钱买化妆品一次又一次用手扣瓶子，为了等一个喜欢的女生上学不止一次把鞋带系了又解……可以说每一个镜头的物象都不是多余的，都能找到其中的铺垫和伏笔，这些都成为情感表达的寄托。

温情的眼泪

人世间的情感有几类？这部剧传达出来的情感几乎包括了我们遇到的所有温情。有父母兄弟流淌在血液里的亲情、邻里之间的互帮互助之情、朋友之间默契无间的友情，还有青梅竹马的爱情。这一切都是通过共鸣产生的。有人说，《请回答 1988》看一集哭一集，实际情况远远不止一次。剧中人物的性格十分鲜明、丰富，你能在任何一个人中看到自己的影子，而这一点也就将观众带入了其情感的境界，眼泪便会随着自己的经历不自觉地涌现出来，这是一种自然而然的流露。真正能打动人心的不是多么大的壮举，也许就是母亲明知道孩子犯了错仍在警察面前歇斯底里地夸赞自己的孩子多么优秀，也许就是在一个大家庭里面最不受关注的老二的一次爆发，也许就是母亲多少次想和你多说那么一句话而你却总是以“哦”来搪塞，也许就是一次自己憋了 6 年的表白却最终以一种荒诞的方式结束……

能让人拍案称绝的影视剧有很多，而将这一份平淡的生活刻画得如此细腻感人的电视剧，我只见过这一部。

远走的乌托邦

我们其实都有那样的一段时光。在没有楼房的日子里，每天爸爸上下班；我们一群小伙伴聚在一个“基地”看动画、看电影；大家一起上学一起回家，回到家门口就看到一群阿姨在门口择菜聊天；用的是蜂窝煤，家里吃什么好吃的永远不会自己一个人独享，一定会送到邻居的家里“炫耀”一番。这些我们都体验过。我不知道这种时光竟然会因一次搬迁再也回不去了，随着一辆辆搬家车驶过，我的童年生活也画上句号。现在回忆起来还是那么令人向往。对我而言，此剧整体刻画的便是这样一个远走的乌托邦。在这里，没有罪恶，没有嫉妒，有的只是邻里之间的温情、家人之间的关怀、朋友的相互帮助，还有心里渐渐发芽的爱情的种子。多么好的一个社会，我想这更是这部电视剧想传达出来的——每个人逐渐远去的美好回忆时光。

那是一段有父母为我们守护的时光，那是大人们用他们经历世俗冷酷的身体拼命围绕出来的一个温暖之地。我们之间没有秘密，没有隔阂，有的只是一片真情。当我们长大的时候才发现——那些守护我的人变老了，陪伴我的人原来都长大了，一切都无法回到我们初遇的那天。

然而现在这个世界在发生变化。网络的出现让我们更加快捷地交流与沟通，看似娱乐化方式日益丰富的现在，无聊的日子却越来越多，也许你会盯着电脑桌面发呆却不知所措。我也曾问自己这样一个问题：以前没有网络的日子你是怎么过来的？难道你不会因为没有 QQ、微信、微博而无聊死吗？

不会。那些没有网络的日子反而在我的记忆中弥足珍贵。我会为和小伙伴一起租动画片看兴奋一天，我会为门口的鸟建了新窝开心好一阵子，我会为晚上爸爸跟我讲“红鞋子”的鬼故事吓得整夜不眠，然后依偎在父母的怀中。

如果你也想再次回到那个时代，回到那个纯真的年代，回到父母年轻力壮还能照顾我们的时代，回到那个约人出去只需要一个眼神的时代，回到那个我们还在尝试暗恋的时代，那么这部剧值得一看，我相信这也是为什么这部剧如此火的原因。

匠心筑梦

机械与车辆学院　胡家铭

大国重器，君子假物。制造业是国民经济的主体，是立国之本、兴国之器、强国之基。沿袭历史，三次工业革命证明：没有强大的制造业就没有国家和民族的强盛。现如今科技工业高速发展，朝夕之间行业便可发生翻天覆地的变化，一个国家没有国之大器便没有资格在世界民族之林显现生命力。水能载舟，亦能覆舟，国家的兴衰强弱取决于人民，人民实现重器，大国才能强器。这就要求每一个中华儿女怀着工匠之心善假于物，共筑中国梦。

2013 年德国政府在汉诺威工业博览会上正式推出“工业 4.0”战略——提升制造业的智能化水准，建设具有适应性、资源效率及人因工程学的智慧工厂。无独有偶，美国提出了“工业互联网”的概念，日本也提出“工业 4.0”战略。中国提出了中国制造 2025，这是中国政府实施制造强国战略第一个十年的行动纲领，旨在加入第四次工业革命的时代大潮，甚至引领第四次工业革命。这并非遥不可及，如今的科技盛况空前繁华，信息资源全球共享，国家重视高新创业，创业环境宽松，天时地利。这就更需要我们弃浮华，长修为。

看了《大国重器》感触颇深，由此联想到工匠精神。工匠精神真正展现的是人真善美的一面，不功利浮华，不肤浅投机，而是一种充满佛性修为、道家洒脱、法家严谨的人生态度，看完之后，脑海中总自然而然地浮现出这样一幅画面：昏黄的小屋，戴着古铜色眼镜的白发老者颤巍巍地用双手捧着一个器件，桌上摆满不知名的工具零件。

工匠精神富含的哲学思想对我职业观的树立起了较大作用。都说职业是饭碗，这只是其附加值，职业是个人价值的实现，通过自己的工作对社会做出贡献，不投机浮华，只为生产出一个满意的工件或者完成一个精心的作品。更有人说职业是神圣的，这是不容置疑的，心怀信仰地去融入职业，就像双脚踏进佛殿一样心无杂念，必然能在工作中提升自己的人格，修炼自己的心性。只有心静才能真正爱上一门职业，只有爱上才能不计回报地投入，若能至此，还有什么问题不能解决，中国梦指日可待。这并不意味着我们得排除职业附加值的考虑，只是我们得明白工资是对我们价值的体现，皮之不存毛将焉附？我们应该提升自己的价值，这样才能最大限度地为社会做出自己的贡献。

很多人谈论着生活和工作的平衡点。工作作为生活的一部分是可以带给我们快乐的，这并不意味着我们永远处于工作状态，而是说在工作的时候享受工作，在工作之外享受生活，毕竟工作的产品是为了用于生活；在生活中，我们能感受到工作之外的快乐，寻找到创新的源泉。

天下无难事，庸人自扰之。烦恼源于对工作失去敬畏心，失去荣誉感，想得多了、杂了，就烦恼了。我们需要梦想指引方向。当我们在工作中确立目标，并为之奋斗时，每个微小的进步都是对我们莫大的鼓舞。在向目标前行的道路上，不急功近利，关注路上的风景远比无用的期待结果有用得多，踏实地走好每一步，结果自然不会差。这就是一个工匠者的魅力所在，专注每个环节，创新每个细节，一心做出更优的产品，十年磨一剑。

一个人的能力是有限的，潜心投入固然可贵，“善假于物”也是必不可少的。合作才能将每个人的潜力发挥到极致，实现 1+1>2 的美好愿景。同时，视野不可狭窄，气量不可不大，放眼世界才能飞得更高，要善于站在巨人的肩膀上实现目标。在与人合作的同时，少一些利己主义，多一点集体感，这样的团队才是一个有实力的团队。

时常想：宇宙苍茫，天地洪荒，人会因其个体小、力量微而渺茫，我们是这个无穷宇宙中的孤独存在，但若能让人类文明之花更加绚丽而长久，这难道不是一件无比美好的事情吗！

面朝大海，春暖花开

机械与车辆学院　李喆

铁腕扶国运，萧萧长歌行。荡涤三湘水，何人不识君。

——题记

“你说歌功颂德没意思，但是有些人，你不歌颂，这世界上就没人知道他们的存在，没人知道他们为了保卫我们的国民安全做出了怎样的牺牲。”微博上看到了这句话，然后就抱着猎奇、跟风的心理去了电影院观看了《湄公河行动》。

第二次去是10月22日，我生日的时候，一个人跑到影院刷了第二遍，当作给自己的生日礼物。

说实话，看完之后，颇为感动和震撼。影片是根据5年前湄公河惨案这一真实故事改编的，它不仅为我们生动地重现了5年前的惨案背后的一些细节真相，也为我们描绘了中华人民共和国在保护人民生命财产过程中所做的努力，更为我们勾勒出一个个为了保护人民生命财产安全付出不懈努力，以自己的宽阔肩膀为我们抵挡住危险的人民警察形象。

“当国民安全受到威胁的时候，国家绝不会坐视不理。”当影片中的公安部长说出这句话的时候，我由衷地感到自豪。

这是一个日益强大的国家才有的豪言壮语，从“犯我中华者，虽远必诛”，到“犯我国民者，虽远必诛”，感受到的是一个强大的国家捍卫自己的领土和国民安全的决心，体会到的是身处一个崛起的民族由衷的自豪感。

此生无悔入华夏，来生还在种花家。

时过境迁，如今的中国确实强大了。如今的我们拥有了神舟、天宫、嫦娥、东风，北斗，翼龙，歼 20，有天河计算机、射电望远镜 FAST。如今的我们也已经成为世界第二大经济体，我们牵头成立了亚投行，提出了“一带一路”，我们正在世界上扮演越来越重要的角色，中国的发展震惊了世界。

如今我们的国人越来越富裕，也可以自由地前往世界各地旅游、经商，不用担心遭到别人的歧视、欺负。这一切并非与生俱来，而是来源于国家的强大。身为一个大国的公民，我们才能拥有安全感。

而如今的我们，利比亚撤侨，中国派出的军舰和飞机在几天内将三万中国侨民撤回，同时帮助了孟加拉等国家的侨民；也门撤侨，中国第一个完成撤侨，也演了一把只允许中国人和中国专家上船的霸道剧本，顺便带上了铁兄弟巴基斯坦。如今的中国人无论你在哪里，遭遇危险时，祖国都会在你身边，彼此不远离，彼此不放弃。当你手里拿着那本沉甸甸的枣红色中国护照时，是否感受到了它内在的厚度与重量。

今朝我辈执吴钩，何惧马革裹尸还！

安全的环境离不开国家的强大，更离不开无数默默奉献的警察和军人。数据显示，每年大约有超过 200 名缉毒警察在执行任务中负伤或者牺牲；而追溯到全国公安机关，去年一年就有 438 名民警和现役官兵英勇牺牲，4 599 名民警和现役官兵光荣负伤。

哪里有什么岁月静好，不过是有人替我们负重前行。

我们从小被教育五星红旗是用无数革命先辈的热血染红的，我们以为战争离我们很遥远。而事实是，此时此刻，抗洪抢险，抗震救灾，灭火救人，卫戍边疆，我们现在度过的每一分每一秒的和平安定生活，都是由当今的“和平年代”无数不知名的战士以生命为代价换来的。

犯我中华者，虽远必诛。

这从来都不是一句简简单单的空话，而是一句付出了无数战士的热血与生命的誓言，顶天立地。

光锥之内是命运，射程之内是尊严！

这样的和平并非凭空出现，它是祖国带给我们的，是那些奋斗在前线的军人、警察带给我们的，是每一个自强不息、艰苦奋斗的中国人带给我们的。

从来没有一个国家和时代的梦想是由所有人的肩膀一起来承担的，但是，总归要有那么一些人去呵护最后那点理想的火星，总归要有那么一些人为了国家、社会的幸福牺牲掉自己的幸福。

中华人民共和国成立到目前已 67 周年，而从古至今中华民族一直奉行独立自主的外交政策，坚定不移地走和平发展道路，我们绝不欺凌弱小，这是几千年来儒家文化给我们的血液里留下的深深印记。但是当我们的国民生命安全受到威胁的时候，我们也绝对不会忍气吞声，坐视不理。

多少人希望面朝大海，春暖花开。

多少人向往岁月静好，现世安稳。

多少人看不见黑暗，那是因为有人用生命把黑暗阻挡在你看不见的地方。

多少人看不到战火与硝烟，那是因为有人替你负重前行。

谨以此文向奋斗在中华人民共和国第一线、保护人民生命财产安全的警察、军人们致以崇高的敬意。

一见钟情

法学院　林凯锐

一

阿青和阿本第一次见面是在学校北二食堂。

那天天气出奇明媚，暖暖的阳光照在身上极为舒服，在被雾霾肆虐的北京实属少见，似乎预示着美好的一天，阿青心情如同阳光般明媚。

阿青是个重庆姑娘，人长得美丽大方，如同北二网红小面一样招人喜欢。这不，阿青正排着长队决心今天一定吃一次重庆小面。

挤挤攘攘的人群中阿青随意一瞥，便发现了人群中的阿本。一瞬间阿青感觉自己全身被电打了一般，血液从脚底急往上蹿，当与他四目相接的时候，阿青紧张地收回目光，接着又紧张地不再看他，但却又不满足，两三秒之后又偷偷小心地望向他，这次没敢多看，只是比之前看得更加仔细认真，阿青也不知道这算不算一见钟情，但她的小心脏确实被撞了一下，全世界在一瞬间春暖花开。

《One Day》中，当艾玛第一次见 Dex 的时候，心脏也是狠狠地被撞了一下，便一发不可收拾地爱上了 Dex。他英俊，性感，幽默，多金；而她年轻，美丽，聪明，独立。至此艾玛在学校便一直关注着 Dex，默默地爱着 Dex，一见钟情着 Dex。艾玛像一朵盛开的花等待着 Dex 欣赏，只为他开放。

当 Dex 问她电话的时候，艾玛说了自己公寓的号码、老爸公寓的号码和老爸办公室的号码，担心 Dex 找不着她。Dex 好笑着说，我只要你的号码就好了。

幸运的是最后艾玛和 Dex 在一起了，整部电影最打动我的是：艾玛伤心地跑出去，又不甘心地跑回来拥抱着 Dex，满眼泪痕地说："I love you so much，I just don't like you anymore！" 一见钟情便刻骨铭心。

徐志摩在《忘了自己》里写道："一生至少该有一次，为了某个人而忘了自己，不求有结果，不求同行，不求曾经拥有，甚至不求你爱我。只求在我最美好的年华里，遇到你。" 艾玛在最美的年华为了 Dex 盛开，阿青也在最美的年华遇见了阿本。

阿青走在回博雅的路上，心里懊悔无比，会不会之后再没有机会相遇了，但还是没有鼓起勇气回去找他。阿青丧气地垂着头数着脚步子，回想刚才在食堂的相遇。

"你好，请问可以认识你一下吗？"

阿青偏过头，愣住了。

阿本站在他旁边，脸微红，好像是一路小跑过来的。阳光别样的红照在他脸上，软软的，红红的，微卷的黑发有些乱地搭在额头上。

阿青下意识地"嗯"了一声，慌忙地回答"阿青"……目光再也移不开了。

"可以加下你微信吗？"

阿青的脑子已经不能思考了，笨拙地打开微信扫一扫，看着阿本开心地笑着说"谢谢"，整个人沉浸在欣喜中。

二

那天阳光明媚，可是阿本心情是不算好的。刚考试完，阿本觉得有一道题自己好像出了点问题，在擅长的科目上他从来都是认为自己应该拿满分的。所以他决定去北二吃一碗超辣重庆小面释放释放不好的情绪。

阿本是个重庆小伙，人长得阳光帅气，从小就不乏追求者。

那天在小面窗口排队的时候，总感觉有人在偷偷地看自己，就偏头一看。

一眼万年。

阿本不知道该用什么语言形容那一瞬间的感觉，心跳加速，手心出汗，视野里除了她没有别人。阿本端着小面距离着她不远的地方偷偷看着她，表面平静，实则内心早已波涛汹涌。斗争着要不要去打招呼。

好不容易说服了自己不能错过，那个美丽的姑娘却不见了踪影，阿本急忙追寻出去。

终于在去博雅的路上看见了她，阿本紧张不已，还是走了上去，问："请问可以认识你一下吗？"

她有点被吓到："嗯……"

阿本看着她惊喜而又错愕的样子可爱极了："可以加下你微信吗？"

她："好……"随即慌乱地打开微信扫一扫。

阿本兴奋地说着"谢谢"，转身离开的时候，心底的烟花缤纷灿烂。

每个人都不好，每个人都很好

机械与车辆学院　王浩然

站在妻子的墓前，这个男人，这个丈夫，这个父亲，轻声地告诉着“Everybody is fine”。他笑着诉说着孩子们的近况，身边是他自妻子离世后侍弄的花草，他就这么安静地站着，仿佛他的身边，他的妻子正微笑倾听，他的孩子们，绕着他们玩耍，嬉闹……

这个父亲，Frank 因为期待见到自己在各地工作生活的子女，不顾医生的劝告，带上了药，毅然地踏上了去各地给自己的孩子带去惊喜的旅途。

然而一开始他就失望了，他没能见到已经成为画家的儿子 David，但是，令他自豪的是，他儿子的画作正展示在商店的橱窗里，他很满意，他以为他的儿子过得很好。于是他心满意足地前往女儿的家——华丽的别墅。在女儿 Amy 那里，他见到了女婿和外孙，女儿一家三口的生活似乎十分幸福美满，于是在留下一封信后，他去找那个当指挥家的儿子 Robert，他似乎也生活得十分成功，他因即刻要去欧洲演出，所以没能再多陪 Frank 一会儿，于是 Frank 踏上了最后一段旅程，到了女儿 Rosie 那里，Rosie 是舞蹈演员，她用豪华的轿车去接 Frank，安排他住在豪华的公寓，并请 Frank 去旋转餐厅吃饭，Frank 同样为她感到骄傲，但是由于某些原因 Frank 不得不立即离开，于是坐上了回家的飞机。

每个人都很好，不是吗？

其实，每个人都不好。

Amy 的婚姻出了问题，她早就和丈夫分居了，当 Frank 到来的时候，她的丈夫只是因为 Amy 的电话才匆匆赶到的。Robert 从来不是什么指挥家，他只是乐队里一个打鼓的，甚至，他的离开，都不会引起乐队的注意。Rosie 也不是那么幸福，她有了孩子，但是她也分不清她到底是爱男生还是女生。Frank 在去往 Rosie 家的路上，他的药被小混混毁了，他只是凭着自己拾起的药末，撑着走完这个旅程——其实并没有，他为了赶时间冒险坐了飞机，然后遇到了风暴，他没能撑到飞机降落，他陷入了昏迷，在昏迷中，他看见了自己的大儿子 David——他因为吞食毒品过量，已经离开了这个世界。

其实每个人都不好，但在面对最亲的人的时候都是那么倔强而绝情，强势而自负，不希望自己带给最亲的人一点担心和伤害，这和我们很像不是吗？我们不远千里，来到北理工，在这里，我们欢笑，我们哭泣，但每当我们拨通家里的电话，每当我们想对家里人说说近况的时候，我们总会把那些难受的话嚼碎，咽进喉咙，然后说着“一切都很好”“还不错”“差不多”。或许这样的偏执只是为了对方脸上的一丝安心的笑容，然而对于我们自己来说，已经足够。

然而亲情真的需要我们这样过于偏执的倔强吗？还是说，在每个人都好的表面下，我们更想要去实现父母的期望，而不是想要最真实的沟通，去渴盼一种心灵上的理解与宽容？

我注意到一个细节，那便是 Frank 每每见到他的孩子的时候，他的眼眸里满是他们小时候的模样。在父母眼里，我们永远都是孩子，父母永远担心着我们，这十分动人。但是，从另一个角度来看，我觉得恰恰是因为父母眼中的我们永远不曾成长，所以他们才会像担心孩子那般担心我们，对我们生活中的一切还有着过于沉重的责任感，殊不知，他的孩子也已经成长，成人，有了他们的孩子，有了他们自己的生活，有了自己的喜怒哀乐、悲欢离合，他们会为自己负起最大的责任。生活本就不可能事事顺利，或许只有当彼此都发现身份、性格都改变了，但依旧能去接受、理解、体谅的时候，我们就会明白，其实每个人都好，每个人也不好，但这就是生活。我们相亲相爱，我们是一家人，我们会去担心彼此，但也不要忽略了自己；彼此留下应有的理解与尊重，这样或许能冲淡些许流年带来的不可避免的悲戚。

忽然想起龙应台在《目送》里的句子："我慢慢地、慢慢地了解到，所谓父女、母子一场，只不过意味着，你和他的缘分就是今世不断在目送他的背影渐行渐远。你站立在小路的这一端，看着他逐渐消失在小路转弯的地方，而且他用背影默默告诉你：不必追。"龙应台说得有点太过凄凉，但她确实说出了一个事实，孩子在成长，父母在老去，对于父母而言，有些事，或许不必追，这样，孩子自然会放下对自己的偏执，对于父母期望的担子，真实地面对生活，最后自然而然就会和父母真诚交流。这是对孩子成长的肯定，也是对自己的一个交代。"子曰：父母之年，不可不知也，一则以喜，一则以惧。"珍惜我们与父母在一起的时光吧，支持他们做自己喜欢的事，包容他们的迟缓，理解他们的固执，耐心听他们诉说，多多陪伴他们。

Frank 在结尾处对着妻子的墓碑轻轻诉说，他告诉了他的妻子一切都好，同时也告诉了她儿子 David 已经离开。这是 Frank 经过他的旅途后的体会，他不再认为一切都好，每个人也有他们的不好，但这就是生活，这就是亲情。我们需要去理解、去体谅，去接受各自的生活、各自本来的样子，但正因为如此，我们彼此深深地爱着，在这个意义上，只要我们还互相关爱着，我们就真的一切都好。

想着，便拨通了家里的电话，不再说一切都好，但是随着倾诉，随着电话那头的聆听与理解，我知道，我一切都好。

怪你过分美丽?

信息与电子学院　吴玥

不久前看了一部电影，布丽·拉尔森正是凭借这部电影一举拿下了小金人。

电影的名字叫作《Room》。电影讲述了少女乔伊在17岁那年因为轻信了邻居怪大叔老尼克的谎言，被老尼克囚禁在后院棚屋里长达七年的故事。这七年里，乔伊生下了儿子杰克，却依旧不得不在这个狭小逼仄的房间里相依为命地苟且着；直到杰克7岁那年，乔伊在杰克的帮助下，终于逃了出来。可是重见天日的母子俩，在面对这个好久不见的世界时，却遇到了更棘手的问题。

个人认为情节最精彩的部分是两人策划逃跑的那一段。在杰克装病未果之后，乔伊孤注一掷让杰克扮作尸体，以此作为理由让老尼克送他出去。可是理想总是很丰满，现实却很骨感，杰克面对从未见过的陌生世界，表现出了一个小孩子本该有的胆怯、弱小，最终在即将逃脱的瞬间被老尼克察觉。幸而此时出现一位牵着狗的路人甲，可杰克在拉扯间，丢掉了乔伊给他的字条，眼看老尼克将要把杰克拖回车内，母子俩唯一的逃脱机会即将消逝，年幼的杰克终于鼓起勇气大喊“help”！此时，英勇的路人挺身而出，救下了杰克。之后的过程就顺利多了，警官在杰克的提示下，终于救出了小棚屋里的乔伊。

当时我看到这个情节的时候，虽然觉得很精彩，但是内心一阵腹诽：这个路人太戏剧化了。我不是指他的出现，而是他的表现。我们都不止一次地看过“女孩地铁险遭拐卖”的血泪帖，大多是在目击者众多的公众场所，施暴者试图在光天化日之下将女孩带走，至于去向何方，不外是偏远乡村、卖淫场所等人间地狱。发帖的女孩子凭借机智与勇敢大多是侥幸逃脱，但一定会有一些女孩子没有机会写出自己的遭遇就被送到了那些地方。在这些相似的不幸遭遇里，有一个人数众多的群体受到了大家的关注：看客。

很多心理学家把看客的心理叫作“旁观者效应”，在我看来这就是所谓的“人多不势众”，这有悖常理，却不无道理。旁观者增加时，可以提供帮助的可能却减少了，大概每个人都以为别人会挺身而出，而这个“别人”，就是旁观者里的“每一个人”吧。

所以电影只能叫作电影，看电影的时候我就在想，在现实生活中，这个路人大概会以为这是家长在教训熊孩子，然后牵着自己的狗心安理得地离开。

到这里，我不禁想到了之前闹得沸沸扬扬的那场酒店闹剧。不久前的一个深夜，一个女孩发出了一条微博，迅速引爆了社交媒体。清明期间，女孩住在北京一个“正规”的酒店，却险些被一个陌生男子带走。其间哭喊，求救，服务员却在一旁观望，态度“温和礼貌”，好在最后一个中年女子出手拉住了女孩，以报警威胁，女孩才得以虎口脱险。然而在之后的报警过程中，警方的态度也是相当让人愤慨，不明不白的几句话就打发了女孩。

消息一出，微博网友兵分几路，提出了各种各样的看法和问题。

有人说酒店管理不当。

有人说警方办事不力。

有人说服务员的不作为差点导致悲剧的发生。

诚然，这些观点都是片面的，都是我们应该关注的。但是，可能连你自己都没发现，有另外一个角度，人数最多，蔓延最快。

《女生自救知识手册》，这个东西不仅仅迅速在微博传播开来，而且在微信朋友圈，微信群里都以迅雷不及掩耳盗铃之势传播。我至少在我的微信里见到了20多次，长辈、异性友人、同性友人纷纷分享给我。还有人开玩笑说，幸亏我长得胖，歹徒拖不动我。我一度觉得，他们说的好有道理，我是该学一些防身术。毕竟人心太险恶，我只能不断变强。然而，偶然刷微博看到这样一条留言：现在女孩子稍微漂亮点，不会点功夫当真是不敢出门了。

我突然被击中了。

什么时候，这个世界变成了这样。

包贝尔婚礼闹“柳岩”的风波一波未平，这波又起。

受害者柳岩是在事件中第一个发声的，而且是道歉。

女孩险被掳走的事件中传播最多的信息是，女生如何自救。

当然，那些给我们分享自救手册的亲人、朋友，甚至陌生人，他们是充满善意的，只是他们也被一些人的混蛋逻辑骗了而已。以前听说过一些国家的强奸案最后获罪的是女方，原因是衣着暴露。当时觉得骇人听闻，如今想来这逻辑和如今一些别有用心的人如出一辙啊。伴娘被“闹”是因为她过分性感美丽，给别人的婚礼造成阴影了都是她的错，谁叫你那么美？那个住酒店的女孩子差点被带走是因为她缺乏自救的能力，给了坏人可乘之机？

我第一次发现，原来这个世界上有一种犯罪动机叫作：怪你过分美丽。

没有法律规定长得漂亮的女孩子得会散打、会擒拿、会拳击，可以一举击退千军万马吧？再说了，犯罪分子打定主意要拐卖你，还管你长啥样？很多人在承认女性是弱势群体的同时，有一种深入骨髓的偏见影响着他们的思想：作为受害者的女性，大多数自身也存在问题。

当然我不能武断地说，每一个受害人都没有自身的问题。但是在类似事件发生时，我们越来越需要有一个正确的关注点：

美丽与脆弱没有任何错误。

它们与生俱来，有时候别无选择，真的不怪你过分美丽。

犯我国人者，虽远必诛

材料学院　刘派

国庆节档期上映的电影《湄公河行动》，重新唤起了国人的一腔热血，亦再次唤起国人对2011年的“湄公河事件”的记忆。两艘中国商船在湄公河的泰国水域安静地行驶，水面上风平浪静，可是船员们却不敢松懈，因为他们知道他们航行在最险恶的金三角地带，这里鱼龙混杂，毒枭盘踞；但是他们并不知道此去便再也不能回来。随后，平缓的湄公河上响起了急促的枪声，很快泰国警方发出报道称中国商船上发现了大量毒品，和巡查的泰国警方发生冲突导致中国船员身亡；第二天，中国警方到案发地取证调查，因为这关系的不仅仅是13条中国公民的姓名，也是他们人生的声誉。调查结果显示，13名船员与贩毒集团无关，随后9名泰国士兵自首并承认参与枪杀中国船员的事件，而这9名士兵背后隐藏的却是一个大毒枭“糯康”。

毒贩在金三角地带可以随意抢劫经过湄公河的商船，用毒品控制小孩子，让他们进行无畏无惧的毁灭性自杀。缉毒警察时刻与危险相伴，影片中的无名无姓无身份在异国他乡无怨无悔的缉毒卧底警察，跟毒贩斗智斗勇几十年没睡过一个好觉，他们当中有破案过程中被迫染上毒瘾的警察，失去了自己的前途和尊严，因为缉毒而令家人被害的警察，最后也牺牲了，他们甚至不能像警犬啸天一样有一座属于自己的坟墓，因为怕亲人祭奠时遭毒贩尾随。

我们的国家，并不是与生俱来的，是靠国人的努力建立起来的。为国家独立、民族独立不懈探索的马克思主义先驱，为革命胜利浴血奋战的红军战士，为科技强国而废寝忘食的科学家，为卫国保民扑向犯罪分子的警察……无数人的付出，成就了今日之中国。许多人会问：“歼20的顺利腾飞、发射天宫二号、造航母、探测火星……，这些看起来耗资几个亿的繁华工程的意义在哪里，跟我们普通人有什么关系?”在我看来，答案就是为了给每个普通人安全感。这些看似与你无关的国之重器是国力提升的保障，在边防线上恪尽职守的战士，在雨林里无悔穿梭、抓捕毒贩的警察，是国家安定的保障。

与美国的英雄大片不同，缉毒警察的超能力和炫酷特技是无私情怀和满腔热血。他们都是父母的宝贝，可是他们却选择去付出、去牺牲。在你看不见的地方不知道有多少黑暗，但他们让你有底气相信在那些黑暗的地方永远会有光明、正义。

“每一天无所事事的琐碎消磨，都因为有人在千里之外以命相搏。”这一句在我的脑海里不停回响。

周恩来总理曾说：“中国人民热爱和平，但为了保卫和平，从来不，也永远不害怕反抗战争。”《湄公河行动》所表现的就是中国作为一个崛起中的大国彰显出的气魄：捍卫国家利益与荣誉，保护海外公民的安全与权力。正如古语所说的“明犯强汉者，虽远必诛”。

因为你们为我们挡住了危险。

所以有你们才能山河无恙，人民安康。

做不了像你们一样撼动人心的大事，只能说一句：

此生不悔入华夏，来生还在种花家。

从《血战钢锯岭》谈信仰

机械与车辆学院　张玉飞

戴斯蒙德·多斯，“二战”中美国的传奇英雄，最近因为电影《血战钢锯岭》的火爆而让世界上更多的人知道了他。

“将军百战死，壮士十年归”，战争本来就是残忍的，是践踏生命而又升华生命的地方。多斯不愿杀掉任何一个人，但是又选择了服兵役。在日军的枪口下，他从死人堆里把 75 个战友救了回来。但是在这里，我要谈的并不是多斯的英勇事件，而是支撑着他所做的这一切的东西——信仰！

多斯，一个基督教教徒。正因为他的信仰，他选择了服兵役却不愿拿枪，哪怕被送上军事法庭；也正因为他的信仰，在透支最后一丝力气之前，他祈祷上帝让他再救一个人。仅从这部影片中，我们就可以得知信仰在人类文化中有着必不可少的地位。

一个国家如果没有自己民族的信仰，就会如一盘散沙，再多的沙子都不敌一颗小石头。这也是为什么 20 世纪日本这个小岛国敢侵略疆域辽阔的中华大地的一个原因。当时的中华民族尽管疆域辽阔，资源丰富，但是民族的信仰显得那么不牢固、不统一，以至于面对列强如此柔弱。相反，岛国日本尽管地小物薄，但是日本人从小就在帝国主义思想的熏陶下长大，有统一而坚固的信仰，天皇就是他们的神，甚至可以为之付出自己宝贵的生命。

一个人如果没有自己的信仰，总有一天就会像一棵空心的树，就算枝繁叶茂，外表再华丽，在大风突然来到时，大多会折腰而断。

多斯，他的信仰支撑着他创造了奇迹，逾越了生命的鸿沟。而在国内，当今大多数国人都没有自己正确的信仰。尽管很多人的社会地位都很高，物质生活丰富精彩，但总是觉得心灵空虚，找不到自己在这个时空下正确的坐标，摸不准前进的方向。而这一切就带来了很多不良的社会现象，从而成为一种“社会病”，传染更多的人，从这一代“传承”到下一代。

所以现在的我们急切需要找到正确的、统一的信仰，来充实我们的心灵，给我们指引前进的方向，带领国人团结一致地为共同的目标不懈努力。

中国的法律赋予我们信仰自由的权利，所以在国内和谐生活着不同信仰的信徒。但是经过时间和实践的检验，“社会主义核心价值观”“长征精神”等才应该是我们国家正确、统一的信仰。但是我们又不得不承认，现在真正认识到这些理论知识的精华从而拥有正确信仰的国人是远远不够的，其中包括很多大学生。

作为中国的一名大学生，毛概、思修和马原之类的经典理论会是我们每一个人的必修课，但是，真正认真学习和用心思考体会的学生屈指可数。所以，绝不是我们被这类的经典知识“灌溉”得太多了，而是作为学生的我们了解得太少，学习得太少。并没有真正地了解这些经典的知识所蕴含的无限真理，就自以为是地说学了太多“没用”的东西是很多学生的通病。

每个人都需要信仰充实自己的心灵，让自己在逆境中坚不可摧。

每一个国家都需要自己独特的、统一的、正确的民族信仰，为国家的发展富强、国人的美好生活搭建结实的阶梯。

第五部分　诗与远方

行走的路上，有过迷途，受过伤痛，有过阴雨绵延，也曾想过驻足不前，但不论怎样，我们都会一直向前。每个人都在谱写自己的故事，那本书里除了枯燥繁忙、简单重复、孤单寂寞，还有坚持后的不悔、奋斗后的坦荡。人生不只苟且，还有诗和远方。

本篇收录了部分北理工学子的优秀散文作品，让我们去细细品味他们的诗与远方。

故事还长，请别失望

材料学院　高淑凤

“徘徊着的，在路上的，你要走吗？易碎的，骄傲着的，那也曾是我的模样。沸腾着的，不安着的，你要去哪儿……”

前段时间，乔任梁的死亡在网络上引起了不小轰动，使人们再一次重新认识到“抑郁症”。很难想象在外人眼中一个阳光帅气的大男孩会早早地结束掉自己年轻的生命。陈琳、张国荣这些巨星也因此而陨落，抑郁症似乎是一个难以摆脱的梦魇。长期持久的心境低落、抑郁寡欢难免会使我们徘徊、无助，在这晦暗面前，自我调节、不忘初心便是我们的指路明灯。而我，一直坚信，现在受到的苦难终会有所回报。人生的故事很长，请不要失望，怀抱梦想，前方会更加明亮。

想起大学一位要好的女同学，大学期间修了管理学的第二专业。那个时候可是苦了，繁重的工科课程几乎把工作日都占满了，只能利用周末再去上满满的第二专业。我问她：“这么累上个二专，至于吗？”她笑了笑：“累点就累点吧，但是有意义啊，苦也就苦一时，咬咬牙就过去了。”

毕业时，她同时获得了工学与管理学的双学位，并且考取了研究生。

我读研究生在外企实习期间，有一位从南京来北京的实习生跟我一起工作。她在外租房住引起了我的好奇心，当时很是不能理解她的做法，熟络了之后，跟她聊天时，我忍不住问她：“我们实习工资这么少，你还要租房、吃饭，这不是往里贴钱吗？”她抿了抿嘴：“是啊，可是我想在北京工作、想留在外企，现在的日子苦点，坚持下来我相信会好的。”她眨了眨眼睛，冲我一笑，眼睛里满是光芒。

她正在努力、正在忙碌，她的故事还在继续……

而我们又何尝不是呢？

也许，你的生活，枯燥而繁忙，追逐自己的目标，始终在路上。

也许，你的生活，简单而重复，寻找复杂的色彩，却怎么也找不到碰触心灵的一个人、一件事、一句话。

也许，你的生活，尝试却又失败，探索新的方法，仍没有穿越汪洋的彼岸，觥筹交错中，不得不戴上面具，佯装着自己，告诉自己沙漠中会有自己的那片花海……

但是，我们每个人都在谱写自己的故事，那本书里除了枯燥繁忙、简单重复、孤单寂寞，还有坚持后的不悔、奋斗后的坦荡。人生不只苟且，还有诗和远方。

杨绛在《一百岁感言》里说："少年贪玩，青年迷恋爱情，壮年汲汲于成名成家，暮年自安于自欺欺人。人生几何，顽铁能炼成的精金，能有多少？"我们曾如此渴望命运的波澜，到最后才发现，人生最曼妙的风景，竟是内心的淡定与从容；我们曾如此期盼外界的认可，到最后才知道，世界是自己的，与他人毫无关系。

是的，行走的路上，有过迷茫，受过伤痛，有过阴雨绵延，也曾想过驻足不前，但是一辈子很长，故事还没有完结，所以怀揣梦想，请别失望。

望着眼前的高峰，或许你已被荆棘刺伤，疲惫的身躯也想放弃，但是心中的声音告诉自己去碰触山顶的日光，所以，迎着太阳，请别失望。

有一个问题：你觉着是一粒金子好，还是一堆烂泥好？相信大家应该都会觉得金子好。但是，假如你是一颗种子呢？

其实，换个心境，现在的烦恼都会解脱。所以，生活还在继续，请别失望。

假如生活欺骗了你，别急着悲伤，生活的故事还在继续，只要还未结束，请别失望，我们还有诗和远方。

外观天下，内守初心

机械与车辆学院 古秋盛

一场秋雨，一场寒；秋风携寒意吹来，染黄了树叶。如此唯美的意境，作为面临毕业的大四生，内心却是焦灼的。考研，出国，还是直接工作？留京，归乡，还是南下？种种选择纠结缠绕在心头。其实，之所以焦灼难以抉择，是因为内心无明。而内心无明，是因为于外，从没如实观照过天下，于内，从未探索过自己的初心。

一直以来，我们都过着无忧无虑的学生生活，总觉得自己知道的东西很多。比如记得英雄联盟里每个人物的每句经典台词，能随口说出风暴女神迦娜的“让我的骨灰随风飘荡”；知道不祥之刃的“只有飞速旋转，才可以止住我的泪水，忘记你的模样”；当然还知道，王宝强被戴绿帽了，章子怡生孩子了。好像还知道，南海在造岛种树，贵州造了“天眼”。但是，并不能清楚地说出自己的专业究竟是做什么的，不知道自己学院里面有几个研究所，不知道自己老师的研究方向，不知道自己的 GPA 是多少，不知道北京租一个单间要花多少钱，不知道老家现在的发展情况，更不知道广州、上海、深圳这些遥远的南方都市是什么模样。什么都知道，却又什么都似雾里看花。好像每条路都能走，但条条路却又是那么迷惘。未观天下，何以知天下？未明初心，何以守初心？

观天下而后知天下。学校只是我们人生旅途中的匆匆一站，最终我们都要投入社会这个大熔炉。要在社会当中自如地生活下去，必然得知道社会是如何运转的。刷微博、看朋友圈、浏览网页新闻绝不是所谓观照社会，充其量只是浅层次地窥见社会。所谓观照，是要实事求是地看到掩盖在事件表层背后的本质，即寻其“道”。

然而，要想做到观照，需要具有进行深度思考的能力。思考力来源于大量知识积累，融会贯通后产生对事物进行观察、比较、分析、综合、抽象、概括、判断、推理的能力。也就是说，积累知识并融会贯通是提高思考力的一个途径。

要想外观天下，先得具备如实观照的能力，而观照能力来源于我们的深度思考力，思考力的提升依赖于积累知识并使其融会贯通。所以，我们现在迫切要做的就是多读书以积累知识，多思考以使其融会贯通，之后方能观天下而知天下。

明初心而后守初心。不怕万千选择，就怕不知自己要什么。要知道自己是谁，了解自己内心最本真的样子。探求初心，只能对内求索，只有自己才真切地知道自己的初心。是梦想驰骋疆场，翱翔天际，还是想仗剑走天涯；抑或是宁静致远，采菊东篱下，悠然见南山。只有不断探求，才知道自己的初心是什么。找到了自己的初心，便犹如有了定海神针，再不怕波澜迭起。

在这无数的欲望、贪婪充斥着物欲横流的大千世界，每天都有许多人想尽办法展示自己的聪明智慧和表现自己的能力，这个时候谁能守得住初心，谁学会向内行走，谁就是最有智慧的人。

向内行走，对于自己内心的决定与承诺，能够一如既往，是一种罕见的品质！能够始终如一地乐享自己的选择，守住初心则必然能在岁月的积淀下，提炼一种超然物外的精神，修成生活正果！

外观天下以明道，明白社会运转的规律，做事才能游刃有余，处变不惊。内守初心以安身，守住初心，才能做到既努力又不强求，得失顺其自然，乐天知命。

平凡之路，亦繁花无限

机电学院 谢时雨

·1·

“爸爸，爸爸，来陪我玩会儿吧！”小女孩顶着一头乱蓬蓬的头发，胖乎乎的小手几乎分不清手指，拽着年轻男人的衣角，满脸委屈地摇来摇去。

“好孩子，爸爸在忙呢，自己先玩儿，爸爸等会儿给你讲故事好不好啊？”

小女孩嘟起嘴，十分不情愿，可还是听话地放开了手。他摸了摸她毛茸茸的小脑袋，弯下腰和小女孩碰了碰鼻子，逗得她“咯咯咯”笑着跑开了。他微笑看着小女孩跑出了书房一个人安静地玩起了积木，又转过头去继续批改作业。

两个小时后，他抬起头，揉揉酸痛的手腕，迈着略显僵硬的步伐走出书房，却发现小女孩早斜躺在沙发上睡熟了，亮晶晶的口水流了一片。

·2·

我的父亲是一名非常普通的高中教师。我儿时的夜晚总是看着父亲坐在书桌前批改着摞成小山的作业，暖黄色灯光烘焙着父亲的背影，身影边缘都渐渐融化了，仿佛一枚熟透了的蜂蜜煎饼果子，我也渐渐进入了梦乡。年轻的父亲慢慢与那张总是堆满了各种书籍资料的小桌和漫长冰冷的夜晚融合，最后被灯光层层包裹成发亮的茧。

而前几天就是父亲52岁生日，吃午饭时我特意买了碗面条打包带回宿舍，和爸爸视频聊天大吼着“老爹生日快乐”。画面中的父亲显得十分高兴，却不停摘下眼镜，用手背擦着眼角。他鬓角到额前的一整片头发，几乎全白了。

·3·

北京的天气说凉就凉，几场秋雨，就将树上的叶子一下子冲刷成了黄色。清晨起来睡眼蒙眬地绕着北湖跑步，在岸边草丛里静卧的大白鹅将头从翅膀下抽出瞥了我一眼，不满我惊扰了它的美梦，责备地叫了一声，复又将脑袋埋进了翅膀。一路上碰到好几位从丹枫出来晨跑的男生，不远处国防生训练的口号一下子驱赶走了残余的睡意。我总是觉得这种校园里到处充斥着如同森林里散发出的草木清香的味道，就是青春气息。

总会听到很多人说青春就是勇者无敌，就是披荆斩棘，就是要将自己充分燃烧绽放出生命中最绚烂夺目的花火。我确实不太明白青春的具体定义是什么，但我知道人生注定是一场艰苦寂寞的旅程，不论时间长短，那些沿途中的暴风雪、支离破碎的风景、暗淡无光的琐事，终究会经历。

也许青春气息并不炽烈，而是淡雅和厚重，正在青春的我们不甚张扬，却背负着后代人的希冀和前代人的期望。我们接过古老的利斧继续开辟着前进的路，不畏惧森林里未知的野兽，因为年轻的猎人知道，当时光在额角刻下繁复的花纹，青春那如同闪电的力量悄悄在身体里消失，过去的岁月留下的伤痕将成为自己身上最耀眼的勋章。

青春并不是无敌，而是无畏；并不是不会错，而是错得起；并不是不会摔倒，而是有爬起来继续前行的勇气。我们敢闯敢拼，在不断的错误中砥砺前行。就像很多年长的或是年轻的企业家说的那样，自己年轻时期犯过的错误积累下的经验，是青春里最宝贵的财富。正是这样一点一滴的成长，才能让稚嫩的脚步稳健，让年轻的臂膀有担当。

路遥在《平凡的世界》中写道："生活包含着更广阔的意义，而不在于我们实际得到了什么，关键是我们的心灵是否充实。"我们的人生可以平凡，但不能平庸。青春也是这样。我们的青春是要有信仰的，即使是微渺的梦想也要为之坚持不懈的努力。纵使平凡，也要坚韧，并不是轰轰烈烈才叫青春，一步一步跋涉留下的足迹上，也会开满纷繁的花朵。

·4·

父亲自大学毕业后就走上了讲台，将一生最宝贵的青春岁月献给了他挚爱的校园。这二十几年来，并没有干什么惊天动地的大事业，也许唯一值得骄傲的就是每年过年，总会有许多来自全国各地的学生来探望。当父亲兴奋地从床底拽出一瓶老酒，和他的学生们喝得酣畅淋漓时，我总能看到当年那个风华正茂的父亲的影子，那是他的青春留下的痕迹，虽然平凡，但却不朽。

有时我会觉得青春其实并没有什么明确的界限。当我看到父亲站上讲台的那一刻，仿佛有什么东西从他身体里一下子苏醒过来。我能感觉到年过半百的父亲依然怀揣着梦想在努力前行着，依然用满腔的热情对待他深爱的教育事业。我愿意相信，此时的父亲，还正行走在青春路上，他的背后，繁花开得烂漫。

我们的世界少点疯狂

机械与车辆学院　张振宇

是不是觉得生活索然无味？是不是感觉目标虚无缥缈？是不是感觉内心惊慌失措？

这一切慌乱与不安的根源在哪里？或许你会说，在这个繁华的世界里心灵失去了归宿；但是我想说，或许我们的世界少点疯狂。

什么是疯狂？说干就干就是疯狂，决心熬到半夜就是疯狂，无视他人的眼光就是疯狂，接手一个毫无头绪的任务就是疯狂，对着天空高声呐喊就是疯狂，毫不犹豫的表白就是疯狂，喊出一个疯狂的目标就是疯狂，为目标不懈地奋斗就是疯狂……我们还是青年人，我们的心应该轻狂，我们的行动应该疯狂。只有疯狂的行动才能给生活带来激情，当一潭死水被打破了平静，泛起的应该是美丽的水花；只有疯狂才能使被迷雾遮挡的人生重返清明；只有疯狂才能使人生不留遗憾。

一直以来，我总感觉生活无比艰难，心中梦想难以实现，总感觉生活乏味。直到前不久我听了“跟谁学”董事长陈向东的讲座，我才发觉，原来我的生活少了点疯狂。听了陈老师的演讲，我仿佛看到一个十四岁的小不点在火车上销售自己出的趣味数学题，我仿佛看到一个十七岁的男孩领着一群十四岁的小不点成立社团、编书印书，我仿佛看到一个十七岁的男孩一遍又一遍地对校长说“我要当班主任”，我仿佛看到一个凌晨两三点仍伏在书桌上的身影。听了陈老师的演讲，我唯一的感受就是：这些年白活了！跟陈老师比起来我们的世界少了太多的疯狂！

不疯狂一次就无法体会到疯狂的滋味。我们的世界总是太过安宁，它是如此的安宁以至于我们无法体会到生活本该有的激情，我们的心在这安宁中昏昏欲睡，于是安宁的生活就成了慌乱与不安的根源。

如果有一天我们突然产生了一个疯狂的想法，那你是否愿意为之疯狂一次？来场说走就走的旅行，大声向心目中的她（他）表达自己的想法……或许想疯狂不容易，因为那需要很大的勇气，但当你疯狂了一两次之后，你就会爱上那种任性的感觉，你的生活就会焕发生机。

今年国庆，我就跟舍友疯狂了一把。在9月30日下午5点，舍友A突然提出“我们去天安门看升旗吧”，随后整个宿舍沉默了几秒，舍友B突然一拍手“好啊！”然后宿舍开始动了起来：换衣服，收拾东西……因为提前没做什么准备工作，我们走得很慌乱，但是每个人脸上都洋溢着激动。我们一路摸索，从良乡到天安门广场，又在天安门前的人群中挤来挤去，在天安门前，我们站了一个晚上，终于等来了天亮，等来了升旗。整个旅程虽然疲惫，但我从中得到了突破束缚的快感，因为这是我第一次熬夜，第一次在夜间出远门，第一次感受没有准备的旅行。回想我们做出决定时的果断，我觉得，这就叫疯狂。

疯狂起来，你就可以看到别样的风景。“我怎么变成这样，变得这样疯狂”，正是因为三个男孩的疯狂，才有了TF-BOYS的奇迹；正是三个少年对梦想疯狂的追求，使得愿望一步一步被实现，使得他们的模样被世界牢记。在梦想面前，若我们中规中矩，畏首畏尾，我们会错过良机；若我们变得疯狂痴迷，胜利就在不远的前方。或许，疯狂就是通向成功的捷径。

若我们怀着追梦赤子的疯狂与骄傲，勇敢地向前跑，我们终会到达那充满鲜花的世界；疯狂总会造就意想不到的奇迹。

让年少的我们疯狂起来吧！

走出围城，看到世界

机电学院 杨秉妍

人生如同一场远行，满路的荆棘赋予我们坚强的意志，无边的荒漠教会我们不屈的生存，重重的迷雾磨砺我们顽强的品格。生活在这个世上，我们总会遇到不尽如人意之事，陷于困境，如同被一层厚重的迷雾遮蔽了视线，看不到前行的道路。这时，我们应该怎么做呢？是在泥浆中挣扎痛喊、抱怨、悔恨、堕落、哀怨、最终身心俱疲，无力向前、停止苦苦追寻的脚步？还是走出心灵的围城，用从容自信的笑容和坚韧透明的内心为自己的人生染上明亮的光辉？答案不言而喻，“世界不完满，但仍深爱之”，走出围城，看到世界，才是智慧的做法。

去年八月份，我收到了来自北京理工大学的录取通知书，这是我从高一开始便无比憧憬向往的学校，心中自然少不了欣喜。但是录取通知书上的专业却不是我心心念念、努力想考取的车辆工程，而是一个于我而言比较陌生的“工程力学”专业。我惴惴不安地打开搜索引擎，输入“工程力学”四个字，得到的只是一些“理论性强”“基础性学科”之类的简单介绍。除此之外，我了解到工程力学专业最重要也是最基础的一门课是“理论力学”。我的心情一下子坠入谷底，我在高中时就极不擅长理论性知识，偶尔遇到理论性较强的题也会铩羽而归，“理论力学”这个名字就足以引起内心的一阵恐慌。

我觉得自己正走在人生选择的重大路口，本来希望走上自己热爱的道路，却被人随随便便扔在了一条完全陌生的羊肠小道，并被告知，这就是我以后要走的道路。内心的惶惑不安与日俱增，我带着对未来深深的迷茫走进了大学校园。

大一上学期是我最迷茫的阶段，我既看不到未来，也无法安心投入到自己专业的学习中。我开始习惯上课发呆、睡觉，甚至逃课。老师布置的作业，既没有独立完成的能力，也没有独立完成的想法，每次都是在上课前借别人已完成的作业胡乱抄几笔了事。就这样，我在堕落与自责的煎熬中度过了大学的第一个学期。

寒假回到家，爸爸看我精神萎靡，对人对事也全然没有了热情，便和我谈心。了解到我的想法后，他问我："为什么你就认定这个专业是不好的呢？你有没有试过去了解一下它？"短短的两个问句，如同一扇大门，开在我心灵的围墙之上，让我如梦初醒。是啊！为什么我就认定这个专业不适合我呢？为什么我不去全面地了解它一下再下论断呢？

大一下学期，我抱着截然不同的心态重新踏进了北理这个熟悉的校园。与上学期的颓废、茫然不同，这时的我努力通过各种渠道了解这个专业。渐渐地，我发现我小瞧了这个专业，力学应用广泛，在工程中的地位是重中之重。随着对专业渐渐深入的了解，我对这个美妙的课程产生了兴趣，并立志将它学好。与兴趣相随而生的还有学习态度的改变和精神状态的改善。我渐渐意识到，那些理论性的知识并不是那么枯燥无味，恰恰相反，严密的推理中反映的正是科研人严谨的态度，这是从事科研事业必不可缺的一项重要品质。我开始早出晚归，在图书馆钻研专业课知识，努力进取，上课认真听讲，积极回答老师的问题，下课耐心揣摩，把概念和典型例题掌握得非常熟练。一分耕耘一分收获，随着每天的努力，我的学习成绩越来越好，并在专业分流中依据自己的兴趣，选择了机电工程方向。功夫不负有心人，在大一下学期综合素质测评中我取得了机电工程专业第二名的好成绩，并获得了学习优秀奖二等奖学金。虽然不是排名最高的，但是相比大一上学期，其中的进步不言而喻。

"面冰十年，我知道自己从此喜欢清静和安宁，喜欢纯正和简单，喜欢透明和坚硬。"毕淑敏在《西藏，面冰十年》中如是写道。通过对专业的了解，我知道自己从此喜欢工程力学这个充满严谨与理论的专业。走出心灵的围墙，让我看到了更加壮阔浩美的天地。让我们走出去吧，为了让世界看到你，更为了你看到这个世界！

绿荫下的传承

机械与车辆学院 马君驿

刚读完一篇味香料足的“心灵鸡汤”，我将手机揣兜，揉了揉眼，终于看清了路。虽说走路看手机是不应该的，但这篇文章实在太美，我不忍心让其成为脑中的残篇。六月天，炽热的太阳像挂在天边的火炉，烘烤着大地，除了那几朵开得盛的花、那几片绿得亮的叶，其他一切都被烤得病快快的。

豆大的汗水从额头冒出，流到嘴旁就已经不见了踪影。天太热，脚也烫了。正想歇歇脚，猛然发现路旁间隔地种了许多大树，枝繁叶茂，枝条坚实，像伸出的巨大的臂膀，绿叶闪亮，像一片片神圣的鳞甲。对呀，到树下歇会儿吧，这毒日已经无人能挡了！

我快速冲入大树下的绿荫，拥抱这暂时的清凉。我长叹一口气，发现我的身旁坐着一位六七十岁的老人，老人坐着的石凳子旁边还有一个石座，灰色的石头发出光泽。我坐到这个多出的石座上，用余光打量了一下这位老人。岁月的刻刀已在他的脸庞上刻出无数道沟痕，是沟壑，深深的，一道一道，里面仿佛有岁月的战绩。四周安安静静，路上汽车很少，有的只是几个卖瓜的，懒洋洋地躺在地上。

“上初中了吧?”老人的话打破了寂静，有个卖瓜人还往这儿看了看。“高中，要高考了。”我应付着，准备摸出兜里的手机。“高中好啊，能上高中挺好啊！”上高中有什么好？我看老人想继续往下说，便出于好奇，将手机放回原处，准备听听他的故事。

“我小时候可没有你这么幸福，像你这样吃穿不愁，还有自己的手机，对了，走路可不能看手机。”我很快地点了两下头，希望老人把故事讲下去。“那时我就三四岁吧，还有两个哥哥，也是六七岁，岁数不大，也是尝尽生活的苦头。”老人说着，拿出一杆烟枪，塞了点烟草，点着了，吸了一大口，吐出一缕青烟。“那时候没吃的，我母亲就带着我们兄弟几个挨家挨户要饭，要到的白馍少得可怜，白眼多着咧。”老头又轻轻吸了口烟，“后来我们兄弟几个长大了，日子也好过了许多，大哥种地去了，我和二哥上了学，学费多着咧，全靠大哥和母亲赚足。我学习不错，考试回回第一，也因此遭到同学的嫉妒。他们经常偷我的书。小学毕业后二哥也务农去了，我犹豫了几天，在家人的劝说下，我又上了初中。”

老人又吐出一缕青烟。“上初中我的成绩也是名列前茅，别人都说我能上个好高中，我也没辜负大家的期望，争了口气考上了重点高中。”我仔细地听，看着老人的脸黯淡下来，“可我没上。”老人叹了口气，“我不顾家人的反对，离开家乡去打工。”

老人不往下说了，好像不想把他的故事讲完。

“我现在当然是后悔得很。”老人有点哽咽。他打开了腰间的收音机，里面正在播放《艺术人生》，掩饰了他的抽泣声。“学习，真是一步一步的。走过一步，你发现自己没前进多少，那是因为自己没有回头的机会。”老人的眼睛亮了起来，“好好学，孩子，你要听着呢!”我点点头，心中蕴藏了些许感动。

我继续向前走，又不禁回头，想看老人最后一眼。在这时我看见又有一个人，年龄不大，走到了那片绿荫下的老人旁，也坐到了那石座上。我转过头，已不必再看。我不禁觉得这是种伟大的事业。它没有繁杂的准备，没有紧张的过程，一切都很和平。老人的话，就是这种事业的唯一配乐。这乐，向世人传递着智慧，传递着老人对小孩的爱与希望。不知多少个日头洒下炽热，不知有多少人走向那棵树，不知道多少人将那石凳打磨，不知老人为此抽了多少烟，一切都不知，也已知。因为岁月在见证，见证着老人一次又一次的，虽无网上的心灵鸡汤华丽却也富有哲理的话语。老人脸上的沟壑，那不是岁月的战绩，那是岁月的积淀，是老头儿人生的功名！当我老了，我也会搬出两个凳，最好是灰色的，石头的，放在某棵生机勃勃的树下，我坐着一个石凳，揣着收音机，看着过往的行人，等待过往的行人。我明白，这是绿荫的传承。

我依然走着，将手机稳稳地揣回兜里，地面反射的日光已经没有先前那么耀武扬威了，却也明亮动人。

前面的路

机械与车辆学院　于骁

初入大学，必定是伴随着迷茫与憧憬。一方面体验着新环境带来的新鲜感，一方面面临着适应与竞争所带来的压力。过去的日子已无法追回，未来的日子仍有所期盼。大学是一个崭新的起点，对于一些人来说，可能是他们觉醒的时刻。弘一法师说：“不让古人是谓有志，不让今人是谓无量。”大学的任务必定是在新的模式下不断学习，必定是内心的不断成熟以及境界的提高，必定是适应激烈紧张的竞争并在不断的竞争中达到身心的全面发展。

龙应台曾这样教育孩子：“孩子，我要求你用功读书，不是因为我要你和别人比成绩，而是因为我希望你以后可以有选择的权利，选择有意义、有时间的工作，而不是被迫谋生。当你的工作在你心中有意义，你就有成就感，当你的工作给你时间，不剥夺你的生活，你就有尊严和成就感，给你快乐。”这或许是大部分人努力学习的原因。我们可以通过学习拥有更多选择的权利，这是学习意义的一部分存在。大学的本质是学习，学会书本上的知识是很小的一部分。学会做人、学会与人交往、学会处理生活中的事务与矛盾，才是关键。大学生即将走向社会，学习如何在这个社会立足是我们大学心理成长的关键。社会是圈子，大学是一个社会的缩影。

达摩经中说：“心静则佛土净。”就我个人而言，我觉得我现在的性格特征是静。但这不意味着我会一直这样，也不意味着我不会有内心的波澜。曾走过一段荒诞不经的过去，经历过一段痛彻心扉的求学历程，本来曾经外向的我渐渐变得安静。而这种静，不是内心的绝对旷达，在我看来，是一种偏于悲观的死静。说实话，我不想这样，我也很想找回曾经乐观、开朗的自己，而不是现在这样，对生活中的很多事失去乐趣。这样不好，不是佛教中所言的一片净土，而是一潭死水。性格是可以改变的，因为我曾经改变过，所以我相信，走出曾经内心世界的阴霾，我还可以回到最初的纯真。不知是谁说过，人要保持一颗童心，这样才能保持对世界的热爱与好奇。所以，我一直在尝试改变，努力去追求内心的平衡，不悲不喜，却又对生命保持最原始的热爱。这大概就是佛教中所说的佛土净吧。热爱生活，才拥有那份恬静。享受生活，才有了立足之本。

屈原云："亦余心之所善兮，虽九死其犹未悔。"哀民生、察民心是他的理想。杜甫言："何时眼前突兀见此屋，吾庐独破受冻死亦足。"体民情、知民意是他的理想。先天下之忧而忧，后天下之乐而乐，以天下为己任是范仲淹的理想。受这么多文人雅士的影响，我也有一个伟大崇高的理想，似保尔·柯察金所说："为实现全人类的解放而不懈奋斗。"每个人的力量是很小的，又何谈解放全人类。又似葛优在不见不散中所说："这是喜马拉雅，这是尼泊尔，这是青藏高原。由于印度洋暖湿气流的影响，尼泊尔王国温暖湿润，四季如春，而山的北麓由于寒冷而终年积雪，如果沿着山腰打开一条通路，将湿气引到山这边来，那中国的青藏高原将变成多少鱼米之乡呵。"这很理想却又不符合现实，我的理想简而言之是奉献，说大点是为人民做点有意义的事，但未来的路谁能预料？生活或许会一点一点地腐蚀它，但我自己认为，到最后就算自己什么大事也做不了，力所能及地帮助他人或许就是我的理想。但我仍然有机会，因为我现在置身大学的殿堂，我完全有机会努力充实自己，或成为工程师、科学家，或从事政治工作，未来的事谁又说得清呢？这是机会，如龙应台所说，是选择的权利。一切的成败与否，在于自己想不想去做，我的目标是用这四年的时间积蓄点能量，在以后为他人尽绵薄之力。

林清玄说："以清净心看世界，以欢喜心过生活。以平常心生情味，以柔软心除挂碍。"人生在世，若有着这份心境，足矣。我渴望拥有这样的心境。我曾多少次怀疑过生命的意义，多少次处在无意义的纠结与彷徨中。我们的心灵如我们的身体，需要成长。这正是我想说的大学生的心理成长。我们每个人都渴望拥有健康的心理，来达到身心的协调，从而有序高效地处理生活与学习。每个人都有过焦虑与紧张，有的人能排解，有的人却渐渐发展为抑郁。拥有健康的心理，拥有正确的价值观和世界观，对于一个人的成长具有非凡的意义。在大学四年里，我决定使我的内心升级。我相信知识就是力量。所以我学习，学习如何使自己的心理健康最大化。我了解到，一个人的心理健康才是真正的健康。心理健康比生理健康更为重要。很不幸的是，一些人沦为了自己心理受损的悲剧产物，他们自己没有了解到，自己心理是有问题的。人应该态度积极，对待生活应该乐观，努力解决问题，而不是一味地逃避和自我伤害。

大学生应该有着自我的职业规划。未来我到底想做什么，我人生的意义到底在哪里？人之渺小，如苏轼言："寄蜉蝣于天地，渺沧海之一粟。"但是，就算是一粒沙子也有着一粒沙子的价值。我曾多次思考过这个问题，求学之路如何去走，未来工作是什么，我们必须有一个明确的计划，或者至少有一个明确的方向。方向和目标不是死的，而是随着成长不断改变，随着自己一起成长的。我们必须有计划，换句话说，我们必须有个梦想。这也是我们大学四年必须解决的问题。但幸运的是我有着清晰的目标与方向，而接下来我需要做的就是不断地努力。

骐骥一跃，不能十步。驽马十驾，功在不舍。做好了心理和生理的双重储备，前方的路就会越来越宽广，越来越平坦。

从此故乡没有春和秋

化学与化工学院　李雅卓

不久前“十一”回家，看到爷爷穿着一件浅蓝的长袖衬衫，显得很年轻，我不禁夸赞好看。然而爷爷却说这是买了很久的一件衣服。我这才想起，离家上学这么久以来都是寒暑假回家，从不曾目睹过春秋时节故乡的人与事。

依然记得在那个挣扎在题海的高三，当大家忙里偷闲喘口气都聊着将来去哪读书时，我说得最多的就是绝不留在本省。总觉得十多年来父母管得太多，像是被束缚已久的鸟忍不住想飞到很远的地方，寻找向往已久的自由。殊不知就是这股冲动，让我在后来无数次午夜梦回、辗转反侧时，暗自懊悔。

关于家最深切的体验与记忆是停留在舌尖上的，那是一种味觉与关爱的融合，继而汇聚成了家人呈上的热气翻腾、香气四溢的食物。所以来到北方，每次在学校食堂，吃到诸如，浇上一勺酱油的豆腐脑、没有面条的“过早”（湖北方言，指吃早饭）、一系列加糖的菜品时，都会忍不住念起家里为我做的我最爱吃的某一样菜，忍不住想打个电话问候家里人有没有吃饭。有人说“他乡遇故知”是人生四大喜事之一，我却觉得他乡能尝到熟悉的食物，发出“就是这个味儿”时，该有多么幸福和感慨。

金秋九月，看着新鲜的面孔，在家人的陪伴下，踏入北理校园时，总会想起当年父母送自己来学校的情景。他们购齐了一系列能想到的生活用品，将沉甸甸的行李箱扛上宿舍；盥洗室内清一色的中年妇女，为自己的孩子洗着床单被套之类的，希望最后再帮他们一下，留下干净的居住环境。我也是到时过境迁才意识到，当年父母是将多少绵绵爱意揉在了一起，而我却认为理所应当。嫌在校门口拍照傻，嫌父母的叮咛嘱咐太多，然而今天回想起来最后悔的竟是没有一张全家人送我来学校的合照。

一千多公里的距离，长达七个小时的高铁车程，将我和家乡的亲人远远地隔在了两端。一年两次的回家，对于我都有仪式般的隆重感。早早起床，穿上自己这一季最好看的衣服，拖着行李箱踏上旅程。摆渡车，地铁，西站，检票，上车，北理人几乎都是类似的轨迹。每当到站下车时，心情都是激动的，就像小学时知道了自己考了一百分上去领试卷的快乐。小小的出站口挤满了接站的人，但是我知道人群中有人在等我。他们总会认出我，第一时间大声叫唤我的名字，然后牵着我，回家。时隔几个月的再相见总会忍不住落泪，如果当初没有任性地选择这么远的地方，现在会不会不一样？

在你与同学出去聚餐听不见电话时，父母却在家因为联系不上你焦急，以为出了什么事。

你因为某些学习、工作上的事情烦心发了一条朋友圈，父母却为它反复思索对你无比担心。

假期回家时你想着和朋友聚聚，于是一个电话说不回家吃饭了，父母却在家做了一桌你爱吃的等了你好久。

伴随成长的还有一次次离开，就在父母从朝夕相伴变成了日常联系只能打电话时，就在你已经去到更高更远的地方而他们还在你梦想开始的地方等着你回来时，不要把思念熬成了等待，陪伴是最长情的告白。